Schatten überm Usedomer Achterland

Elke Pupke

Schatten überm USEDOMER Achterland

HINSTORFF

*Dieses Buch ist den Usedomern gewidmet,
die sich das Motto »Wir lieben unsere Gäste«
auf die Fahnen geschrieben haben,
was diese ihnen aber nicht immer leicht machen.*

Prolog

Ich bin ein Mörder!

Gut, dann ist das so. Ich kann damit leben – du nicht.

Eigentlich fühle ich mich eher wie ein Ordnungshüter. Ich habe nur getan, was nötig war. Etwas in Ordnung gebracht.

Schön hast du hier in Ententeich gelebt. So eine Ruhe, so viel Natur ringsherum, so wenig Zivilisation. Gut, dass du hier nicht mehr störst.

Hier ist der Tod etwas Natürliches, er gehört zum Leben. Der freundliche alte Mann fängt Fische und tötet sie. Der Kater fängt einen Vogel und tötet ihn. Die niedlichen Lämmer, die tollpatschigen Kälber – sie werden den Winter nicht erleben. Ein Lebewesen muss sterben, damit ein anderes leben kann.

Es war deine eigene Schuld, dass du in diesen Kreislauf geraten bist. Du hast mein Leben zerstört, aus reiner Bosheit, aus Egoismus, aus Gedankenlosigkeit. Deshalb habe ich deines beendet. Niemandem fehlst du. Die Welt ist besser ohne dich.

Dieses Idyll am Achterwasser ist noch genauso schön wie vorher. Das Wasser glitzert zwischen den Bäumen warm und freundlich. Es ist flach und harmlos. Als es dein Leben genommen hat, war es dunkel und kalt.

Das Haus deiner Schwester, dein Elternhaus, passt besser in die Landschaft, mit seinem tief herabgezogenen, etwas schadhaften Rohrdach. Deines wirkt noch immer wie ein Fremdkörper. Das Dach ist zu rot. Die Fenster sind zu groß und zu sauber. Ich habe es nie gemocht. Seit du aber nicht mehr darin wohnst, gefällt es mir etwas besser.

Warum habt ihr eigentlich eine Mauer über das Grundstück gezogen? Ihr seid doch eine Familie. Ihr wart eine. Du gehörst nun nicht mehr dazu. Das ist gut so. Für alle.

Es ist jetzt so still und friedlich hier. Die Vögel zwitschern, die Frösche quaken, manchmal hört man eine Kuh oder das Wiehern eines Pferdes aus der Ferne.

1

Olga Bradhering hasst Touristen von ganzem Herzen. Der Anblick von sandfarbenen Jacken und Hosen zwischen frischfrisierten Köpfen und Gesundheitslatschen ist ihr zutiefst zuwider und sie verabscheut jede Form der deutschen Sprache, die vom klaren pommerschen Hochdeutsch abweicht. An sie gerichtete Fragen empfindet sie als Belästigung und ignoriert sie weitgehend. Sie spricht überhaupt nicht gern, und wenn dann nur in kurzen Sätzen, um zu informieren, nicht um zu reden.

Das alles wäre völlig in Ordnung und könnte leicht als pommersche Introvertiertheit durchgehen, wenn sie nicht gerade Gästeführerin auf Usedom wäre.

Eine Gruppe größtenteils älterer Urlauber hat sich an der Haltestelle vor dem Ahlbecker Rathaus zusammengefunden und betrachtet den Bus, in dessen Frontscheibe ein Schild mit der Aufschrift *Usedomrundfahrt* steht. Hin und wieder sieht jemand auf die Uhr. Es ist fünf Minuten nach neun, womit schon mal klar ist, dass die für neun Uhr angekündigte Busfahrt nicht pünktlich beginnt.

Vom Café gegenüber beobachtet Olga ihre Gäste. »Preußen«, murmelt sie verächtlich und hofft, dass sich die besonders Unsympathischen, die schon jetzt am Meckern sind, verziehen, um sich irgendwo zu beschweren. Tun sie nicht, also steht sie nach weiteren fünf Minuten widerwillig auf, brummt »Komm Wladimir, wir müssen, die Affen werden ungeduldig« und geht langsam über die Straße.

Die potenziellen Fahrgäste unterbrechen ihre Diskussion, ob die Fahrt denn nun stattfindet. Sie blicken einer Dame entgegen, die auf sie zusteuert und nicht so aussieht, als wolle sie an einer Gruppenfahrt teilnehmen. Sie würde eher auf eine englische Teaparty passen, und bei näherer Betrachtung ähnelt sie sogar verblüffend stark einer englischen Lady, so wie die vor etwa fünfzig Jahren ausgesehen haben mag. Nur etwas voller scheint sie zu sein. Das Tweedkostüm, das sie trotz der Hitze trägt, spannt über der Brust und zwischen dem wadenlangen Rock und den derben braunen Halbschuhen sind kräftige Beine zu erkennen. Ein kecker kleiner Hut auf der steifen grauen Dauerwelle vervollständigt das Erscheinungsbild. Der Hund, der hinter ihr her trottet, enttäuscht allerdings. Es ist nicht etwa ein gepflegter, munterer Corgi, sondern ein äußerst missmutig aussehender Mischling, mittelgroß, mit zottigem, schmutziggrauem Fell, einer spitzen Schnauze und deutlichem Übergewicht. Außerdem scheint er zu schielen, was ihm ein angriffslustiges Aussehen verleiht.

Das ungleiche Paar bleibt direkt vor dem Bus stehen. »Wollen Sie auch mitfahren?«, bricht ein älterer Herr das Schweigen.

»Ja. Haben Sie was dagegen?«

»Nein, natürlich nicht. Ich glaube nur nicht, dass der Hund mitdarf«, unkt der Mann und tritt vorsichtshalber einen Schritt zur Seite, als dieser an seiner Hose schnüffelt.

»Der darf«, versichert die Dame und öffnet ihr Handtäschchen, um die Fahrzeugschlüssel herauszunehmen.

Das Einsteigen verläuft weitgehend ruhig. Die Gäste zeigen ihre Fahrscheine vor, die sie in der Kurverwaltung erworben haben, Olga wirft einen finsteren Blick darauf und nickt hin und wieder schweigend.

»Die Fahrt sollte aber schon um neun beginnen«, beschwert sich ein elegant gekleideter Mann, »es ist jetzt neun Uhr einundzwanzig.«

›Lehrer‹, denkt Olga und sieht ihn erstaunt an. »Tatsächlich? Mir wurde gesagt, 9.30 Uhr geht es los. Na ja, in der Kurverwaltung sitzen eben lauter Beamte, die bringen immer alles durcheinander.«

»Ähm«, eine Frau deutet mit dem Finger auf den Hund, der in der ersten Sitzreihe direkt hinter der Fahrerin thront, »könnten Sie das Tier dort bitte wegnehmen. Ich kann nur in der ersten Reihe sitzen, sonst wird mir übel.«

»Geht ihm genauso«, erwidert Olga freundlich. »Der kotzt mir den ganzen Bus voll, wenn der woanders sitzt. Sie könnten sich ja vielleicht neben ihn … nein? Auch gut, auf Wiedersehen!«

Sie schließt die Türen, startet den Motor, steht dann aber doch noch einmal auf, mustert die Insassen mit strengem Blick, zählt sie und vergisst die Zahl gleich wieder. Das passiert ihr jedes Mal, und trotzdem sind die Gäste, soviel sie weiß, immer wieder alle mit zurückgekommen. Wenn nicht, ist es ihr auch egal.

Sie biegt sich das Mikrofon vor den Mund, sagt ihren Namen hinein und gleich noch ein paar Daten hinterher, die die Ahlbecker Geschichte betreffen. Während der Bus in südlicher Richtung bergauf fährt, träumt Olga mal wieder von einer Tätigkeit, bei der sie nichts mit Menschen zu tun hat. Schäferin zum Beispiel, das wäre ein Traumjob.

Als sie den Wolgastsee im Rückspiegel sieht, fällt ihr ein, dass sie zu dem eigentlich was hätte sagen sollen. Ach was, zu spät.

»Das ist das Thurbruch«, erklärt sie fünf Minuten später, fügt erneut ein paar Zahlen hinzu und verfällt sofort wieder in Schweigen, als sie eine Stimme aus dem hinteren Teil des Busses hört. Sollen die sich doch unterhalten, sie ist schließlich ein höflicher Mensch und wird nicht dazwischenreden.

Nach einer Weile biegt sie ohne weitere Erklärungen von der Bundesstraße ab. »Zweiradmuseum«, liest sie von einem Schild ab und fügt hinzu, »sind aber auch Autos da, und Busse und so. Alles aus der DDR. Auch der Honecker-Bus.«

Nach dieser ausführlichen Erläuterung hat sie sich etwas Ruhe verdient. Bemerkungen zum Wisentgehege erspart sie sich, weiß schließlich jeder, wie die Viecher aussehen, sind auch sowieso nicht typisch für Usedom. Dafür: »Links ist das Oderhaff, darin verläuft die deutsch-polnische Grenze.«

So, das muss erst einmal reichen. In Stolpe steht ein Schloss, das ist frisch restauriert, enthält Museumsräume wie beispielsweise das Schlafzimmer der Gräfin Freda samt erstaunlich modernem Bad, ein paar alte Bilder, Möbel und Landkarten. Das verschafft Olga eine Pause.

»Eine Stunde Aufenthalt«, verkündet sie, »um elf geht es weiter.«

Als die Gäste den Bus verlassen haben, seufzt sie erleichtert, holt einen Krimi aus der Handtasche und verzieht sich damit auf eine hintere Sitzbank, wo sie von außen nicht gesehen werden kann.

Fünf Minuten nach elf öffnet sie die Türen wieder, teilt dem Mann, den sie der Lehrertätigkeit verdächtigt, mit, dass seine Uhr vorgeht und fährt weiter. Zählen erspart sie sich, da sie sowieso nicht mehr weiß, wie viele Gäste sie mit hierhergebracht hat. ›Wer zu spät kommt, den bestraft das Leben‹, denkt sie. ›Es wird ja wohl auch irgendwann ein Linienbus fahren.‹

Die Leute sind noch damit beschäftigt, ihre Eindrücke über das Schloss auszutauschen, und so fühlt Olga sich wieder zum Schweigen verurteilt. Aber hier gibt es sowieso nicht viel zu sehen. Felder, Wiesen, dann die Mellenthiner Heide.

›Försterin‹, denkt Olga, ›Försterin wäre auch ein schöner Beruf‹. Sie blickt auf den Wald links und rechts der Straße und träumt sich in die Stille zwischen hohen Kiefern und frischem Buchengrün.

»Ach ja, wir sind jetzt in der Stadt Usedom«, fällt ihr gerade noch ein, als sie vor dem Stadttor hält. »Sie haben eine Stunde Zeit, um sich die Stadt anzusehen. Die Kirche und so.« Was »und so« ist, weiß Olga auch nicht, aber das werden die schon merken. Als die Fahrgäste zurückkommen, hat sie den Krimi fast durch.

Inzwischen ist es Zeit für eine Mittagspause. »Wir fahren jetzt in den Lieper Winkel. Das ruhigste Gebiet der Insel, dünn besiedelt, wenig Tourismus, dafür viel Natur. Direkt am Achterwasser gibt es eine kleine Gaststätte, ganz frischer Fisch, sehr preiswert. Da machen wir Mittag.«

»Kenn ich«, verkündet eine Stimme aus dem Hintergrund. »Frisch geräucherte Forelle gibt es da und Zander, da legst du dich rein. Und die Fischbrötchen – einfach super. Gute Idee, dahin zu fahren.«

›Du ahnst noch gar nicht, wie gut meine Ideen sind‹, freut sich Olga und lächelt freundlich, was aber niemand sonst sehen kann.

»Hey! Wir sind gerade an der Fischräucherei vorbeigefahren!« Jetzt klingt die Stimme empört.

»Ach, die meinen Sie! Nein, hier ist es viel zu überlaufen. Zu dieser Jahreszeit kriegen wir hier doch niemals Platz. Außerdem ist es teuer. Touristenhochburg eben, jeder Usedom-Urlauber fährt hierher zum Fischessen. Nein, wir fahren direkt zu einem Fischer, ganz abgelegen, da kommen Fremde überhaupt nicht hin. Ist ein echter Geheimtipp!«

Nach dieser für Olgas Verhältnisse wortreichen Ansage geht es weiter: durch ein Dorf, dann zwischen Wiesen und Feldern, wieder ein Dorf. Danach ist die Straße zu Ende, es gibt nur noch einen Feldweg. Die Landschaft strahlt eine wunderbare Ruhe aus. Der Raps ist schon verblüht, aber die Kornfelder sind geradezu verschwenderisch mit Mohn- und Kornblumen durchsetzt. Ein Storch schreitet über die Wiese, an einem Graben stehen Fischreiher.

»Kraniche«, behauptet ein Gast, aber Olga hat keine Lust, ihn zu korrigieren. Wenn jemand die zwei Rehe am Waldrand als Elefanten bezeichnet hätte – sie hätte zustimmend genickt. ›Der Gast ist König, sollen sie doch denken, was sie wollen, ich bin schließlich keine Lehrerin.‹

Sie fährt unwillkürlich etwas langsamer, als dicht neben dem Bus ein Seeadler aufsteigt. Am hellen Kopf und dem weißen Schwanz erkennt sie, dass der Vogel älter als fünf Jahre ist, er muss eine Flügelspannweite von über zwei Metern haben. Ein atemberaubend schöner, majestätischer Anblick, sie denkt gar nicht daran, diesen mit ihren ignoranten Gästen zu teilen.

Die sind außerdem beschäftigt, sie beobachten einen kleinen Schwarm Vögel, die sie für Kormorane halten, und streiten sich, ob diese unter Naturschutz stehen.

Jetzt belästigen sie Olga auch noch mit ihrer penetranten Besserwisserei. »Werden die hier abgeschossen?«

»Nein. Warum?«

»Weil die doch den ganzen Fisch wegfressen! Jedes von diesen Dingern frisst mindestens ein Kilo pro Tag!«

Olga könnte ihnen erklären, dass selbst Kormorane höchstens die Hälfte schaffen und die Krähen, die über ihnen fliegen, überhaupt keinen Fisch fressen, aber sie lässt es.

»Sollen sie doch«, bemerkt sie stattdessen friedlich, »gibt ja genug.«

An einer Weggabelung hält sie den Bus an. »Hoppla, was ist das denn?«, zeigt sie sich erstaunt und lässt den Insassen Zeit, sich das Schild mit der etwas dilettantischen Aufschrift *Umleitung* genau anzusehen.

»Ja, das weiß ich nun auch nicht, was das ist. Der gesperrte Weg führt genau zu dem Fischer, zu dem wir wollen. Da müssen wir wohl einen Umweg fahren. Na hoffentlich komme ich da mit dem Bus überhaupt durch, ich bin da noch nie gewesen. Aber was bleibt uns weiter übrig – umkehren kann ich mit dem Bus hier ja nicht.«

Das sehen die Gäste ein, rechts ist ein Graben und links ein Kornfeld, außerdem muss die Umleitung ja irgendwohin führen.

Wohin, das könnte Olga ihnen genau sagen, wenn sie das wollte, sie ist diesen Weg schon mehr als tausendmal entlanggefahren, mit dem Fahrrad, dann einem Moped, später einem Auto und schließlich mit diesem Bus. In dem Dorf Ententeich, das noch nicht zu sehen ist, aber hinter der nächsten Kurve auftauchen wird, hat sie ihre Kindheit und Jugend verbracht.

Olga ist also nicht sehr überrascht, als zwischen den blühenden Feldern und Wiesen plötzlich ein Dorf auftaucht. »Na, so was«, staunt sie dennoch in das Mikrofon, »hier bin ich ja noch nie gewesen. Das ist aber mal richtig idyllisch.«

Langsam fährt der Bus an den niedrigen, rohrgedeckten Häusern vorbei. Die üppige Blumenpracht in den Vorgärten verdeckt fast die kleinen Fenster, kein Mensch ist zu sehen. Das Dorf hat nur rund einhundert Einwohner und die Hälfte davon sind Kühe. Als das Kopfsteinpflaster endet, fährt Olga in einen Feldweg und stellt den Motor ab.

»Ich muss jetzt erst mal jemanden suchen, der mir sagt, wo es weiter geht«, erklärt sie. »Sie können sich ja inzwischen ein bisschen umgucken. Sehen Sie, da vorn ist das Achterwasser.«

Sie öffnet die Türen und lässt die Meute hinaus, die sich zunächst etwas unsicher umsieht und nicht mehr als drei Schritte vom Bus entfernt.

Der Weg endet hier an einem Koppelzaun, der eine Wiese begrenzt. Große braune Kühe und ein paar Kälber grasen friedlich, ohne sich um die Eindringlinge zu kümmern. Nur eines der Tiere hebt kurz den Kopf, schüttelt ihn missbilligend und muht dumpf. Die Pferde auf der Weide daneben tänzeln nervös, entfernen sich etwas vom Zaun, blicken aber herüber, als wollten sie abwarten, was von dem Besuch zu erwarten ist. Auf einem sanften Hügel, etwas vom Örtchen entfernt, sieht man eine Schafherde.

Auf der anderen Seite des Weges stehen zwei Häuser. Das Grundstück, das sie umgibt, ist weitläufig und sieht vernachlässigt aus. Das Gras zwischen zahlreichen Büschen und Obstbäumen steht hoch, eine windschiefe Pforte führt in einen verwilderten Gemüsegarten. Der Zaun ringsherum, soweit er zwischen dem Dornengestrüpp zu erkennen ist, besteht aus rostigem Maschendraht. Eine niedrige Feldsteinmauer teilt das Ganze in zwei Hälften, auf jeder steht ein Haus. Das linke ist etwas breiter, aber niedriger, es scheint das ältere zu sein. Das große Rohrdach ist stellenweise bemoost und sieht schadhaft aus. Das rechte Haus ist ein typischer Bau aus den Sechzigerjahren mit rotem Ziegeldach und großen Fenstern. An der Rückseite wird das Grundstück durch Schilfrohr und kleinen Bäumen begrenzt, ein Holzsteg führt in das Achterwasser, das in der Sonne glitzert.

»Die Rohrdächer sind typisch für diese Region«, beginnt Olga, wird aber sofort von einem streng blickenden Herrn unterbrochen: »Das heißt ›Reetdächer‹ und die sind typisch für den ganzen Norden, auf Sylt gibt es genau die gleichen!«

Olga atmet tief ein und strafft die Schultern, aber dann überlegt sie es sich, grummelt nur »Na dann …« und wendet sich ab. Es ist kein guter Zeitpunkt, mit den Gästen einen Streit anzufangen.

Zufällig kommt eine alte Frau aus der niedrigen Tür des linken Hauses. Sie trägt trotz der Wärme ein Kopftuch, einen langärmligen Pullover unter der Kittelschürze und Wollsocken in Holzpantoffeln. Nur die große Sonnenbrille, die das halbe Gesicht verdeckt, passt nicht so ganz zum Gesamtbild. Auf einen Stock gestützt, humpelt sie mühsam zum Gartentor.

Olga spricht kurz mit der Frau, dann dreht sie sich zu ihren Gästen um, die langsam nähergekommen sind.

»Das ist Alma, sie wohnt hier. Sie sagt, zu dem Fischer kommen wir heute nicht, die Straße ist gesperrt. Und hier geht es auch nicht weiter, jedenfalls nicht mit dem Bus. Ich schlage vor, wir legen eine kleine Pause ein. Kaffee habe ich im Bus, außerdem mache ich ein Drei-Gänge-Menü: Bockwurst, Senf und Brot. Ist doch mal was anderes, viel schöner als in einer Gaststätte, und billiger.«

Die alte Frau sagt etwas und Olga zeigt sich begeistert. »Na, das ist doch mal ein Angebot! Alma hat selbst gemachten Saft und sogar Wein, den bietet sie uns an. Kostenlos, aus reiner Gastfreundschaft.«

Als Alma wieder im Haus verschwindet, fügt Olga hinzu: »Aber ich glaube, das können wir nicht annehmen. Sehen Sie sich doch mal das Haus an, das fällt ja fast zusammen. Die Frau freut sich sicher über jeden Euro.«

Das sehen die Gäste ebenso. Ihre Gastgeberin muss mehrmals ins Haus humpeln, um Nachschub zu holen und ihre Kittelschürzentasche auszuleeren.

Die Fremden haben sich inzwischen etwas verteilt, einige stehen vor dem Nachbarhaus um einen alten Gartentisch herum, auf dem ebenfalls Saft und Marmelade, außerdem Kirschen, Erdbeeren, frische Eier und eine Geldkassette stehen.

»Wer kauft das denn?«, fragt jemand. »Ich denke, hier kommt nie jemand her, weil es keine Straße gibt.«

»Ja, ja«, bestätigt Alma mit zittriger Altweiberstimme, die auf einmal hinter der Gruppe steht, »nur Wanderer und Radfahrer kommen manchmal. Nicht viele. Meistens kommt auch gar keiner, dann räumt meine Nachbarin abends alles wieder rein. Aber was soll sie machen? Ist ein ganz armes Luder. Sie hat ja nur eine ganz kleine Rente. Zum Leben zu wenig und zum Sterben zu viel. Ihr Mann war Fischer hier auf dem Achterwasser. Viel hat er sowieso nicht mehr gefangen in den letzten Jahren. Gerade so, dass sie immer Fisch zu essen hatten. Und ich habe ihr auch manchmal einen abgekauft, obwohl ich ja selbst nichts habe. Na ja, man hilft sich eben gegenseitig so gut es geht. Ja, aber nun ist er letzten Winter ertrunken. Hätte nicht rausfahren sollen, bei dem Sturm. Aber sie hatten wohl gar nichts mehr zu essen. Arme Frau!« Sie seufzt tief. »Und sie hat auch noch ihre Schwiegermutter, die sie pflegen muss. Die braucht immer so teure Medikamente. Das ist ein Elend, das sage ich Ihnen!«

Eine Frau hat Tränen in den Augen, als sie zum Haus hinübersieht, eine andere räuspert sich ergriffen, ansonsten herrscht tiefes Schweigen. Im Garten sieht man eine Person in einem alten Korbstuhl sitzen und auf das Wasser blicken. Sie ist ganz in eine Decke gehüllt, nur ein Schopf grauer Haare ist zu erkennen. Im Erdgeschoss des Hauses wird ein Fenster geöffnet, man sieht kurz eine weibliche Gestalt, dann wird die Gardine zugezogen. Verblüfft kneift Olga die Augen zusammen und versucht, die Person im Korbsessel zu erkennen.

Alma ist zwischen den Gästen verschwunden, sie preist ihren Schlehenwein an. »Sie können sich auch gern eine Flasche mitnehmen, aber viel habe ich nicht mehr. – Nein, das ist doch nicht nötig, so viel ist der Wein ja gar nicht wert. Ist doch alles nur Natur. Das wächst mir ja direkt ins Haus. – Ach, was für gute Menschen ihr doch seid, da kann ich mir diesen Winter ja neue Stiefel kaufen. – Danke, danke, vielen Dank!«

»So, das reicht jetzt«, sagt Olga leise und fügt laut hinzu, »wir wollen dann auch weiter. Ich helfe Ihnen noch, die leeren Flaschen ins Haus zu bringen.«

»Aber das ist doch nicht nötig, junge Frau, ich habe doch Zeit …«

»Rein!«, zischt Olga und gibt der Alten unauffällig einen Stoß in die Seite.

Im Haus reißt die Frau sich das Tuch vom Kopf. »Das hat sich ja gelohnt heute. Aber du hättest ruhig noch ein bisschen warten können, ich hab noch ein paar Flaschen Wein da.«

»Sag mal«, unterbricht Olga ihre Tante Alexa, »wer ist denn da drüben bei Eileen? Ich dachte erst, sie gluckt da im Sessel, aber sie war am Fenster.«

»Ja du, frag mich was Leichteres! Die ist am Sonntag hier aufgetaucht. Eileen kennt sie wohl von früher von der Arbeit und hat sie aufgenommen, hat ja Platz genug. Allerdings quatscht die den ganzen Tag, es ist nicht auszuhalten. Die hat einen Dialekt, dafür kannst du Schmerzensgeld verlangen. Ich bin mir sicher, wenn die da sitzt, brabbelt sie auch vor sich hin. Wir sollten die Leute nicht so nah an sie heranlassen. Sie redet übrigens auch mit der Katze, die ist schon ganz verwirrt von dem Gemautsche.«

»Was ist dabei? Ich rede auch mit Wladimir.«

»Solange der nicht mit dir redet, ist das in Ordnung. Ich rede auch mit den Hunden. Sind ja mehr so Selbstgespräche, aber wenn ein Tier dabei ist, merken die Leute nicht gleich, dass du einen an der Waffel hast. So, hier hast du zwanzig Euro, ist das in Ordnung?«

»Ja, klar«, Olga dreht sich an der Tür noch einmal um, »aber wenn du schon den Apfelsaft aus dem Aldi holst, nimm nächstes Mal den naturtrüben, der sieht mehr nach selbst gemacht aus.«

2

Olgas Lebensgefährte Tammes könnte der Bruder von Wladimir sein. Er ist ebenfalls stark übergewichtig, hat genauso struppige, graue Haare, schielt manchmal und er ist fast genauso faul. Nur die spitze Schnauze fehlt.

Er sitzt den ganzen Tag auf Olgas Couch, vor ihrem Fernseher, verpestet die Wohnung mit billigen polnischen Zigaretten und isst ihren Kühlschrank leer. Das Einzige, was er selbst zum Haushalt beisteuert, sind die Miete und alkoholische Getränke.

Olga kann es sich nicht leisten, ihn hinauszuwerfen, aber sie spart darauf. Das ist ihr Antrieb, sich mit den Fahrten herumzuärgern. Wenn sie mal wieder so richtig die Nase voll hat von ihren Fahrgästen und frustriert nach Hause kommt, muss sie nur Tammes auf der Couch ansehen, dann ist sie wieder voll motiviert.

Er selbst merkt nichts davon, oder, was noch wahrscheinlicher ist, es ist ihm egal. Auch heute grinst er sie freundlich an, als sie hereinkommt. Er nimmt noch einen Schluck Bier aus der Flasche und streichelt Wladimir, der sich so offensichtlich erschöpft neben ihn auf die Couch schmeißt, als wäre er den ganzen Tag hindurch hinter dem Bus hergelaufen, anstatt in der ersten Reihe mitzufahren.

»Olga, mein Stern, du siehst so bescheuert aus! – Was soll diese Kostümierung eigentlich?«

Sie hat ihm nie erzählt, dass sie vor allem in ihrem Heimatdorf nicht erkannt werden will.

»Ich trenne eben Dienst und Privatleben, ganz einfach.«

»Ich glaub ja eher, dich soll keiner erkennen, wenn du im Bus sitzt oder mit den Leuten durch die Gegend rennst und dummes Zeug redest.«

»Dummes Zeug hast du geredet. Was ich sage, ist zwar nicht viel, aber es stimmt wenigstens – meistens.«

»Ob es stimmt oder nicht, ist doch egal. Es muss den Leuten Spaß machen, was du erzählst. Du musst sie unterhalten, dafür bezahlen sie.«

»Wenn du so schlau bist, dann mach es doch selbst!«

»Du weißt, mein Liebling, wie gern ich das würde, aber ich darf ja leider nicht.«

»Du darfst nicht fahren, reden darfst du schon.«

»Aber ich kann doch nicht neben dir sitzen und dir beim Fahren zusehen. Das ertrage ich nicht. Irgendwann stoße ich dich beiseite und sitze wieder selbst am Lenkrad. Und was dann passiert, weißt du ja.«

Tammes trinkt zufrieden einen weiteren Schluck Bier, steckt sich eine Zigarette an und wendet sich wieder dem Fernseher zu. Wladimir ist eingeschlafen.

Olga nimmt die Perücke ab und schüttelt den Kopf. Dann wirft sie ihrem Lebensgefährten einen verächtlichen Blick zu, bevor sie duschen geht. Nachdem sie die Schminke entfernt hat, wirkt sie zehn Jahre jünger. Passend zu den kurzen rotblonden Haaren zieren ein paar Sommersprossen die Stupsnase. Wimpern und Augenbrauen sind beinahe farblos, was die hellblauen Augen betont. Sie trocknet die Haare mit einem Handtuch ab und zieht Jeans und T-Shirt an. Keiner der Touristen, die in ihrem Bus saßen, würde sie jetzt erkennen.

Olga überlegt, wie sie nur in diese Situation geraten konnte. Begonnen hat es an dem unseligen Tag, als sie zum Ahlbecker Karneval ging und Tammes begegnete. Er war als Pirat verkleidet und sah viel besser aus als ohne Kostüm. Durch die Augenklappe merkte man nicht, dass er auf dem linken Auge schielt und die Haare hielt Olga zunächst für eine Perücke.

Sie arbeitete damals als Kassiererin in einem Supermarkt, wo sie wegen Unfreundlichkeit den Kunden gegenüber kurz vor der Entlassung stand, was sie aber nicht weiter störte, sie hasste diesen Job.

Tammes machte damals genau das, was Olga jetzt tut. Er fuhr mit seinem eigenen Bus die Gäste über die Insel. Das Erzählen lag ihm, allerdings konnte er sich keine Zahlen merken, weswegen er sich ein Buch vor das Lenkrad legte und draus vorlas, was ihn und seine Fahrgäste in einige gefährliche Situationen brachte und dann von der Polizei ausdrücklich verboten wurde.

Es gelang ihm, mithilfe von reichlich Alkohol, Olga zu überreden, als Reiseleiterin bei ihm mitzufahren. Dann könnte er das richtig professionell machen und würde auch Aufträge von der Kurverwaltung bekommen. Lernen brauche sie nicht viel, er habe ja sein Buch, da steht alles drin, was die Gäste wissen wollen, daraus könne sie einfach vorlesen. Olga erkannte sofort den Vorteil, dass die Leute, mit denen sie zu tun bekam, die meiste Zeit hinter ihr sitzen würden. Sie musste sie also nicht ansehen und sie konnten auch nicht viele Fragen stellen.

Das ging zwei Jahre lang recht gut. Da Tammes dazu neigte, betrunken Auto zu fahren, musste er zeitweise den Führerschein abgeben und Olga erwarb den nötigen Nachweis, um im Notfall selbst den Bus zu fahren.

Dieser trat ein, als ihr Freund mal wieder volltrunken von der Polizei angehalten wurde. Er ist ein freundlicher Mensch, und auch sehr optimistisch. Deshalb befand er sich in dem Glauben, die würden schon nicht merken, dass er drei Tage beim Karneval durchgesoffen hatte. Er wollte sich also nett mit den Uniformierten unterhalten und um Verständnis für die kleine Bierfahne werben – es ist schließlich Karneval – und es sind ja auch nur Menschen, man kann doch mit denen reden.

Zu dem Zweck machte er den Fehler, aus dem Auto zu steigen, denn sie standen an einem Berg und er hatte die Handbremse nicht angezogen. Es rumste ziemlich, als sein großer, alter Wagen auf das Polizeiauto hinter ihm traf.

»Seid ihr mir jetzt hinten rauf gefahren?«, fragte er verdutzt, aber durchaus bereit, ihnen diesen kleinen Unfall zu verzeihen. Diesmal wurde sein Führerschein für sehr lange Zeit eingezogen.

Seitdem ist für ihn der anstrengendste Teil des Tages beendet, wenn er morgens angezogen auf dem Sofa sitzt. In regelmäßigen Abständen gerät Olga in Wut, wenn sie frustriert nach Hause kommt und ihn grinsend dort vorfindet. Dann versucht sie, ihn hinauszuwerfen, was aber daran scheitert, dass die Wohnung ihm gehört und das Sozialamt für ihn die Miete bezahlt. Sie tröstet sich damit, dass sie eines Tages genug gespart hat, um ihm den blöden Bus abzukaufen oder einen anderen Job findet, in dem sie ebenso viel Geld verdient. Dann wird sie ihn umgehend verlassen.

»Und den Hund nehme ich mit«, murmelt sie rachsüchtig, während sie mit einem Kaffee ins Wohnzimmer geht.

»Was hast du gesagt?«

»Ich hab gesagt, du sollst mit dem Hund Gassi gehen.«

Tammes sieht kurz vom Bildschirm auf Wladimir und stellt fest: »Der will nicht.«

»Der muss. Der ist den ganzen Tag noch nicht draußen gewesen.«

Natürlich erzählt Olga nicht, dass sie fast zwei Stunden in Ententeich gestanden hat, wo der Hund ausreichend Gelegenheit gehabt hätte, alle nötigen Geschäfte zu erledigen. Allerdings hat er sich dort auch nur zwei Meter vom Bus entfernt ins Gras gelegt und darauf gewartet, dass sein Frauchen die Türen öffnet, damit er wieder auf seine bequeme Sitzbank kommt. Er liebt das Busfahren, dabei kann er herrlich schlafen und niemand verlangt von ihm, dass er laufen soll. Nach einer unschönen Operation hat er nämlich festgestellt, dass Fressen die zweitschönste Beschäftigung im Leben eines Hundes ist. Laufen steht bei ihm ganz weit hinten.

Jetzt öffnet er ein Auge, denn er bemerkt, dass sein Herrchen unruhig wird, und er kennt Olgas gereizten Ton. Das hat nichts Gutes zu bedeuten. Und tatsächlich findet er sich zwei Minuten später mit einer Leine am Hals vor der Haustür wieder. Die Leine braucht sein Begleiter nicht, um den Hund am Weglaufen zu hindern, sondern um ihn hinter sich her zu ziehen. Er zerrt ihn bis zum nächsten Kiosk, wo sie sich beide nach dem kräftezehrenden Marsch von fast hundert Metern auf, beziehungsweise unter, einer Bank niederlassen. Tammes gönnt sich ein Bier, Wladimir bekommt ein Eis und schläft ein.

Ein Urlauber bleibt stehen, betrachtet die beiden und fotografiert sie dann mit seinem Smartphone. Vielleicht als Beweis dafür, wie ähnlich sich Hund und Besitzer im Laufe der Zeit werden. Dabei hat er die erstaunlichste Gemeinsamkeit gar nicht bemerkt, da beide die Augen geschlossen haben.

3

Olga schaltet den Fernseher aus, legt die Füße auf den Tisch und schließt ebenfalls die Augen. Von der Straße her hört sie die Autos vorbeirauschen, ein Motorrad knattert, die Sirene eines Krankenwagens heult. Eine Frau schimpft lautstark, dann heult ein Kind. Richtig Ruhe hat man hier nie, es sei denn, man schließt die Fenster. Sie hätte Tammes gar nicht wegschicken müssen, er macht noch am wenigsten Lärm. Eigentlich wird er nie laut, Olga kann tun und sagen, was sie will, er grinst nur freundlich. Sie kann sich einfach nicht mit ihm streiten, auch wenn sie seine innere Ruhe und Ausgeglichenheit zur Weißglut treiben.

›So geht das nicht weiter‹, denkt sie mal wieder, ›das ist doch alles nicht das, was ich will. Tammes nicht und der Job auch nicht. Ich bin jetzt über vierzig, da sollte man eigentlich seinen Platz im Leben gefunden haben. Ich will einfach meine Ruhe haben. Aussteigen sozusagen. Vielleicht sollte ich ins Kloster gehen‹, überlegt sie und muss grinsen, als sie sich selbst in einer Tracht vorstellt. ›Aber da sind eine Menge anderer Nonnen, die mich auch wieder vollquatschen und mir Vorschriften machen. Nein, wenn es schon nicht für eine eigene Insel reicht, sollte es wenigstens ein eigenes kleines Häuschen sein, mit einer hohen Hecke ringsherum. In zehn Jahren‹, nimmt sie sich vor, ›muss ich das geschafft haben! Und bis dahin muss ich eben noch durchhalten – mit Tammes und mit diesen nervigen Touristen.‹

Sie rappelt sich auf, geht ins Schlafzimmer und leert die Taschen ihrer Kostümjacke. Außer dem Zwanziger von Alexa findet sie erstaunlicherweise sogar einiges an Trinkgeld. Dazu kommt der Erlös vom Bockwurstverkauf. Zufrieden wirft sie das Hartgeld in einen Pappbecher, dann kommen die Scheine in einen Briefumschlag, den sie in einen Roman von Günter Grass legt. Das Buch stellt sie wieder ins Regal. Früher hat sie das Geld zwischen ihrer Unterwäsche versteckt, aber da könnte Tammes mal seine große Nase reinstecken, befürchtet sie. Jedenfalls eher als in ein Buch. Nicht, dass sie annimmt, ihr Lebensgefährte könnte sie bestehlen, aber er muss nicht alles wissen. Olga hat gern ihre Geheimnisse.

Außerdem rechnet sie ständig mit einem Einbruch. Im Frühjahr waren sie und Tammes für ein paar Tage in Ententeich, um ihren Tanten zu helfen. Eileen war so stark erkältet, dass sie im Bett bleiben musste, und Alexa hatte sich natürlich angesteckt und brauchte selbst Pflege.

Als sie in ihre Wohnung zurückkamen, stellte Olga fest, dass dort eingebrochen wurde. Seltsamerweise fehlte nichts, es war auf den ersten Blick nicht einmal unordentlicher als sonst, aber Olga war sich ganz sicher, dass alle Schränke durchwühlt und sogar die Bücher aus dem Regal genommen und in falscher Reihenfolge wieder hineingestellt wurden. Tammes schüttelte nur zweifelnd den Kopf und nuschelte etwas von »seltsamen Einbrechern, die vergessen, zu klauen«.

4

In Ententeich hat Alexa ebenfalls ihr Geld gezählt und auch sie ist zufrieden. Allmählich füllt sich das Sparschwein für die Dacherneuerung. Sie summt vergnügt vor sich hin und stellt das Radio lauter, während sie leere Saft- und Obstweinflaschen in einen Müllbeutel wirft. Dann kontrolliert sie ihre Bestände. Der Apfelsaft ist schon wieder fast alle. Sie könnte ihn natürlich auch von den Frauen im Dorf kaufen, oder sogar selbst herstellen, Äpfel gibt es hier mehr als genug. Aber der Saft aus dem Aldi ist nun mal billiger und macht keine Arbeit.

Neue Flaschen und Gläser benötigt sie auch, sie kann das Zeug ja schlecht in den Originalflaschen verkaufen. Die Glasware ist sogar meist teurer als der Inhalt.

Alexa trägt inzwischen löchrige Jeans und ein weißes T-Shirt, hat die immer noch schwarzen, wenn auch inzwischen von einigen grauen Fäden durchzogenen Haare zu einem Pferdeschwanz gebunden und sieht damit nicht nur viel jünger als ihr Alter Ego Alma aus, sondern auch jünger, als sie wirklich ist, nämlich 52 Jahre.

Jetzt schleppt sie den blauen Müllsack mit den klappernden Flaschen zum Auto, das wohlweißlich in einem baufälligen Bretterschuppen hinter dem Haus versteckt ist. Dabei wirft sie einen Blick hinüber auf das Nachbargrundstück.

Eileen tritt gerade aus dem Haus und kommt auf die niedrige Mauer zu. Die Frauen haben die für Zwillinge typische Ähnlichkeit. Beide sind klein und zierlich, beide haben blaue Augen, beide waren mal dunkelhaarig. Eileen ist zurzeit blond gefärbt. Auch im Charakter gibt es kaum Unterschiede. Während ihre Nichte Olga eher introvertiert und beinahe menschenscheu ist, sind Alexa und Eileen äußerst lebhaft, lieben Geselligkeit, dröhnende Musik und lautstarken Streit.

Die Idee, die Gäste während der Inselrundfahrt nach Ententeich zu bringen, hatten die Schwestern. Im vergangenen Jahr hatten beide endgültig keine Lust mehr, jeden Tag weit zu fahren, um wenig Geld zu verdienen. Also überlegten sie, wie sie aus der Abgeschiedenheit ihres Dorfes einen Vorteil ziehen könnten. Urlauber aufzunehmen, schien ihnen zu anstrengend, die stellen zu viele Ansprüche und gehen einem auf die Nerven. Aber alle paar Tage würden sie die schon ertragen. Das fiel ihnen ein, als Olga wieder einmal abfällig von ihren Gästen auf den Rundfahrten erzählte. »Die geraten in Ekstase, wenn sie einen Storch sehen. Und die Dörfer finden sie so idyllisch. Sie können nur nicht verstehen, wovon die Menschen hier leben.«

»Und was sagst du?«

»Dass sie alle Sozialhilfe kriegen«, gab Olga zu. »Dann ärgern die sich und sagen ›Alles unser Geld!‹.«

»Schön. Aber du könntest ja auch behaupten, dass wir von den Früchten unserer Arbeit leben. Ackerbau und Viehzucht. Und Fischfang.«

»Richtig«, stimmte Eileen ihrer Schwester zu. »Die halten uns doch sowieso für Steinzeitmenschen.«

»Meinetwegen. Aber was habt ihr davon?«

»Du könntest die hierherbringen, dann können sie sich das ansehen. Ein Freilichtmuseum sozusagen.«

»Und ihr wollt Eintritt nehmen?«

»Na ja, nicht so direkt.«

Eine Flasche Wodka weiter war die Geschäftsidee ausgereift. Wenn das Dorf nicht gerade eingeschneit ist, wird ein- bis dreimal wöchentlich das Programm durchgezogen, vom Umleitungsschild am Wegrand bis zum Storchennest auf dem Dach, in dem ein Plastikstorch sitzt, den Alexa vom Dachboden aus bewegen kann. Die Ausführung variiert, je nach Stimmung der Zwillinge. Wenn sie in Hochform sind, lassen sich beide sehen, so verkleidet, dass selbst Olga sie erst auf den zweiten Blick erkennt, und sie erzählen den Gästen die tollsten Geschichten. Aber oft hat Eileen keine Lust, dann stellt sie nur ihren Obst- und Gemüsestand hin und bleibt im Haus hinter der Gardine.

Die Idee mit den Namen hatte Olga. Sie fand Alexa und Eileen unpassend für alte Bauersfrauen. Deshalb wurde aus Alexa Alma und aus Eileen unter viel Gekicher Else.

Sie haben alle drei ihren Spaß an dem Bauerntheater, besonders Alexa, die sich ansonsten auf dem Dorf langweilt, und es ist eine schöne Nebeneinnahme.

Die anderen Dorfbewohner beobachten das Geschehen misstrauisch, bisher ist aber noch niemand dahintergekommen, dass Olga Bradhering hinter der Maskerade der englischen Lady steckt.

»Na, hat sich wohl gelohnt heute?«, ruft Eileen jetzt hinüber.

»Ja, und bei dir? Haben sie was gekauft?«

»Na ja, ging so. Was sagt Olga? Kommt sie morgen wieder?«

»Wusste sie noch nicht. Sie ruft dann vorher an.«

Eileen ist inzwischen an die Gartenmauer herangetreten und betrachtet missmutig die struppigen Hunde, die scheinbar arglos in der Einfahrt liegen. Sie erkennt genau, dass die drei nur so tun, als würden sie gelangweilt in die Sonne blinzeln, während ihre listigen Blicke das Nachbargrundstück absuchen.

»Sag deinen Mistviechern, sie sollen meine Katzen in Ruhe lassen!«, rät sie ihrer Schwester. »Hansjürgen sitzt schon seit heute Morgen auf dem Birnbaum und traut sich nicht runter.«

»Ja, und vorher hat er zehn Minuten lang auf der Mauer herumgetanzt, bis meine Hunde ganz wild waren. Du weißt genau, wer hier wen ärgert!«

Wie zwei Kampfhähne stehen die beiden Frauen sich jetzt gegenüber, Eileen an die Mauer gestützt, als wolle sie gleich hinüberspringen, und Alexa fünf Meter weiter, mit in die Hüften gestemmten Armen, beschützend vor ihren Hunden. Zehn Minuten lang streiten sie voller Inbrunst. Sie haben ein Leben lang Übung darin, die jeweils andere in Wut zu bringen, und genießen es, diese Kunst immer weiter zu verfeinern.

Das Wortgefecht hat gerade seinen Höhepunkt erreicht, als Eileens Telefon klingelt. Sie zuckt entschuldigend mit den Schultern und meldet sich mit einem genervten »Ja?«.

»Was? Arschloch!«, beendet sie das Gespräch und sieht ihre Schwester entgeistert an. »Woher hat die dumme Sau meine Nummer?«

»Moder?«

Eileen nickt.

»Du solltest deine Karten nicht so großzügig im Dorf verteilen. Du weißt doch, dass das hinterlistige Miststück dauernd durch das Dorf schleicht und die alten Leute vollquatscht«, rät Alexa.

»Stimmt! Ich hab der alten Schmutzler meine Nummer gegeben. Falls sie mal was braucht, die hat doch keinen, der für sie einkauft. Und auch noch ein paar anderen Alten. Kann ja immer mal was sein. Wegen Moder werde ich meine Gewohnheiten bestimmt nicht ändern.«

Der Makler Toralf Moder, der zweihundert Meter Luftlinie entfernt auf seiner Dachterrasse sitzt, lässt enttäuscht das Fernglas sinken, als er sieht, dass die beiden Schwestern sich jetzt friedlich zunicken und jede in ihr Haus geht. »Und ich dachte, es wäre quasi ein guter Zeitpunkt«, sagt er zu sich selbst. »Na, irgendwann klappt es schon noch.«

Er will sich selbst beruhigen, er weiß genau, er muss geduldiger sein, die Sache braucht einfach Zeit. Aber genau die hat er eben nicht.

5

Tammes und Wladimir sind von ihrem Spaziergang zurück, sitzen auf der Couch und sehen fern. Ab und zu knurrt der Hund und macht sogar Anstalten, sich dem Bildschirm zu nähern, sinkt dann aber faul zurück. »Die tut dir nichts«, beruhigt Tammes ihn.

Olga wundert sich. Der Hund ist eigentlich blind wie ein Maulwurf. Er sieht nicht mal eine Kuh, wenn sie direkt neben ihm steht. Aber eine kleine Katze im Fernsehbild erkennt er.

›Der sieht auch nur, was er will‹, denkt sie, ›genau wie sein Herrchen.‹

Tammes verfügt über die beneidenswerte Fähigkeit, alles Negative einfach nicht wahrzunehmen. Noch nie hat Olga gehört, dass er über irgendjemanden schlecht gesprochen hat. Sogar, als seine Verflossene ihm die Wohnung ausräumte, war er darüber eher erstaunt als erbost.

Er und Olga haben damals bereits zusammengearbeitet, er hatte aber noch eine Freundin, die bei ihm wohnte. Dass das ein kleines Miststück war, hatte Olga bereits beim Karneval gemerkt, als sie die beiden kennenlernte. Tanja knutschte sich durch den Saal, wechselte von einem Mann zum anderen und kam nur hin und wieder zu Tammes, um sich Geld geben zu lassen. Das steckte sie dann in ihre Tasche. Die Getränke ließ sie von anderen Männern bezahlen. ›Gar nicht so dumm, das Mädchen‹, hatte Olga gedacht, ›die kann nicht nur feiern, die denkt auch an morgen.‹

Eine Woche später erzählte Tammes ihr ganz nebenbei, dass Tanja ihn verlassen und außer dem neuen Fernseher auch den Laptop mitgenommen hatte.

»Das Blöde ist, da sind meine ganzen Aufträge drin. Jetzt weiß ich gar nicht, wann ich wo sein soll. Da hat sie wohl nicht dran gedacht. Na, ein paar Sachen habe ich ja im Kalender eingetragen«, erzählte er gleichmütig und pfiff vergnügt vor sich hin.

Olga behielt vorsichtshalber ihre Meinung über Tanja für sich – und richtig, zwei Wochen später war sie wieder eingezogen, ohne Fernseher und Laptop, beides hatte sie verkauft. »Na ja, sie musste ja von irgendwas leben«, war Tammes' Meinung dazu.

Nach zwei weiteren Fluchtversuchen – beide brachten Tammes einige Verluste, die er gleichmütig hinnahm – verließ Tanja ihn dann endgültig.

»Ich glaube, sie kommt nicht wieder. Diesmal hat sie nämlich wirklich alles ausgeräumt«, berichtete er ein bisschen traurig. »Wie hat sie das bloß geschafft? Ich bin doch erst gegen Mittag in die Kneipe gegangen. Und als ich abends wiederkam, wollte ich Licht einschalten, ging aber nicht, weil sie die Lampen auch mitgenommen hat. Aber wenigstens hat sie meine Matratze dagelassen. Und meine Bettdecke.«

Olga, die gerade mit ihrem Vermieter im Streit lag, fasste einen schnellen Entschluss.

»Hör mal, Tammes, du hast eine leere Bude und ich habe Möbel und bald keine Wohnung mehr, warum tun wir uns nicht zusammen? Ich ziehe einfach bei dir ein.«

»Super. Wann?«

»Am Wochenende.«

»Perfekt.« Tammes nickte zufrieden. Es wendete sich doch wieder alles zum Guten, er wusste schon, warum er sich nie aufregte.

Jetzt betrachten er und Wladimir ein Dorf im Fernsehen, Gänse schnattern auf einem Teich, ein Traktor knattert über die Dorfstraße, ein dicker Mann legt Fleisch und Bratwürste auf einen riesigen Grill. Tammes seufzt sehnsüchtig.

»Wollen wir am Wochenende nicht mal wieder nach Ententeich fahren?«, schlägt er vor.

»Nein!« Olga spart sich weitere Erklärungen. Sie kennt Alexas Schwäche für Tammes und befürchtet, dass die sich verquatscht und von ihrer hervorragenden Geschäftsidee erzählt. Von dieser kleinen Nebeneinnahme soll ihr Lebensgefährte aber rein gar nichts wissen, ihre finanziellen Verhältnisse behält sie gern für sich.

Tammes seufzt noch einmal, dann schaltet er um zu einem Fußballspiel.

6

›Laut Wetterbericht soll heute der heißeste Tag des Jahres sein – woher wissen die das, es ist noch nicht einmal August!‹ Olga wäre es recht, die Hitze nervt, besonders wenn man ein Kostüm mit langärmeliger Jacke und eine Perücke trägt. Zum Glück hat der Bus eine Klimaanlage, sie wird heute also nicht allzu oft aussteigen. Während der Fahrt hat sie wieder eine einsame Insel vor Augen. Nicht in der Südsee, da ist es zu warm, Ostsee reicht. Oder die Nordsee. In ihrer Vorstellung ist sie der einzige Mensch, der dort lebt, sonst gibt es nur Tiere. Wladimir natürlich, ein paar Katzen, Schafe, Ziegen, die liebt sie besonders, ein Dachspärchen, Rehe und Seeadler. Einen Leuchtturm müsste es geben, dann hätte sie auch gleich einen Job – Leuchtturmwärterin. Sie sieht sich gerade ein Schild am einzigen Bootssteg der Insel mit der Schrift *Anlegen streng verboten!* aufstellen, da wäre sie fast auf das Ende eines Staus aufgefahren.

›Verdammter Mist! Können die Idioten bei dem Wetter nicht zum Strand gehen? Sind die zum Autofahren hierhergekommen, oder was? Das können sie doch auch zu Hause.‹ Olga weint beinahe vor schlechter Laune. Das Reden erspart sie sich heute ganz.

Erst am Umleitungsschild, das heute am Boden liegt, weil Alexa es in dem trockenen Boden nicht richtig festgesteckt hat, räuspert sie sich und zieht ihre »Na sowas hier war ich ja noch nie«-Nummer ab.

Schon vom Bus aus wirft Olga einen Blick hinüber zu ihrem Elternhaus. Tatsächlich, Eileens Gast ist immer noch da. Die Frau sitzt wieder in dem alten Gartenstuhl und blickt auf das Achterwasser. Na, die wird sie sich gleich mal genauer ansehen.

Leider hat Olga dabei vergessen, zu hupen, um Alexa ihre Ankunft mitzuteilen. Sie hat auch überhaupt nicht auf das Grundstück geachtet, vor dem sie hält, weshalb sie erschrickt, als sich drei Hunde auf sie stürzen, als sie den Bus verlässt. Nicht, weil sie etwa Angst vor den Tieren hätte, sondern weil einer ihrer Gäste bemerken könnte, dass sie ihrem Wladimir auffallend ähnlichsehen, was natürlich kein Zufall ist, es handelt sich um dessen Geschwister.

Jetzt hat sie ein Problem. Sie kann die Hunde ja schlecht mit ihren Namen ansprechen, da sie angeblich noch nie in diesem Dorf gewesen ist. Aus demselben Grund verbietet sich auch der Ruf nach ihrer Besitzerin. Also steigt sie schnell wieder in den Bus und betätigt nun doch die Hupe. Es dauert eine Weile, bis Alexa aus der Tür kommt. Sie musste sich wohl erst in ihre Kostümierung werfen.

»Karl, Friedrich, Rosa«, ruft sie dann mit brüchiger Stimme und fügt noch einen wenig altweiberhaften Pfiff hinzu, worauf die Hunde dann endlich ins Haus laufen.

Wladimir hat sich während der ganzen Zeit nicht gerührt, er hat nur ein Auge geöffnet, um voller Verachtung auf seine Verwandtschaft herabzusehen, die dort draußen trotz der Hitze würdelos herumrennt und -springt. Als Olga ihn jetzt dazu bringen will, den Bus zu verlassen, schließt er das Auge schnell wieder und täuscht ein leises Schnarchen vor, was aber nichts nützt. Sein herzloses Frauchen packt ihn am Halsband und zerrt ihn nach draußen, wo er aus Wut über diese Behandlung nach dem Hosenbein eines Gastes schnappt.

»Hören Sie mal, Ihr Hund wollte mich gerade beißen!«, empört sich dieser.

Olga schüttelt den Kopf. »Der ist froh, wenn ihn keiner beißt«, erklärt sie beschwichtigend und geht zu Alexa hinüber.

»Entschuldigen Sie bitte!«, beginnt sie lautstark das Gespräch und fährt leise fort: »Du weißt doch, wann ich komme, kannst du deine Kommunisten nicht rechtzeitig einsperren? Und was ist mit Eileens Gast? Sitzt die da immer noch oder schon wieder? Was ist das denn für eine?«

»Frag sie doch selbst!«, entgegnet ihre Tante und setzt dann für die Touristen hörbar fort: »Vielleicht kann ich Ihnen helfen? Sie haben doch sicher Durst, ich habe aber nur selbst gemachte Säfte …«

Es geht alles seinen Gang. Olga lächelt ihre Fahrgäste etwas gezwungen an und bewegt sich langsam in die Richtung des Nachbargrundstückes. Als sie gerade die Gartentür öffnen will, ergießt sich ein Redeschwall über die Reiseleiterin. Aus dem Wenigen, was sie versteht, ergibt sich, dass die Frau aus Leipzig kommt. Außerdem, dass sie zu DDR-Zeiten schon einmal hier war, wahrscheinlich sogar in diesem Dorf, sie seien mit dem Trabbi ja immer auf der ganzen Insel herumgefahren, aber gewohnt hätten sie in »Gelbensee«.

»Gelbensee gibt es nicht auf der Insel«, meint Olga und hält damit das Gespräch für beendet. Ein Irrtum.

›Warum hab ich nicht einfach genickt?‹, denkt Olga genervt, der es völlig egal ist, wo diese Frau zu DDR-Zeiten logiert hat. Aber die hält sie jetzt am Ärmel fest und redet aufgeregt weiter. Sie weiß genau, sie waren in »Gelbensee«, mehrmals sogar. Bei Olga sträuben sich die Nackenhaare und sie möchte nur noch weg. Nur aus Sturheit schüttelt sie immer noch den Kopf, aber als die Sächsin noch schneller weiterredet und jetzt erzählt, dass die »Ginder« nicht nur am Strand waren, sondern auch auf dem »gelben See gebaddeld« haben, geht ihr ein Licht auf.

»Sie waren in Kölpinsee«, fällt ihr ein.

»Na, das habsch doch gsogt«, behauptet die Dame beleidigt.

Olga sagt nichts mehr, sie schüttelt nur noch fassungslos den Kopf, während sie neben der unentwegt plappernden Fremden hergeht.

»Mann, Mann, wer soll das aushalten«, murmelt sie vor sich hin, als sie über das Grundstück gehen, auf dem sie ihre Kindheit verbracht hat. Sie hält Ausschau nach Eileen, nichts wünscht sie sich mehr als eine normale Unterhaltung, verständlich, in klaren Worten, am liebsten in Plattdeutsch.

Ihre Tante kommt auf die beiden zu und begrüßt Olga freundlich. »Wie ich sehe, hast du Sabine ja schon kennengelernt, sie kommt aus Leipzig. Wir haben mal zusammengearbeitet, im Kinderkurheim.«

»In Gelbensee«, rutscht es Olga heraus und Eileen guckt verständnislos.

Dann sieht sie aus dem Augenwinkel, dass ihre Reisegruppe auf sie zukommt. Hat sie das Tor offen gelassen? Nein, die gehen auch so einfach auf fremde Grundstücke, schließlich sind sie ja zahlende Gäste und damit haben sie Narrenfreiheit. Sie wirft Eileen einen warnenden Blick zu, die der Leipzigerin schnell das schwarze Kopftuch etwas tiefer ins Gesicht zieht. Anscheinend hat sie Sabine rechtzeitig instruiert, stellt Olga erleichtert fest.

»Das ist meine alte Schwiegermutter«, erklärt »Else« mit leidender Stimme. »Als ihr Sohn, mein Mann, vor zehn Jahren im Achterwasser ertrunken ist, als er am Fischen war, hat sie einen Schock erlitten und seit diesem Tag kein einziges Wort mehr gesprochen.«

Die angemessen ergriffenen Mienen der Urlauber lassen schon erkennen, dass sich diese Geschichte sehr positiv auf den Inhalt von Eileens Geldkassette auf dem alten Gartentisch auswirken wird.

Dort hat sich jetzt ein Pärchen eingefunden, wie Olga missmutig feststellt. Die beiden kennt sie nämlich, es handelt sich um Ronny und Silvio, ein schwules Paar aus dem Dorf.

Hoffentlich machen die beiden keine Schwierigkeiten. Olga werden sie nicht so schnell erkennen, aber das Schauspiel der Schwestern ist leicht zu durchschauen. Die anderen Dorfbewohner haben es sich bisher nur aus der Ferne angesehen, sie werden sich nicht einmischen. Den Touristen das Geld aus der Tasche zu ziehen, halten sie für völlig in Ordnung. Je kreativer das geschieht, umso bewundernswerter ist es.

Zu DDR-Zeiten waren die Touristen ja eher geduldet, man bekam sein Geld auch ohne Freundlichkeit, vor allem ohne viel Gequatsche. Hier im Süden der Insel lebten die Menschen ohnehin hauptsächlich von der Landwirtschaft. Das monatliche Gehalt wurde durch private Viehzucht aufgebessert, das Futter fiel bei der staatlichen Misswirtschaft ab.

Aber Bauern können schließlich rechnen. Sie bemerkten, dass mit Urlaubern mehr Geld zu verdienen war als mit Schweinemast, es roch auch etwas besser. Also wurde der Schweinestall zur »Sachsenfalle« umgebaut. »Sachsen« war das Synonym für alle Urlauber, eigentlich waren alle Menschen südlich von Anklam nach Ansicht der Küstenbewohner Sachsen. Später kamen die Bayern dazu, aber das ist eine andere Geschichte. Vor dem Mauerfall konnte man schon mal den Satz hören: »Unsere Sachsen kommen aus Berlin.«

Ronny und Silvio sind die Paradiesvögel des Dorfes und sie pflegen ihr Image, indem sie kein Klischee auslassen. Beide sind groß und schlank. Ronny hat ein blasses Gesicht, einen Zopf, trägt meist eine dunkle Brille, hautenge Kleidung und schminkt sich nur dezent. Silvio bevorzugt auffälligen Lidschatten, weite, bunte Kleidung und eine blond gefärbte Mähne.

»Die beiden sind homosexuell«, flüstert »Else« den Gästen verschämt zu. »Der eine hat hier ein Haus von seiner Oma geerbt, aber sie werden wohl bald wegziehen. Niemand spricht mit ihnen, sie werden direkt geächtet im Dorf. Na, sie passen ja auch gar nicht hierher. Sollen sie doch lieber in die Stadt ziehen. Da arbeiten sie auch. Als Friseure. Sie haben auch angeboten, den Leuten hier im Dorf die Haare zu machen, dann bräuchten wir nicht extra so weit zu fahren. Aber wie soll das gehen? Die können ja nicht mal eine richtige Dauerwelle. Wir machen uns die Haare auch gegenseitig, meine Nachbarin und ich. Einen Friseur können wir gar nicht bezahlen. Das soll ja schon über fünfzig Euro kosten inzwischen, das stellen sie sich mal vor, wo sollten wir das Geld wohl hernehmen …«

Olga räuspert sich. Sie will Eileen unterbrechen, die steigert sich oft dermaßen in ihre Rolle, dass sie übertreibt und die Gäste sie für völlig lebensuntüchtig halten müssen.

»Eines Tages kriegt einer mal so viel Mitleid, dass er später wiederkommt, um dir in deinem Elend beizustehen«, hat sie einmal ihre Befürchtung geäußert.

»Oder um mir aus reiner Herzensgüte mein Haus für ein Butterbrot abzukaufen.«

»Was noch wahrscheinlicher ist«, gab Olga zu.

»Nun wollen wir die Frauen hier mal in Ruhe lassen!«, befiehlt sie ihren Gästen jetzt energisch und wendet sich dem Ausgang zu. »Ich habe Würstchen im Bus, die mache ich Ihnen warm. Vielleicht hat eine der Einwohnerinnen zufällig ein frisches Brot da, die backen hier bestimmt noch selbst.«

Zu Olgas Erleichterung schlendern die jungen Männer nun davon.

›Was wollten die überhaupt hier?‹, fragt sie sich misstrauisch. Normalerweise sind die beiden tagsüber gar nicht im Dorf. Sie arbeiten in Wolgast, angeblich haben sie dort wirklich einen Friseursalon, niemand weiß das so genau. Allerdings sind sie im Dorf recht beliebt, allein ihr Erscheinungsbild bringt etwas Abwechslung in einen Grillabend. Und die beiden sind auch durchaus unterhaltsam. Sie betonen dabei immer wieder, wie sehr sie das Leben auf dem Land lieben, die Ruhe und die unberührte Natur, nachdem sie vorher in der Stadt gewohnt haben. Olga ist sich allerdings sicher, dass es ihnen irgendwann langweilig wird und sie wieder wegziehen. Vermutlich hat keiner von den beiden ein Haus im Dorf geerbt. Sie werden ihr Anwesen für viel Geld von Toralf Moder, dem hiesigen Makler, gekauft haben.

›Ob die womöglich mit Moder befreundet sind und für den spionieren?‹, überlegt sie jetzt. ›Könnte der uns erpressen? Nein, warum? Was wir hier machen, ist doch nur Folklore. Wir unterhalten die Gäste ein bisschen, lebendiges Heimatmuseum sozusagen. Oder Volkstheater. Wir zwingen ja niemanden, etwas zu kaufen. Woanders werden die Touris noch ganz anders abgezockt.‹

Sie sieht sich um. Ihre Gäste wirken alle zufrieden, sie genießen die ländliche Idylle. Einige sind inzwischen bis zum Wasser vorgedrungen. Dort liegt am Steg neben einem alten Ruderkahn ein sehr schickes, neues Motorboot. Die Bewunderer dessen wären vermutlich sehr erstaunt, wenn sie wüssten, dass dieses der »armen alten Else« gehört, die damit durch Achterwasser und Peenestrom bis in die Ostsee fährt. Zum Ärger ihrer Schwester allerdings, die der Meinung ist, dass man das Geld dafür lieber in ihr dringend reparaturbedürftiges Dach investieren sollte.

Das Haus, in dem Alexa lebt, ist das Elternhaus der Zwillingsschwestern. Ihr Vater war Rohrdachdecker und hat das Dach vor über fünfzig Jahren selbst gedeckt.

In dem Haus daneben, das Eileen jetzt bewohnt, hat Olga ihre Kindheit verbracht.

Olga Bradhering erzählt gern, ihr Vater wäre Fischer gewesen, was ja auch gut zum Namen passt. Schon als Kind hat sie ihm seinen wahren Beruf übel genommen. Als Lehrertochter sollte sie Vorbild sein, besonders in der Schule, was ihrem Naturell absolut widerspricht.

Zu ihrem Kummer unterrichtete er auch noch in Usedom, an derselben Schule, die sie besuchen musste. Wie die meisten Schüler der Stadt war auch sie erleichtert, als er nach Ahlbeck abkommandiert wurde. Der dortige Russisch- und Staatsbürgerkundelehrer war pensioniert worden. Das waren genau die Fächer, die er am liebsten unterrichtete, am besten beherrschte und mit denen er sich bei den Schülern auch ohne seine pädagogische Unfähigkeit am unbeliebtesten machen konnte.

Dass auch ihre Mutter Erzieherin war und sie, Olga, das einzige Kind der beiden, hatten es nicht besser gemacht. Die Frage »Nach wem kommt das Kind bloß?« hatte sich nur ihr Vater gestellt, ihrer Mutter war klar, dass sie nach den Bradherings schlug, einer im Lieper Winkel weitverzweigten und berüchtigten Familie, wobei sie hauptsächlich an die beiden Halbschwestern ihres Gatten dachte.

Die Zwillingsschwestern Alexa und Eileen waren dann auch Olgas große Vorbilder. Als Olga zur Schule ging, waren sie das Hauptgesprächsthema im Lieper Winkel, sehr zum Kummer von Olgas Vater, dem älteren Bruder der beiden. Sie standen in einem ständigen Wettstreit darum, über wen mehr geredet wurde. Als Alexa ihre Haare orange färbte, ließ Eileen sich einen Irokesenschnitt verpassen. Als Alexa ihre ersten großflächigen Tätowierungen sehen ließ, stahl Eileen ihr die

Show, indem sie inmitten der Dorfjugend »oben ohne« badete. Alexa gelang es, einen Schwarzafrikaner zu überreden, den sie auf der Dorfdisco als ihren neuen Freund vorstellte, woraufhin Eileen verkündete, dass sie lesbisch sei. In den Neunzigerjahren wurde es ruhiger um die beiden, und auch im Lieper Winkel konnte man nun RTL empfangen, womit es nicht mehr so leicht war, die Leute in Staunen zu versetzen.

Die Schwestern verschwanden aus dem Dorf – Olgas Mutter vermutete, dass sie auf der Hamburger Reeperbahn gelandet seien, woraufhin Olga sich fest vornahm, ihnen so bald wie möglich dorthin zu folgen, egal, wo das auch sei – sie kehrten erst zur Beerdigung ihres Vaters zurück nach Ententeich.

Olga trauerte aufrichtig um ihren Großvater, der in dem alten Haus neben ihnen gewohnt hatte. Nach dem Tod seiner zweiten Frau, der Mutter der Zwillinge, hatte er die Teenager allein versorgt. Viel gesprochen hat er nie und über die Eskapaden seiner Töchter hat er gelacht oder war verwundert, aber er hat ihnen nie Vorwürfe gemacht. Olga hat gespürt, dass er stolz auf die beiden war, egal, was sie auch anstellten. Und dafür hat sie ihn geliebt. Aber auch für die Ruhe, die er ausstrahlte. Man konnte neben ihm sitzen, ohne zu reden. Kein »Was macht die Schule? – Weißt du schon, was du mal werden willst? – Hast du schon einen Freund? – Willst du was essen?«.

Als die Schwestern weg waren, hat sie ihn gefragt: »Weißt du, wo Alexa und Eileen sind?«

»Jo.«

»Geht es ihnen gut?«

»Jo.« Das reichte, seine Enkelin war beruhigt.

Bei seiner Beerdigung vor etwa sieben Jahren saßen die beiden Töchter in der Dorfkneipe kunterbunt gekleidet zwischen all den schwarz ausstaffierten Menschen. Olga war begeistert. Alexa und Eileen tranken Wodka. Die Schnapsflaschen standen zwischen den Kuchentellern.

»Bei Opa standen immer Brot und Speck auf dem Tisch, wenn ihr gefeiert habt«, fiel Olga ein.

»Richtig.« Alexa lachte und blickte ihren großen Bruder herausfordernd an, der sich ihnen gegenübersaß. »Unser Vater verstand was vom Feiern. Und die russische Art mochte er besonders.«

Bradhering Junior, neuerdings der Senior der Familie, trommelte mit den Fingerspitzen auf der Tischplatte, schloss seine Tochter in den finsteren, verächtlichen Blick, der seinen Halbschwestern galt, mit ein, räusperte sich nach einer Weile und ging zum Angriff über. »Wir verkaufen Papas Haus«, verkündete er. »Ich habe schon mit einem Makler gesprochen.«

Er nickte mit dem Kopf in die Richtung, in der er seinen ehemaligen Schüler Toralf Moder vermutete. Schon als Kind war Toralf ein unerträglicher, hinterlistiger Streber, und inzwischen war er durch undurchsichtige Schiebereien noch unbeliebter, aber dafür reich geworden.

»Wer ist ›wir‹?«, wollte Alexa wissen.

»Na du, Eileen und ich. Jeder ein Drittel. Ein Testament gibt es ja wohl nicht. Oder hast du eins?«

Alexa sah ihn mit unbewegter Miene an. »Weiß ich nicht, wir haben noch nicht danach gesucht. Aber was wir wissen, ist, dass Papa dein Haus zum größten Teil bezahlt hat. Und es steht auf seinem Grundstück. Meinst du nicht, dass uns jetzt unser Elternhaus zusteht?«

»Elternhaus! Nun werde mal nicht sentimental. Wenn ihr darin wohnen würdet, würde ich ja gar nichts sagen. – Ich will mich doch nicht daran bereichern«, ruderte er zurück, wahrscheinlich, weil inzwischen das halbe Dorf zuhörte. »Aber wir können es doch nicht verfallen lassen, wer soll sich denn darum kümmern.«

Eileen mischte sich ein, die Diskussion wurde hitziger und verschärfte sich erheblich, als der Makler seinen Senf dazu gab.

»Natürlich gibt es kein Testament«, stänkerte Moder, »euer Vater hat doch Besitz verachtet, der alte Kommunist. Wahrscheinlich hat er noch nicht einmal gewusst, wie viel Land ihm gehört. Hat einfach so in den Tag hineingelebt. Aber Eigentum verpflichtet, meine Damen, euer Bruder kann den Besitz gar nicht bewirtschaften. Ich werde meinem alten, verehrten Lehrer helfen, alles ordnungsgemäß abzuwickeln, quasi uneigennützig, sodass er dieser Sorge ledig ist.«

»Ja, das könnte dir passen, du alter Gauner«, stellte Eileen fest. »Das werden wir zu verhindern wissen!«

»Genau!«, stimmte ihre Schwester zu, goss den letzten Schnaps aus der Flasche und machte dem Wirt ein Zeichen, Nachschub zu bringen. »Papa würde sich im Grab umdrehen, wenn du sein Haus verschacherst. Ich werde da wieder einziehen. Morgen – na, nächste Woche, oder so.«

»Ich auch!«, rief Eileen begeistert. »Ich lass dich doch nicht alleine im Klassenkampf. Gemeinsam werden wir die Kapitalisten vom Hof jagen. Nastrowje! Auf Papa!«

»Die sind doch besoffen!« Verächtlich schnaufend stand ihr Bruder auf und zog den Makler mit. »Morgen sieht das alles schon wieder ganz anders aus, dann wissen die gar nicht mehr, was sie heute erzählen.«

»Na hoffentlich!« Sein ehemaliger Schüler warf den Frauen einen zweifelnden Blick zu. Er sah ein lohnendes Geschäft in Gefahr. Weiter mit den Frauen zu diskutieren, traute er sich aber auch nicht.

Er zog sich zurück, auch Olgas Eltern und die meisten anderen Gäste gingen nach Hause. Olga blieb bei ihren Tanten, die weiter Wodka tranken und russische Kampflieder sangen.

Olgas Vater starb ein halbes Jahr nach ihrem Großvater. Der Lehrer ertrank im Achterwasser beim Angeln, als das Boot umkippte. Das Wasser war zwar flach, aber seine schwere Kleidung hatte ihn wohl unter Wasser gezogen, vielleicht spielte auch Alkohol eine Rolle – so genau wusste es niemand.

Der Makler schlug auf dieser Beerdigung einen großen Bogen um die Zwillingsschwestern. Als er Olga allein erwischte, teilte er ihr mit Tränen in den farblosen Augen mit, was für ein wunderbarer, einmaliger, großzügiger und herzensguter Mensch ihr Vater gewesen sei.

Olga, der das völlig neu war, versuchte, seinem Mundgeruch auszuweichen und ging langsam rückwärts, aber er hielt sie mit seinen schwitzenden Händen fest und redete schnell und jetzt etwas leiser weiter auf sie ein. Er hätte zufällig einen Interessenten für ihr Grundstück, der würde gern beide Häuser kaufen. Ein richtig reicher Kerl, der würde sofort bar bezahlen, ohne sich die Häuser näher anzusehen, er wolle sie sowieso abreißen. Quasi ein Angebot, das man nicht ablehnen könne, einmalig, man müsse nur schnell zugreifen, bevor der Mann etwas anderes fände, er habe es nämlich eilig. Und halbverfallene Häuser, die nur auf einen Käufer warten, gäbe es ja schließlich genug im Lieper Winkel, hä hä. Stichwort: Landflucht. Wer wolle schon hier, quasi am Ende der Welt, wohnen. Sie doch sicher nicht. Und ihre Tanten – vorsichtiger Blick zu Alexa, Eileen und der Wodkaflasche – würden sich doch in der Stadt oder auch in den Kaiserbädern wohler fühlen. Hier gäbe es ja weder Arbeit noch Kultur. Dieser ganze Besitz sei für sie alle nur ein Klotz am Bein, von dem er sie quasi befreien könne.

Es muss eine sentimentale Anwandlung gewesen sein, schließlich war es die Beerdigung ihres Vaters, dass Olga nur herumdruckste – sie müsse darüber nachdenken, ihre Mutter lebe ja auch noch hier – und nicht das aussprach, was ihr auf der Zunge lag.

Das tat Eileen für sie. »Verpiss dich!«, sagte sie freundlich und zog ihre Nichte mit zum Tisch, wo sie umgehend mit Wodka, dem alten Tröster und Stimmungsaufheller, abgefüllt wurde.

Ein paar Monate später zog Olgas Mutter in ein Pflegeheim. Olga hatte nicht die geringste Lust, in ihrem sanierungsbedürftigen Elternhaus zu wohnen, wo sie alles an ihren Vater erinnerte. Sie war gerade mit Tammes zusammengezogen, verdiente ganz gut und konnte zu Fuß zu ihrem Einsatzort gehen. Vor sechs Jahren gingen ihr der ständige Lärm und die Gäste noch nicht so auf die Nerven wie heute.

Deshalb zog Eileen in das Haus ihres Bruders und Alexa blieb in ihrem Elternhaus wohnen.

Das »quasi einmalige« Angebot bestand immer noch, aber Alexa hat es abgelehnt, indem sie ihren Hund auf den Makler hetzte.

In einem hatte Moder allerdings recht: Es gibt keine Arbeit in dieser Gegend. Deswegen wohnen hier auch fast nur noch alte Leute. Auch die Menschen, die neu herziehen, tun das meist, um ihren Lebensabend hier zu verbringen. Die Rentner aus dem Westen schätzen das angenehme Klima, die Natur und die niedrigen Lebenshaltungskosten. Dass der nächste Arzt ebenso wie der nächste Supermarkt mindestens zehn Kilometer entfernt sind, merken sie dann erst später.

7

„Nimm die ja alle wieder mit!", murmelt Eileen, während sie beobachtet, wie die Gäste in Olgas Bus um die Ecke gebogen sind.

Da reißt sich Eileens Freundin Sabine die graue Perücke vom Kopf und steht auf. »Ich brauche jetzt dringend ein Bad«, verkündet sie. »Kommst du mit?« Eileen nickt. Die beiden gehen zum Bootssteg. Dort ziehen sie sich aus und springen in das flache, warme Wasser. Badeanzüge ersparen sie sich, das Ufer ist hier so dicht bewachsen, dass nicht einmal Toralf Moder mit seinem Fernglas sie sehen könnte. Und wenn, wäre es ihnen auch egal.

Später liegen sie, immer noch nackt, auf dem Holzsteg und sonnen sich. Sie schweigen, hören dem Vogelgezwitscher und dem Summen der Mücken über dem Wasser zu. Einmal quakt ein Frosch. Eileen blinzelt in die Sonne und beobachtet einen Storch, der auf Futtersuche über die Wiese stakt. Dann wendet sie sich Sabine zu. »Langweilig hier, findest du nicht?«

Ihre Freundin ist erstaunt. »Nee, eigentlich nicht. Ich finde es toll. Hier kann man sich richtig erholen.«

»Mag sein. Aber wovon soll ich mich erholen?« Eileen steht auf und zieht sich langsam an.

»Ich muss dringend mal hier raus. Andere Menschen sehen als nur die Dorfbewohner und Olgas bekloppte Gäste.«

»Na ja, das verstehe ich. Immer Urlaub ist auch langweilig. Aber was willst du machen? Willst du dir Arbeit suchen?«

»Würde ich schon. Mir graut nur vor der Fahrerei. Wir sind einfach zu abgelegen hier. Es gibt ja nicht mal eine richtige Straße. Im Winter bleibst du im Schnee stecken und im Frühjahr und Herbst im Matsch. Und im Sommer stehst du nur im Stau, wenn du in die Seebäder oder runter von der Insel willst.« Sie seufzt. »Manchmal tut es mir doch leid, dass ich hierher zurückgekommen bin.«

»Willst du das Haus verkaufen?«

»Das kann ich Alexa nicht antun. Ich könnte mit ihr nicht mal darüber sprechen, sie würde ausflippen. Gut, dass du da bist. Hab ich wenigstens mal jemanden zum Reden.«

Sie wendet sich zum Haus. »Ich gehe Kaffee kochen, kommst du mit?«

»Ich komme gleich nach.« Sabine setzt sich auf und blickt ihrer Freundin Eileen nachdenklich hinterher.

Als Alexa zum Steg hinunterkommt, ist sie etwas enttäuscht, dass die beiden Frauen schon weg sind. Sie beschließt, allein baden zu gehen und will sich gerade ausziehen, da hört sie Motorengeräusche. Schnell schließt sie den Reißverschluss ihrer Jeans wieder und reckt sich ein wenig, um über das Schilfrohr hinwegzusehen.

Das Auto, das auf dem Weg neben ihrem Tor steht, kennt sie nicht. Sie kann auch die Nummer nicht erkennen. Jetzt steigt jemand aus. Es ist ein großer, schlanker Mann, etwa siebzig Jahre alt, mit weißem, aber immer noch vollem, leicht gewelltem Haar. Er trägt Jeans und ein kurzärmliges, kariertes Hemd. Eine gefühlte Ewigkeit steht er nur neben seinem

Auto und betrachtet die Grundstücke sowie die Umgebung. Dann nimmt er die Sonnenbrille ab und tritt näher an Alexas Zaun heran. Unwillkürlich geht sie einen Schritt zurück, aber er scheint nur das Dach gründlich zu mustern. Und in diesem Moment erkennt sie ihn. Schnell schlüpft sie in ihre Schuhe und läuft über das Grundstück.

»Axel! Bist du das wirklich?«

Er tritt durch das Tor, geht ihr entgegen und schließt sie in die Arme. Dazu muss er sich etwas hinabbeugen. »Hallo, meine Kleine! Du bist ja immer noch nicht gewachsen!«

»Nein!« Sie lacht. »Ich wachse schon seit Langem nur noch horizontal. Aber du bist anscheinend noch größer geworden, oder täuscht das?«

»Nein, ich war schon immer so lang. War in meinem Beruf durchaus von Vorteil.«

»Stimmt, das hat mein Vater auch immer gesagt. Er meinte, bei manchen Dächern brauchtest du gar keine Leiter.«

»Dein Vater hatte schon immer einen Hang zu Übertreibungen.« Er wird ernst. »Aber er war ein toller Kerl, ich mochte ihn sehr. Was gäbe ich darum, noch einmal eine Flasche Wodka mit ihm zu leeren.«

Alexa lächelt ihn an. »Schön, dass du mich trotzdem besuchst. Hast du ein bisschen Zeit?«

»Na klar, jede Menge.«

»Dann komm, setzen wir uns unter den Birnbaum! Kaffee?«

»Gern.«

Als Alexa zwei Becher Kaffee auf den Tisch stellt, sieht sie den Mann nachdenklich an. »Wann haben wir uns eigentlich zum letzten Mal gesehen? Das muss doch eine Ewigkeit her sein.«

»Ja, fast zehn Jahre. Ich war doch zur Beerdigung deines Vaters hier. Aber da haben wir nur ganz kurz miteinander gesprochen. Ich hatte gerade viel zu tun und musste abends schon wieder zurückfahren. Aber wenigstens habe ich mich von ihm verabschiedet, das war ich ihm schuldig. Er war schon ein ganz besonderer Mensch, einer der besten, die ich je gekannt habe.«

»Ja, das war er«, stimmt Alexa ungewohnt ernst zu.

Die beiden schwelgen in Erinnerungen an den alten Rohrdachdecker, bei dem Axel vor mehr als fünfzig Jahren gelernt hat. »Mann, wie lange ist das her?«, wundert er sich. »Weißt du eigentlich, dass ich dich schon als kleines Mädchen kannte?«

»Ja. Ich kann mich erinnern, dass du mir mal einen Springfrosch geschenkt hast.«

»Was? Einen richtigen Frosch?«

»Nein, einen aus Blech. Da war unten so ein Saugnapf dran, den musste man herunterdrücken, nach einer Weile löste sich das Sauggummi und der Frosch machte einen Sprung. Ich habe damit immer die Katzen geärgert. Schade, ich glaube, so etwas gibt es heute gar nicht mehr.«

»Doch, gibt es. Die heißen heute Handtuchhalter und werden an die Wand gedrückt. Ich habe dich übrigens immer mit Eileen verwechselt. Ich hoffe doch, du bist Alexa?«, fragt er, nun doch etwas unsicher.

Sie lacht. »Ja, bin ich. Aber woher hast du das gleich gewusst?«

»Das habe ich erraten. Meine Schwester hat mir erzählt, dass du im Haus deines Vaters wohnst. Das finde ich übrigens gut. Wäre schade, wenn es verkauft und vielleicht nur noch als Sommerhaus genutzt würde, wie manche anderen hier auf der Insel.«

»Ja.« Sie seufzt und deutet auf das Dach. »Nur – du siehst ja. Mein Vater würde sich im Grab umdrehen, wenn er das sehen könnte. Aber irgendwann, in zwei oder drei Jahren, schaffe ich es, es neu decken zu lassen. Ist eben verdammt teuer. Und ausbessern bringt nichts mehr, glaube ich.«

»Nein, wohl nicht.« Er betrachtet das große Rohrdach, dann sieht er zum Nachbarhaus hinüber. »Und Eileen wohnt im Haus deines Bruders? Warum hat das eigentlich kein Rohrdach? Das hätte doch viel besser hierher gepasst. Und dein Vater hätte es ihm noch decken können. Wollte dein Bruder das nicht?«

»Mein Bruder war ein Idiot«, sagt Alexa deutlich. »Ein Rohrdach war ihm nicht modern genug. Er hat sich mit meinem Vater sowieso nicht verstanden. Aber seine Tochter ist in Ordnung. Olga – kennst du sie eigentlich?«

»Ich kann mich dunkel erinnern, sie ist ja schon als Teenager weggegangen aus dem Dorf. Bei der Beerdigung habe ich sie gesehen.«

»Ja, genau. Aber du bist ja auch schon kurz nach der Wende in den Westen gegangen, stimmt's?«

Alexa erinnert sich, dass sie und Eileen damals sehr überrascht waren, als Axel das Dorf verließ. Sie hatten immer den Eindruck, er wäre hier fast so verwurzelt wie die Eiche am

Dorfanger. Die Familie lebte hier seit vielen Generationen. Sie waren Bauern und Fischer. Axels Vater war ebenso wie er selbst Rohrdachdecker und Geselle beim alten Bradhering. Er hat auch ganz gern getrunken, wie die meisten seiner Kollegen, allerdings hat er nicht viel vertragen. Als er dann vom Dach gestürzt ist und sich das Genick gebrochen hat, hieß es natürlich, er wäre betrunken gewesen. Alexa wusste aber von ihrem Vater, dass es nicht so war. »Ist auch so schlimm genug«, hatte der erklärt. »Aber wenn der besoffen gewesen wäre, hätte ich zumindest mein Gewerbe verloren und wer weiß – na ja, komisch ist es trotzdem.« Was an dem Unfall komisch war, ließ er offen, aber er war ohnehin nicht gerade gesprächig. Außerdem kam kurz danach die Wende und es gab andere Themen.

»Ja, was sollte ich hier noch. Als euer Vater in Rente ging, war ich arbeitslos. Ich bin dann nach Friesland, die Dächer haben mir am besten gefallen. Ich musste das Decken aber noch einmal neu lernen, die machen das ganz anders als wir hier in Pommern. Dann habe ich auch gleich meine Frau kennengelernt, endlich eine Familie gegründet, viel gearbeitet – na ja, nun habe ich es tatsächlich geschafft, mal wieder herzukommen.«

»Bleibst du länger, oder machst du ein paar Tage Urlaub?«

»Ich bleibe etwas länger, ich bin jetzt auch Rentner und meine Frau und ich haben Zeit.« Er steht auf. »Komm, lass uns doch ein paar Schritte gehen, ja? Ich würde mir gern mal wieder das Ufer ansehen, wo ich früher mit deinem Vater in jedem Winter Rohr geschnitten habe.«

Gemeinsam schlendern sie auf den Steg, dann gehen sie am Ufer entlang durch das hohe Schilfrohr. »Alles verwildert«, bemerkt Alexa etwas resigniert. »Es schneidet ja keiner mehr.«

Axel schüttelt den Kopf. »Ich habe es mir viel schlimmer vorgestellt. Das ist doch schönes, kräftiges Rohr und gleichmäßig gewachsen.« Er weist auf den großen alten Bootsschuppen. »Den gibt es ja auch noch. Ist da noch das Werkzeug von deinem Vater drin?«

»Du, da fragst du was. Ich war da schon ewig nicht mehr drin, den Schuppen hatte ich ganz vergessen.« Axel ist schon zu dem halbzerfallenen Holzgebäude gegangen. Mit einiger Mühe kann er auch die Tür öffnen, die zwar nicht abgeschlossen, aber völlig verzogen ist.

Innen ist es schummrig, die kleinen Fenster sind völlig verdreckt, über einem scheint sich ein Schwalbennest zu befinden. Axel kneift die Augen zusammen und zeigt auf den Boden.

»Vor Kurzem hat sich hier schon mal jemand umgesehen«, stellt er fest. Die Fußspuren im Staub führen zu einem kleinen Spind an der Seite.

Alexa nickt gleichmütig. »Vielleicht waren es Kinder oder Jugendliche, wir haben hier auch immer heimlich geraucht. Zum Stehlen gibt es hier jedenfalls nichts.«

Axel ist schon weiter vorgedrungen, er wühlt in einem Berg von alten Brettern und Gerümpel. »Guck mal hier! Klopfbretter, Draht, aber die Leitern werden wohl morsch sein.« Prüfend rüttelt er an einer Sprosse.

Alexa zuckt mit den Schultern. »Na ja, wenn schon. Was nützt es mir? Meinst du, ich kann mein Dach allein decken?«

»Nein, du nicht, aber ich.« Als sie ihn erstaunt ansieht, fährt er mit Begeisterung fort: »Du, ich mache das gern, schon wegen deines Vaters. Der hat immer anderen geholfen, manchmal hat er für alte Leute, die kein Geld hatten, umsonst gearbeitet und denen auch noch das Material geschenkt. Ehrlich, das habe ich mehr als einmal erlebt.«

»Ja, das war typisch«, murrt Alexa. »Nur das eigene Dach hat er dabei vergessen.«

»Na eben! Deshalb mache ich das jetzt. Das heißt, in diesem Jahr wird es nichts mehr. Aber wenn es passt, komme ich im Winter mal her und schneide ein bisschen Rohr, nur hier bei euch, das reicht.«

Alexa blickt in eine Ecke. »Steht da nicht das Ding, mit dem er immer Rohr geschnitten hat? ›Rohr schieben‹ hat er dazu gesagt. Wenn du mir zeigst, wie das geht, kann ich das vielleicht auch selbst machen.«

»Na ja, ich weiß nicht. So einfach ist das nicht. Aber ich komme gern mal im Winter her, das ist kein Problem für mich. Und im nächsten Sommer decke ich dir dein Dach neu ein. In Gedenken an meinen alten Meister Bradhering sozusagen. Ehrlich Alexa, ich freue mich richtig darauf!«

»Meinst du? Es wäre schon toll. Ehrlich gesagt, weiß ich nicht, wann ich das Geld für ein neues Dach zusammen hätte. Du sollst das natürlich auch nicht ganz umsonst machen …«

»Unsinn!« Er zieht sie aus dem Schuppen und sie gehen hoch zum Weg.

Alexa dreht sich noch einmal um. »Von hier aus sieht man den Schuppen gar nicht. Aber aus irgendeinem Grund habe ich vor Kurzem daran gedacht. Mir ist nur entfallen, in welchem Zusammenhang das war. Ach, ist egal, ich denke später darüber nach. Jetzt würde ich am liebsten mit dir anstoßen, aber dazu ist es wohl noch zu warm, oder?«

Sie bleiben vor Alexas Tor stehen. »Weißt du was?«, schlägt sie vor. »Wenn ihr noch ein paar Tage hier seid, kommt doch abends mal mit deiner Frau vorbei. Zu einem gemütlichen Grillabend.«

»Sehr gern! Ruf mich an, ja? Warte, hier hast du meine Nummer.« Er gibt ihr seine Karte. »Ich freue mich schon auf Eileen, bin gespannt, ob ihr euch immer noch so ähnlich seht. Und – ich habe schon lange keinen Wodka mehr getrunken.«

8

»Was machst du denn da? Du lernst den Mist doch nicht etwa auswendig?«, staunt Tammes.

»Was soll ich machen?« Wütend klappt Olga das Buch zu. »Warum nimmst du einen Auftrag von einer Gruppe Anwälte an? Wenn ich mit denen meine normale Rundfahrt mache, verklagen die mich doch garantiert.«

»Ach was, die sind auch nicht schlauer als andere. Erzähl denen doch, was dir gerade einfällt und wenn es nicht stimmt, na, dann hast du dich eben geirrt. Was wollen die schon machen? Schlimmstenfalls kriegst du kein Trinkgeld. Na und?«

»Na und? Ich habe einfach keine Lust auf den Stress. Ich habe dir gesagt, du sollst denen absagen.«

»Wollte ich doch. Aber der Computer ist kaputt. Ich muss mir erst jemanden suchen, der ihn repariert. Was kann ich dafür?«

»Was du dafürkannst? Bei einer E-Mail, die mit *Gratulierung* anfängt, solltest du den Anhang nicht öffnen. Idiot!«

»Na ja, mir war eben langweilig. Ich fühl mich so einsam, wenn du den ganzen Tag nicht da bist. Keiner spricht mit mir. Vielleicht werde ich beim nächsten Mal die Zeugen Jehovas reinlassen …«

»Tammes, du spinnst! Ich nehme dich trotzdem nicht mit.«

Olga weiß genau, dass ihr Partner nur aus dem Haus gehen muss, um Unterhaltung zu haben. Er kennt genügend Leute in Ahlbeck, vor allem alle Fischer und alle Kneipenwirte. Langeweile ist mit Sicherheit nicht sein Problem. Aber er ist misstrauisch, was Olga so treibt. Sie erzählt ihm zu wenig von ihren Fahrten. Deshalb hat er nun doch angeboten, sie zu begleiten. Er würde sich einfach neben Wladimir setzen und sich gar nicht einmischen. Olga hat glattweg abgelehnt, was ihn noch skeptischer machte. Außerdem will er wirklich mal wieder seine zahlreichen Bekannten besuchen. Er kennt nämlich nicht nur jeden Quadratkilometer auf der Insel, sondern auch auf jedem Quadratkilometer irgendjemanden, mit dem er sich gern unterhält. Er mag eben Menschen und interessiert sich für sie.

Als ihre Gäste am nächsten Morgen in den Bus steigen, ist Olga noch missmutiger als sonst. Ihr fehlt Wladimir, den hat sie heute bei Tammes auf dem Sofa gelassen hat, weil sie befürchtet, dass es gegen irgendein Gesetz verstößt, ihn auf seinem Stammplatz mitzunehmen. Außerdem könnte er, wenn die Leute wirklich außerordentlich unsympathisch sind, womöglich sein Frauchen anmeckern und versuchen, die Leute zu beißen.

Tammes war, obwohl auch er eigentlich keine guten Erfahrungen mit Anwälten gemacht hat, mal wieder optimistisch. »Da gibt es bestimmt auch nette«, meinte er vorsichtig. »Und die anderen ignorierst du einfach.«

Das mit dem Ignorieren hätte er Olga nicht sagen müssen, das ist eine ihrer leichtesten Übungen, die sie bis zur Vollkommenheit beherrscht.

Kurz nach dem Start überlegt sie, ob sie die etwas unterkühlte Stimmung vielleicht durch einen Juristenwitz auflockern sollte, ihr fallen da einige ein. Dann lässt sie es, der Ärger wird schon noch früh genug kommen.

Lustlos versucht sie, einige historische Fakten anzubringen, aber das Interesse hält sich in Grenzen. Die Gattinnen diskutieren neue Diättrends, während ihre Männer sich über Grundstückspreise unterhalten und die Rentabilität von Ferienwohnungen in dieser beinahe unberührten Landschaft in Ostseenähe. »In zwei Stunden bist du in Berlin.« – »Es gibt doch sogar einen Flughafen.« – »... könnte man von der Steuer absetzen.«

Umgehend verwirft Olga die Idee, nach Ententeich zu fahren. Nicht, weil sie glaubt, die Anwälte würden nicht auf ihre Tanten hereinfallen, das würden die garantiert. Sie befürchtet allerdings, denen könnte die ländliche Idylle am Achterwasser so gut gefallen, dass sie sich dort einnisten und die anständige Landluft verpesten würden.

Als sie zum ersten Mal hält, überlegt Olga krampfhaft, wann das verdammte Schloss vor ihr noch gebaut wurde – sie hat es sich doch gerade gestern Abend eingeprägt – aber das will gar keiner wissen. Die Herren versuchen zu schätzen, wie viele Fördermittel – »Alles unser Geld!« – »Und bei uns verfällt alles!« – hier vergeudet wurden und die Damen weigern sich, auszusteigen, weil der Weg nicht gepflastert ist und sie sich ihre Schuhe nicht schmutzig machen möchten.

Beim nächsten Ausstieg muss Olga sich schon sehr zwingen, wenn auch nicht freundlich, dann wenigstens höflich zu sein.

»Warum gibt es hier eigentlich so viel Brachland?«, will ein Gast wissen. »Habt ihr keine Bauern?«

Olga erklärt, dass es sich um Naturschutzgebiete handelt und will noch etwas über Fischotter und seltene Pflanzen erzählen, aber ein besonders unausstehlicher Glatzkopf fällt ihr ins Wort.

»Die haben das doch gar nicht nötig«, behauptet er herablassend, »die kriegen doch Subventionen dafür, dass sie gar nichts tun. Na, und das Nichtstun haben sie ja gelernt zu DDR-Zeiten, hä hä. Die haben doch schon damals alles verkommen lassen.«

Olga holt ganz tief Luft, schluckt ein paar Mal und wendet sich ab. Dann fragt sie einen jungen Mann, der direkt neben ihr steht und eigentlich ganz nett aussieht, leise: »Ich hätte mal eine fachliche Frage. Sagen Sie, so eine Geldstrafe wegen Beleidigung – kann das sehr teuer werden?«

Der junge Mann sieht sie belustigt an. »Kommt drauf an – aber ich würde das jetzt nicht direkt als Beleidigung beurteilen …«

»Ja, schon gut, ich wollte es nur mal so ganz allgemein wissen.« Olga hat sich wieder gefangen und erspart sich die Erklärung, dass sich ihre Frage nicht auf die unqualifizierten Äußerungen seines Kollegen bezogen hat, sondern auf die Entgegnung, die ihr auf der Zunge lag.

Sie übersteht die Fahrt und kommt etwas früher als geplant, aber ausgesprochen erleichtert zurück. Sie stellt sich sogar neben die Tür, um beim Ausstieg zu helfen, obwohl sie nicht mit Trinkgeld rechnet.

Der Anblick von Tammes, der plötzlich zusammen mit Wladimir auftaucht, ist ein wohltuender Kontrast zu den Anwälten, dennoch ist sie etwas beunruhigt. Offensichtlich ist er ziemlich angetrunken und in diesem Stadium neigt er dazu, wildfremde Leute anzusprechen und sich mit ihnen zu unterhalten, ob sie es nun wollen oder nicht. Diese wollen erst mal nicht, was vermutlich an seinem etwas ungepflegten Äußeren liegt. Dann erzwingt er ihre Aufmerksamkeit, indem er sich als der Organisator dieses »wunderbaren Tagesausfluges« zu erkennen gibt und behauptet, Olgas Chef zu sein. Von einem Ohr zum anderen grinsend erwartet er dann Lob für seine Leistung.

Olga hat eigentlich gehofft, dass die Gäste einfach stillschweigend verschwinden würden, aber das hat ihr Lebensgefährte nun mal wieder gründlich versaut.

Der Mann, der sich schon so gut mit der Landwirtschaft auskannte, erklärt Tammes jetzt, aufgrund welcher Paragrafen er nicht den vollen Preis für diesen Ausflug zahlen wird. Von Inkompetenz ist die Rede, von Unfreundlichkeit, der Bus entspräche nicht den normalen Anforderungen, und er werde den Vertrag noch einmal prüfen. Er redet sich in Rage, die Umstehenden sind zum Teil peinlich berührt, zum Teil amüsiert.

Olga wird langsam wütend, Wladimir knurrt drohend.

Tammes wird plötzlich ganz blass um die Nase und macht einen schnellen Schritt auf den juristischen Klugscheißer zu.

Olga erschrickt, so kennt sie ihn gar nicht. Sie kann ihn gerade noch daran hindern, dem kleinen dünnen Mann an die Kehle zu gehen. Als sie ihn am Arm fasst, bleibt er stehen und entspannt sich ein wenig, aber sein Gesichtsausdruck ist immer noch angsteinflößend.

Sogar die Anwälte sehen eingeschüchtert aus und ziehen sich langsam und schweigend zurück.

Tammes schüttelt kurz den grauen Kopf, dann winkt er dem Hund. »Wladimir komm, wir gehen!«

Er verdirbt seinen wunderbaren Abgang nur dadurch ein wenig, indem er sich doch wieder umdreht und murrt: »Ach nee, Sie gehen, wir fahren«, um dann mit dem Hund in den Bus zu steigen.

Olga nickt ihren Gästen noch einmal kurz zu und steigt ebenfalls ein. Sie sagt nichts, aber Tammes ist in ihrer Wertschätzung gerade ein ganzes Stück gestiegen.

9

Toralf Moder hat ein Problem. Seine Haushälterin Agata, eine bildschöne, junge Polin, spricht nur zwei Worte Deutsch: »Nicht verstehen.«

Das ist ihre immer gleiche Antwort auf alles, was er ihr sagt. Und da er im Gegenzug kein Wort Polnisch spricht, macht sie einfach, was sie für richtig hält. Meist klappt das ganz gut, sie hält sein Haus halbwegs sauber, manchmal kocht sie sogar. Das schmeckt selten, ist ihm aber egal, er erkennt den guten Willen an, nickt begeistert, sagt »gut« und »hmmm« und grinst sie dümmlich an. Manchmal versucht er es auch mit »very good«, bringt aber nichts, Englisch versteht sie auch nicht.

Obwohl er sich das einbildet, hält ihn niemand für besonders intelligent, aber er besitzt eine gewisse Bauernschläue. So erkennt er auch den Vorteil dieser eigentlich misslichen Situation: Agata kann sich mit den Leuten im Dorf nicht unterhalten.

So kann sie auch nicht dementieren, dass sie als seine Geliebte gilt, was er nicht direkt sagt, den Leuten aber durch seinen schmierigen Gesichtsausdruck und die besondere Betonung, die er auf das Wort »Haushälterin« legt, suggeriert.

Natürlich fasst er sie niemals an. Einerseits würde er das gar nicht wagen, andererseits gilt sein Interesse mehr dem eigenen Geschlecht. Ein Geheimnis, das er ängstlich hütet.

Trotzdem, heute würde er Ronny oder Silvio, die gerade an seiner Tür klingeln, lieber nicht hereinlassen, obwohl er sich zugegebenermaßen zu Silvio hingezogen fühlt. Aber wie soll er Agata erklären, dass er gar nicht zu Hause ist, obwohl er doch vor ihr steht. Sie beachtet weder sein Gestammel – »Ich nicht da! Nicht zu Hause, verstehst du?« – noch seine hektische Zeichensprache, sondern öffnet einfach die Haustür, lächelt die beiden an und weist ihnen den Weg zur Dachterrasse. Der Makler kann gerade noch sein Fernglas hinter einem Blumenkübel verstecken, das Hemd über dem schwammigen Bauch schließen und ein freundliches Lächeln aufsetzen, da lässt Ronny sich auch schon in der Hollywoodschaukel nieder. Silvio tritt an das Geländer, schiebt die Sonnenbrille aus den Haaren vor die Augen und blickt hinüber zum Achterwasser, oder auch auf die Häuser der Schwestern.

»Na Moder, wie sieht es aus? Hast du den Vertrag schon aufgesetzt?« Er dreht sich um und blickt seinen Gastgeber etwas herablassend an. »Irgendwie habe ich den Eindruck, da tut sich gar nichts. Die Familie Bradhering hat ja wohl eine andere Einnahmequelle gefunden und denkt gar nicht daran, zu verkaufen. Oder täusche ich mich?«

»Nein, nein – ich meine doch, natürlich, du täuschst dich. Das geht seinen Gang, ich bin dran. Darf ich euch was anbieten? – Agata!« ruft er ins Haus, »mach uns doch mal Kaffee!«

»Nicht verstehen«, kommt die Antwort von unten.

Toralf Moder lächelt verlegen, die anderen beiden grinsen.

»Na schön«, auch Ronny ist jetzt aufgestanden, »zwei Wochen hast du noch. Wenn bis dahin kein Vertrag zustande kommt, zahlst du den Vorschuss zurück und wir suchen was anderes für den Mann. Ehrlich gesagt, haben wir sogar schon ein anderes Haus gefunden. Da gibt es gar keine Schwierigkeiten, das können wir sofort kaufen. Du hast nur Glück, dass dem Kunden dieses Grundstück so gut gefällt. Also – du weißt Bescheid.«

»Ja, ja, natürlich. Das klappt auf jeden Fall – ich hab den Vertrag ja quasi schon …« Den Rest verschluckt er, den Männern hinterhersehend, die schon unten durch den Hausflur gehen.

»Mach's gut, Agata, meine Schöne«, verabschiedet sich Silvio und Moder fragt sich, warum seine Haushälterin so albern darüber lacht.

»Dumme Gans«, brummt er und überlegt, ob er sich jetzt selbst einen Kaffee kochen sollte, Agata tut es ja wahrscheinlich nicht. Er sieht aber davon ab und lässt sich mit sorgenvoll gekrauster Stirn wieder in seinen Sessel fallen.

Irgendwie erscheint ihm seine Haushälterin mysteriös, warum arbeitet sie eigentlich für ihn? Von dem Mann, der sie an ihn vermittelt hat, einem Polen, hat Moder sich eine größere Summe Geld geborgt. Vielleicht soll sie aufpassen, was er einnimmt, und dafür sorgen, dass er seine Schulden bezahlt. Er steckt total in der Klemme, fühlt sich sogar im eigenen Haus bedroht. Hätte er doch bloß diese verdammte Ferienwohnung in Heringsdorf nicht gekauft! Natürlich war sie völlig überteuert, aber die Lage! Direkt an der Strandpromenade mit Blick auf die Ostsee, da konnte er einfach nicht widerstehen. Sie hätte schon längst wieder verkauft sein sollen, aber Kunden, die mal eben eine halbe Million locker machen, findet man nicht alle Tage. Im Moment würde er sie sogar ohne Gewinn wiederverkaufen. Die beiden Männer setzen ihn unter Druck, sie sind vermutlich nicht halb so harmlos, wie sie gern tun. Natürlich ahnen sie, dass das Geld, das sie als Vorschuss für ein Grundstück am Achterwasser gezahlt haben, nicht mehr flüssig ist.

Der Makler angelt sein Fernglas wieder hinter dem Blumenkasten hervor und sieht hinüber zu Eileens Grundstück. Sie räumt gerade ihren Verkaufstisch am Zaun ab. Alexa und ihre Hunde sind nicht zu sehen.

Dann rennt er, so schnell er kann, durch das Dorf. Erst an der Ecke vor dem Bradheringschen Anwesen bleibt er stehen, wischt sich den Schweiß von der Stirn und atmet tief durch. Dann bummelt er betont langsam auf Eileen zu.

»Na, hast du Besuch?« Er deutet mit dem Kopf auf Sabine, die weiter hinten Wäsche aufhängt.

»Das geht dich einen Scheißdreck an!« Eileen lässt sich nicht stören. Sie faltet das Tischtuch zusammen, mit dem sie den abgenutzten Gartentisch verdeckt hat, legt es auf die Flaschen und Gläser in ihrem Korb und dreht Moder den Rücken zu.

»Ich dachte, deine Kinder wären hier, wollte mich mal wieder mit deiner Tochter unterhalten. Aber die kommt wohl gar nicht mehr? Habt ihr euch gezankt?«

Eileen will im ersten Moment ihre Antwort wiederholen und weggehen, aber dann stellt sie den Korb noch einmal auf dem Tisch ab und blickt ihr Gegenüber an. »Was willst du? Wir haben dir doch wohl deutlich gesagt, dass wir nicht verkaufen, oder?«

»Ja, klar. Aber ich hatte gehofft, du hast noch einmal darüber nachgedacht.« Er wirft einen Blick hinüber auf Alexas Grundstück und tritt dann einen Schritt auf Eileen zu, um etwas eindringlicher auf sie einzureden. »Ich weiß doch, dass die nicht hierherkommen, weil sie im Urlaub lieber am Strand sind. Deine Tochter hat mir erzählt, dass sie im Sommer oft bei seinen Verwandten in Ahlbeck sind. Stell dir vor, du hättest eine Wohnung in einem Seebad, dann würden sie dich bestimmt oft besuchen.«

»Ach ja? Woher weißt du denn, dass ich das überhaupt will?«

»Nun komm, Eileen, du bist doch gar nicht so ein Biest, wie du immer tust. Und außerdem«, redet er schnell weiter, »wenn du dein Haus verkaufst, kannst du Alexa das Geld für ihr Dach geben, bevor es ihr über dem Kopf zusammenfällt. Am Ende ist sie dir dann sogar noch dankbar.«

»Da würde ich mich nicht drauf verlassen.«

Der Makler zuckt zusammen, als er plötzlich Alexas Stimme hinter sich hört. So ein Mist! Gerade hatte er das Gefühl, dass Eileens Schale bröckelt. »Mensch, ihr werdet doch auch nicht jünger«, startet er einen letzten Versuch. Aber das war genau der falsche Ansatz. Bevor er seine Feststellung noch weiter untermauern kann, pfeift Alexa nach ihren Hunden und er stolpert fluchend zurück zur Dorfstraße.

Eileen nickt ihrer Schwester zu und grinst, aber abends vor dem Einschlafen träumt sie davon, eine Wohnung in Strandnähe zu mieten, in einem Café oder Restaurant zu kellnern, das sie zu Fuß erreichen kann, und im Sommer Besuch von Tochter und Enkeln zu bekommen.

10

Alexa, die Nachschub an »reinen Naturprodukten« aus dem Aldi in Usedom geholt hat, schließt sorgfältig das Garagentor und blickt hinüber zum Haus ihrer Schwester. Dort tritt Sabine gerade aus der Tür.

Eileens Gast ist 65 Jahre alt, hat leuchtend-rotgefärbte Haare und trägt heute zerrissene Jeans und ein T-Shirt mit der Aufschrift: *Einen Scheiß muss ich!* Sie tritt an die Mauer heran, die das Grundstück teilt und grüßt freundlich. »Super Idee!« Sie deutet auf die Kiste mit Säften und Obstwein. »Ihr könntet doch auch Likör anbieten. Vielleicht noch einen billigen Schnaps unterrühren, dann glauben die sofort, dass der selbstgemacht ist. Und wenn sie den in der Mittagshitze verkosten, kaufen die gleich noch mehr ein.«

»Das ist gar keine schlechte Idee«, stimmt Alexa zu. »Das probiere ich mal aus.« Sie mustert ihr Gegenüber wohlwollend. Wenn dieser sächsische Dialekt nicht wäre, könnte sie direkt Sympathie für die Frau empfinden. »Bleibst du nun doch länger?«, fragt sie etwas unhöflich. »Eileen hat gesagt, du besuchst sie nur übers Wochenende.«

»Na ja, ich habe es nicht eilig, nach Hause zu kommen«, gibt Sabine zu. »Da wartet nur Ärger auf mich. Und hier ist es schön.«

Alexa nickt. »Familie?«, fragt sie mitleidig.

»Genau. Familie: Kinder, Enkel, alles da. Alle gesund und munter, alle lieben sich und mich. Das reine Familienglück.

Das Leben lächelt und manchmal lacht es laut und höhnisch«, erklärt sie etwas rätselhaft.

Alexa denkt an ihren Bruder und das Gekeife, das zu seinen Lebzeiten beinahe täglich über den Hof schallte und nickt verständnisvoll.

Eileen kommt dazu: »Wir wollen mit dem Boot fahren. Vielleicht rüber nach Ückeritz oder Zinnowitz, mal sehen. Willst du mit?«

»Nee, lass mal, ich hab noch zu tun.« Alexa deutet auf ihre Einkäufe und sieht Eileens Freundin hinterher, die ins Haus gegangen ist, um sich eine Jacke zu holen. »Die hat sich ganz schön bei dir eingenistet, was? Zahlt sie wenigstens Miete?«

»Nein, warum auch? Sie ist doch zu Besuch und ich habe schließlich Platz genug. Außerdem hat sie selbst finanzielle Probleme. Was denkst du, warum sie sich nicht nach Hause traut?«

Eileen grinst und Alexa würde es sehr interessieren, was daran so lustig ist, aber da kommt Sabine aus dem Haus und die beiden gehen hinunter zum Bootssteg.

›Na, das krieg ich schon noch raus‹, ist sie sich sicher.

Als Eileen und Sabine am späten Nachmittag zurückkommen, liegt Alexa auf ihrer rostigen Hollywoodschaukel in der Sonne und schläft tief und fest. Sie hat Sabines Idee aufgegriffen, eine Flasche Kirschlikör, die vermutlich noch aus DDR-Zeiten im Keller stand, mit Kirschsaft und hochprozentigem Wodka verlängert und dann die Wirkung unter realen Bedingungen, das heißt, in der prallen Sonne, getestet. Das Ergebnis überzeugt auch ihre Schwester und deren Freundin.

»Ich lehne alle lebensverlängernden Maßnahmen ab«, nuschelt das Opfer des Selbstversuches, als die beiden sie wecken wollen, und fällt von der Schaukel.

11

Die Gäste, die ihren Fahrschein nicht im Voraus gekauft haben, können bei Olga direkt bezahlen. In der Kurverwaltung kostet er acht Euro, bei Olga zehn für Erwachsene und zwölf Euro für Kinder.

»…, weil sie mir auf die Nerven gehen«, erklärt sie einer Familie und dann noch einmal der etwa zehnjährigen naseweisen Tochter: »Halt die Klappe, sonst läufst du hinterher!«

Hinterher ärgert sie sich ein bisschen, das wären immerhin 32 Euro gewesen – aber egal, mit denen hätte es ohnehin nur Ärger gegeben.

In Ententeich läuft alles wie geschmiert, inzwischen haben die Frauen Routine in ihrer Theateraufführung. Damit es nicht langweilig wird, lässt Alexa sich immer etwas Neues einfallen. Diesmal hat sie einen ihrer Hunde abgerichtet, sich krank zu stellen. Er liegt in einiger Entfernung im Gras und stößt in regelmäßigen Abständen herzerweichende Klagelaute aus. Dabei dreht und windet er sich und Olga könnte schwören, dass er vor Vergnügen grinst.

»Ach, das arme Tier! Wenn ich es mir doch nur leisten könnte, ihn zum Tierarzt zu bringen. Er muss irgendetwas gefressen haben …« Alexa lässt ihre Stimme vor Mitleid zittern.

Sie schluchzt und eine Frau mit großer Brille und Haarknoten drückt ihr einen Schein in die Hand. »Am besten ist es, sie rufen gleich an!«, rät sie und »Alma« nickt begeistert.

»Das mache ich, vielen, vielen Dank! Vielleicht möchten Sie inzwischen mal den Likör probieren?«

Der Wind kommt heute von Westen und das Achterwasser, das gewöhnlich sehr ruhig ist, hat kleine, kurze Wellen, die sogar Schaumkämme tragen. Ein Schwarm Kormorane taucht nach Futter und weiter hinten sieht man einige Boote, die mit gesetzten Segeln über das Wasser gleiten. Neidisch beobachtet Olga sie. ›Fischer ist auch ein schöner Beruf‹, denkt sie, ›schön einsam jedenfalls. Auch wenn man Fische fangen und schlachten muss.‹

Während sie noch darüber nachdenkt, was sie lieber ausnimmt, Fische oder Gäste, ist eine Frau an sie herangetreten. Die ist ihr mit besonders dämlichen Fragen schon den ganzen Vormittag auf die Nerven gefallen. »Ach, da sind Sie ja! Ich habe Sie schon gesucht«, freut sie sich jetzt und Olga sträuben sich die Nackenhaare.

›Manchmal möchte ich die Queen sein, die darf man nicht anfassen‹, überlegt sie, während sich die dicke, schwitzende Frau in ihren Arm krallt, um jeden Fluchtversuch zu verhindern.

»Darf ich ›Olga‹ sagen?«

»Nein. Ich heiße Frau Bradhering.«

»Schöner Name!« Das aufdringliche Weib kichert albern und blickt auf das Achterwasser. »So, und das ist jetzt die Nordsee?«

Für einen Moment ist Olga verblüfft. Es gibt doch immer noch Steigerungen. ›Oder will die mich verarschen? Nein.‹ Das ganze runde Gesicht glüht förmlich vor Euphorie und die blassen Augen sehen die Fremdenführerin interessiert an. ›War das eine Frage? Ja.‹ Also nickt Olga zustimmend. Jedes weitere Wort wäre eine glatte Verschwendung.

Alexa hat inzwischen ein Problem. Die Dame, die den Tierarzt bezahlt hat, will diesen nun auch sehen. Das stehe ihr schließlich zu, für ihr Geld möchte sie das ganze Drama auskosten.

»Kannst du die nicht endlich einladen und hier wegbringen?«, flüstert sie Olga zu. »Karl macht das nicht mehr lange mit. Wenn die Leckerlis alle sind, die ich im Gras versteckt habe, haut der ab. Wo zum Teufel soll ich denn jetzt einen Tierarzt für einen kerngesunden Hund herkriegen?«

Olga sieht sich um. Die Gäste sind ausgeschwärmt, sie haben sich schon über das halbe Dorf verteilt. Einige, die an Eileens Gartentisch stehen, wirken auffallend lustig.

»Was trinken die denn da?«

»Likör«, antwortet Alexa knapp. Sie hat andere Sorgen.

»Was für Likör?« Olga ist misstrauisch. »Wollt ihr meine Gäste vergiften? Die kotzen mir nachher noch den Bus voll.«

»Quatsch, das ist harmloses Zeug. Himbeersirup mit Wodka. Das können die ab.«

»Na hoffentlich.« Sie blickt hinüber zu Eileens Haus. »Ist ihre Freundin eigentlich noch da?«

»Ja. Du, das ist die Lösung.« Ohne weitere Erklärungen verschwindet »Alma« auffallend schnell im Haus. Die Gäste müssen ja nicht sehen, dass sie ein Smartphone besitzt.

Zehn Minuten später knattert ein schweres Motorrad heran. Erstaunt betrachten die Gäste und vor allem Olga die

Frau auf der Maschine. Die nicht mehr ganz junge, rothaarige Fahrerin trägt ein T-Shirt mit der Aufschrift: *Es ist völlig normal, sich einen Pinguin aus dem Zoo mitzunehmen.* Außerdem trägt sie kurze blaue Hosen, passend zu den Krampfadern an ihren Beinen, und kurze Motorradstiefel.

»Klasse. Sieht aus wie eine Tierärztin.« Mehr fällt Olga dazu nicht ein. Auch die Gäste scheinen einigermaßen beeindruckt zu sein, jedenfalls folgen sie jetzt endlich der Aufforderung der Fahrerin und begeben sich zum Bus. Im Wegfahren können sie noch sehen, wie sich die Rothaarige vorsichtig dem Hund nähert, aber zum Glück nicht mehr, dass dieser aufspringt und davonläuft.

12

Tammes ist wunschlos glücklich, er strahlt über das ganze Gesicht. Als Alexa ihm eine Bierflasche reicht, versucht er, ihre Hand zu küssen.

»Seit wann ist der denn schon besoffen?«, fragt Eileen ihre Nichte.

»Seit zwanzig Jahren!« Olga lehnt sich entspannt zurück. Eigentlich hatte sie gar keine Lust, am Abend noch einmal nach Ententeich zu fahren. Sie ist immer froh, wenn sie wenigstens nach Feierabend keinen Menschen, außer vielleicht ihrem Lebensgefährten, mehr sehen und vor allem nicht mehr reden muss. Aber Alexa hat Tammes direkt angerufen und ihn zu diesem Grillabend eingeladen. Der hat natürlich begeistert zugesagt, und so konnte Olga auch nicht wegbleiben, ohne ihre Tanten schwer zu kränken. Womöglich hätte noch jemand gedacht, sie wäre eifersüchtig. Wie peinlich wäre das denn?

Nun gefällt es ihr beinahe. Sie sitzt neben Sabine, die sich seit ihrem Auftritt als Tierärztin die familiäre Anerkennung erworben hat. »Ich höre das Norddeutsche so gern«, schwärmt sie gerade. »Das rollende R und der singende Tonfall – schade, dass wir in Leipzig keinen Dialekt haben.«

Olga sieht sie zweifelnd an, sagt aber nichts dazu. Sabine trägt heute ein besonders schönes Shirt mit der Aufschrift: *Ich könnte kotzen vor Glück.*

Der rostige alte Grill steht mitten auf Eileens Hof, die Frauen haben alle mobilen Sitzgelegenheiten der Umgebung zusammengetragen und wie es im Dorf üblich ist, findet sich so nach und nach die Nachbarschaft ein. Einladungen braucht es dazu nicht, der Geruch von gegrillter Wurst, die Musik und das Stimmengewirr reichen aus. Seine Getränke bringt sich jeder selbst mit, auch ein paar Salate, Dips und Brot sammeln sich auf den wackligen Gartentischen.

Olga beobachtet Silvio und Ronny, die gerade durch das Tor kommen. Sie müssen beide Ende dreißig sein und haben anscheinend beschlossen, ewig jung zu bleiben. Silvio hat seine blond gefärbte Mähne heute voluminös geföhnt und trägt wie immer sehr weite und sehr bunte Kleidung, während sein Freund aussieht wie eine Karikatur von Karl Lagerfeld, mit hautengen Jeans, Zopf und Sonnenbrille.

›Irgendwie sind die beiden unecht‹, denkt Olga, ›die sind so klischeehaft schwul, wahrscheinlich stehen sie in Wirklichkeit auf Frauen.‹ Aber was sollte das? Und warum würden sie dann zusammenleben? Aber irgendwas stimmt mit denen jedenfalls nicht, davon ist sie überzeugt.

Toralf Moder trägt sogar bei einem zwanglosen Grillabend ein weißes, sorgfältig gebügeltes Hemd. Alexa beschließt, bei Gelegenheit eine Bratwurst mit Ketchup darauf fallen zu lassen – kann doch mal passieren – und grinst schon vor Vorfreude. Agata grinst zurück, als ahne sie die Gedanken der Gastgeberin. Die besitzergreifenden Anweisungen ihres Arbeitgebers ignoriert sie und setzt sich neben Ronny, der freundlich beiseite rückt.

»Komm hierher, du dumme Gans!«, ruft der Makler ihr verärgert zu und Olga glaubt einen Moment, ein zorniges Blitzen in den Augen der hübschen Polin zu sehen. Aber sie kann sich auch täuschen, das Mädchen lächelt unverändert freundlich. Allerdings hat sie ihren deutschen Wortschatz erweitert, außer »Nicht verstehen« kann sie jetzt auch sagen: »Ich nicht sprechen Deutsch.«

»Unseren Salon in Wolgast werden Sie nicht kennen«, erklärt Silvio gerade einer dicklichen Frau mit Dauerwelle. »Wir haben eigentlich nur Stammkunden.«

»Na, das muss sich ja lohnen«, provoziert Alexa. »Was kostet denn so ein Besuch bei euch?«

»Nicht unter 100 Euro«, erwidert der Friseur etwas gereizt und zupft affektiert an seinen Haarspitzen. »Wir haben schon sehr exklusive Kundschaft.«

»Na toll. Aber irgendwann musst du mir doch mal die Haare machen«, schießt sie noch einen Pfeil ab. »Sobald ich weiß, für wen.« Sie sieht sich zweifelnd in der Runde um.

»Das wäre wirklich rausgeschmissenes Geld«, errät Eileen die Gedanken ihrer Schwester. »Es sind nur noch Alte hier im Dorf.«

»Das ist alles relativ«, philosophiert Alexa und schüttelt sich, nachdem sie einen doppelten Wodka gekippt hat. »Als ich zwanzig war, war ein Vierzigjähriger für mich ein alter Sack. Jetzt ist er ein junger Mann. Aber manche kommen auch schon als alter Sack auf die Welt.« Sie blickt verächtlich zu Toralf Moder, der bereits einen hochroten Kopf hat, was seinem Aussehen nicht besonders zuträglich ist. Vermutlich hat er aus Frust zu schnell getrunken. Das macht ihn noch unangenehmer als sonst.

»... natürlich putzt sie nicht ordentlich«, erklärt er Tammes gerade, »ist schließlich eine Polin, was will man da erwarten? Kochen kann sie auch nicht, nicht mal Kaffee. Aber dafür ist sie quasi eine Granate im Bett!«

Agata lächelt freundlich.

Tammes blickt etwas irritiert zwischen Tammes und Agata hin und her, greift nach seiner Bierflasche und prostet Alexa zu.

Olga geht ein paar Schritte zum Wasser hinunter. Wie schön und friedlich es hier ist! Sie hört Grillen zirpen und, als sie auf dem Steg steht, die Frösche im Schilf quaken. Sie denkt an ihren Großvater. Als der noch lebte, war das Ufer nie so zugewachsen. Im Winter wurde das Schilfrohr geschnitten. »Rohr schieben« nannte er das. Er hat es gebündelt, getrocknet und im Sommer die Dächer damit gedeckt. Aber vorher, im zeitigen Frühjahr, wurde das »Rohrkamp« abgebrannt. Das ist jetzt verboten. War es schon zu Lebzeiten des alten Rohrdachdeckers. Angeblich, um die Tiere zu schützen, die in dem Schilf leben. »Blödsinn«, hatte der Alte gemurrt. Er wusste, dass alle Tiere, die lebensfähig sind, rechtzeitig herauskommen und er hat es auch nicht gemacht, wenn die Vögel brüten, sondern lange vorher. Also hat er in jedem Jahr Anfang März, an einem trockenen und möglichst windstillen Tag, das Schilfrohr am Ufer des Achterwassers angesteckt. Wenn es fast heruntergebrannt war, benachrichtigte er die Feuerwehr und schimpfte dann auf die Kinder, die herumgekokelt hätten. »Aber ihr braucht nicht kommen, ich hab alles unter Kontrolle«, hatte er hinzugefügt, »nur dass ihr Bescheid wisst.« Sie wussten Bescheid und es hatte alles seine Ordnung.

Jetzt wuchern Erlenbüsche hier am Ufer und das Schilfrohr wächst dünn und ungleichmäßig. Es ist nicht mehr zu gebrauchen und die Rohrdachdecker kaufen ihr Material in Holland, Polen oder Rumänien.

Olga sieht hinüber zu Axel, dem ehemaligen Lehrling ihres Großvaters, der mit seiner Frau und seiner Schwester Monika gekommen ist. An den Vater der beiden kann sie sich noch gut erinnern, der war immer laut und lustig. Axel ist ruhiger, auch nach ein paar Gläsern Wodka redet er nicht viel.

Inzwischen liegen einige leere Flaschen auf dem Rasen und das Stimmengewirr ist lauter geworden. Die Zwillingsschwestern sind immer noch, oder schon wieder, beim Thema »Älterwerden«, auch Sabine gibt ihren wehmütigen Kommentar dazu. »Da kannst du machen, was du willst, irgendwann ist der Eierkocher der Einzige, der noch hinter dir her pfeift.«

»Wisst ihr, woran man wirklich merkt, dass man alt wird? – Alle Schauspieler, die interessant sind, sind inzwischen jünger als man selbst.«

»Ja, deswegen sehe ich gar nicht mehr fern«, stimmt Eileen ihrer Schwester zu. »Höchstens Reiseberichte.«

»Tammes guckt den ganzen Tag RTL«, stänkert Olga und ihr Lebensgefährte nickt nur friedlich.

»Also ehrlich, Tammes«, tut Alexa empört, »wie die Drittplatzierte von ›Bauer sucht Frau‹ in den Dschungel kotzt, muss man nun wirklich nicht sehen.«

»Und woher weißt du das, wenn du es gar nicht guckst?« Olga ist heute auf Krawall gebürstet.

Aber bevor es einen Familienstreit gibt, richtet sich die Aufmerksamkeit auf Toralf Moder. Der hat sich neben Sabine niedergelassen und meint, bei ihr ein offenes Ohr für seine Probleme zu finden, anscheinend ohne zu bemerken, dass die Schwestern und deren Nichte ihm ebenfalls zuhören. »Die blöden Weiber wissen gar nicht, was ihre Grundstücke wert sind, sie bleiben quasi aus reiner pommerscher Sturheit darauf sitzen«, jammert er. »Mit denen kannst du einfach kein Geschäft machen. Und ich habe einen wirklich guten Käufer.«

Vermutlich hofft er auf den Beistand der Sächsin, außerdem will er sie über ihre Gastgeberin ausfragen, aber da hat er einen ganz schlechten Moment erwischt. Indem er sich aus Höflichkeit und eher nebenbei nach ihren persönlichen Verhältnissen erkundigt hat, hat er eine Lawine losgetreten.

»Letztes Jahr ist mein Alter gestorben und das war gut so«, beginnt sie, »er war so ein herzensguter Mensch – bei seiner Beerdigung war ich die Einzige, die nicht geheult hat. Ich sah das, was von ihm übrig war, in der Erde verschwinden und wusste, nun kann ich endlich anfangen so zu leben, wie ich es will. Als ich ihm die Blumen hinterherwarf, fiel mir ein, dass ich mir nun ein Motorrad kaufen kann, und ich hätte beinahe gelacht, weil ich mir vorgestellt habe, was er für ein Gesicht machen würde, wenn er das wüsste.« Sabine trinkt noch einen kräftigen Schluck Bier, dann erzählt sie weiter. Eigentlich wollte sie ihr viel zu großes Haus verkaufen und sich eine kleine Wohnung mieten. Aber ihr Sohn und dessen Frau hatten beschlossen, sie brauche die Liebe und Fürsorge und vor allem die ständige Anwesenheit der Familie. So zogen sie mit

Teenagertochter und Babysohn bei ihr ein. »Meine Schwiegertochter ist wirklich eine ganz Liebe, aber sie spricht mit mir im gleichen Tonfall wie mit ihrem Baby, als wäre ich schwachsinnig. Und mein Sohn spricht mich mit ›Oma‹ an – also ehrlich, ich fühlte mich direkt genötigt, mich dauerhaft in einem Sessel niederzulassen und Socken zu stricken. Diese Seniorenbusreise war der Höhepunkt … aber denen habe ich es gegeben!«

Der Makler hört schon lange nicht mehr zu, er beschimpft Agata, die, in Ronnys Jackett gewickelt, an Silvios Schulter lehnt und immer noch hübsch lächelt. »Die blöde Kuh merkt aber auch gar nichts«, regt er sich auf.

Weil Tammes weiter der angetrunkenen Alexa zuhören will, rät er dem Makler gutmütig: »Halt die Fresse!« Er füttert die Hunde mit den übrig gebliebenen Bratwürsten und lauscht weiter aufmerksam und voller Zuneigung Alexas Ausführungen.

Auch Eileen hört zu, während sie eine neue Flasche Wodka öffnet und die Gläser in ihrer Umgebung wieder füllt. Sie ist etwas verwundert, von diesen Träumen ihrer Schwester hat sie gar nichts gewusst.

»Das Haus ist sowieso viel zu groß für mich allein«, erklärt die Tammes. »Ich könnte es umbauen. Eine kleine Wohnung für mich und eine Ferienwohnung. Für Leute aus der Stadt, weißt du, die ihren Kindern mal zeigen wollen, wo eine Kartoffel wächst oder ein Apfel oder eine Kuh. Die könnten wandern, mit dem Fahrrad fahren, baden oder auf dem Achterwasser ein Boot ausleihen, alles so was. Man könnte sich ab und zu mal wieder mit den Leuten unterhalten, ihnen ein bisschen über die Insel erzählen und so – kein Stress, weißt du, kein ›Urlaub auf dem Bauernhof‹, nur ein paar nette, ruhige Leute, die den Tag über sowieso unterwegs sind.«

Tammes nickt verständnisvoll, er kann sich das gut vorstellen, er ist auch dafür, immer mal neue Leute kennenzulernen und Kinder mag er besonders, mit denen versteht er sich auch am besten, er hat ja selbst ein eher kindliches Gemüt.

Olga hört ihrer Tante gar nicht zu, sie wundert sich über ihren Freund, der sich hier anscheinend sauwohl fühlt und Alexa unverhohlen anhimmelt. Spinnt der? Sie fühlt zu ihrem eigenen Erstaunen so etwas wie Eifersucht. So hat er sie noch nie angesehen.

Eileen blickt ihre Schwester nachdenklich an, auch sie findet deren Pläne gar nicht so abwegig, fragt sich nur, wie Alexa das finanzieren will. Sie kann es sich ja nicht mal leisten, ihr Dach neu decken zu lassen.

»Na ja, ich bräuchte natürlich einen Kredit«, kommt Alexa auf diesen Punkt, als hätte sie die Gedanken ihrer Schwester gelesen, was bei den beiden nichts Neues wäre und bei Zwillingen ja vorkommen soll. »Ich könnte ihn dann von den Einnahmen abzahlen. Vielleicht gehe ich wirklich mal zu einer Bank. Die Zeichnungen für den Umbau und Kostenvoranschläge mache ich selbst, ich habe ja mal Bauwesen studiert. – Nur eben nicht beendet«, fügt sie hinzu.

Tammes nickt wieder. Auch das kann er nachvollziehen, er hat selten in seinem Leben etwas beendet.

Etwas wehmütig blickt Alexa jetzt ihre Schwester an: »Viel haben wir beide ja nicht auf die Reihe gekriegt, was? Du hast deine Kellnerlehre wenigstens abgeschlossen, aber aus deinem Traum, als Stewardess um die Welt zu reisen, ist auch nichts geworden.«

Eileen trinkt ihr Glas leer, richtet sich auf und lacht. »Du redest ja, als wären wir achtzig. Wir sind doch noch jung, wir haben das Leben vor uns. – Du hältst die Schnauze!«, fährt sie den Makler an, der gerade etwas sagen wollte, sich nun aber ängstlich zurücklehnt. »Ich mache meine Weltreise schon noch, verlasst euch drauf! Darauf trinken wir. Nastrowje!«

Olga stößt mit ihren Tanten an und überlegt, ob die beiden diese Worte nur aus Jux in die Runde geworfen haben oder ob etwas dahintersteckt.

»Wovon träumst du?«, reißt Alexa sie aus ihren Gedanken.

»Ich? Ich würde am liebsten den ganzen Tag nur lesen, fernsehen und lange, einsame Spaziergänge machen. Aber ich kann es mir nicht leisten, introvertiert zu sein.«

»Das wäre auf Dauer aber auch ziemlich langweilig«, befürchtet Tammes, der es wissen muss.

»Na gut«, überlegt Olga »ich könnte ja was schreiben. Reiseführer über die Insel zum Beispiel. Es gibt zwar schon genug, aber die sind alle irgendwie gleich.«

»Ja«, stimmt Eileen zu. »Schreiben konntest du schon immer gut. Deine Aufsätze waren immer die besten in der Schule.«

»Kunststück«, zischt Moder gehässig, »wenn der Vater Lehrer ist.«

»Na und«, fährt Olga auf, »meinst du vielleicht, der hätte mit mir zu Hause geübt oder mir einfach so bessere Zensuren gegeben? Da kanntest du ihn aber schlecht. Im Gegenteil, der hat nur mit mir rumgemeckert. Außerdem war er Russisch- und nicht Deutschlehrer, du Idiot.«

Alexa grinst. »Du hast es ihm aber auch nicht leicht gemacht. Ich weiß noch, wie er sich aufgeregt hat, weil du dich geweigert hast, die Pflichtliteratur zu lesen.«

»Ja«, bestätigt Olga, »ich fand Karl May und Jack London eben interessanter.«

»Und was solltet ihr in der Schule lesen? Bertolt Brecht?« Silvio ist neugierig.

»Ja, zum Beispiel. Ansonsten – keine Ahnung. Ich hab das ja nicht gelesen. Ich glaube, die ganze Schundliteratur liegt immer noch auf dem Dachboden von Eileens Haus.«

Eileen nickt. »Ja, wahrscheinlich. Bevor ich eingezogen bin, hab ich den ganzen Kram von deinem Vater einfach da hochgebracht und nie wieder angesehen. Also – falls du das Bedürfnis hast, deine Versäumnisse aus Schulzeiten nachzuholen, tu dir keinen Zwang an. Mein Dachboden ist auch deiner.«

»Weißt du noch, was du uns für Briefe geschrieben hast, als wir in Hamburg waren?«, fällt Alexa ein. »Da haben wir uns immer drauf gefreut.«

»In Hamburg war es auch schön«, meint Eileen. »Ich liebe die Seefahrt, den Hafen – ich wünsche mir übrigens eine Seebestattung, nur damit ihr Bescheid wisst, falls es mal notwendig ist.« Laut und falsch beginnt sie zu singen: »Auf einem Seemannsgrab, da blühen keine Rosen …«

Olga lacht und Alexa schüttelt den Kopf.

Moder betrachtet die Frauen mit grimmiger Miene. ›Ich würde dir nur zu gern zu deinem Seemannsgrab verhelfen‹, denkt er. ›Lieber heute als morgen.‹ Aber vielleicht sollte er doch erst einmal versuchen, Eileen das Geld für eine Seereise anzubieten. So bekloppt wie die ist, würde sie womöglich ihr Haus dafür verkaufen.

Die Runde hat sich inzwischen stark gelichtet. In der Hollywoodschaukel knutscht ein Pärchen, ein junger Mann hat sich unter einer Bank zusammengerollt und schläft. Agata ist zusammen mit Ronny und Silvio gegangen. Toralf Moder versucht noch einmal, den Schwestern ein Gespräch aufzudrängen, vergisst aber, was er sagen will und verschwindet dann nach Alexas freundlicher Aufforderung – »Hau endlich ab, du Idiot! Du nervst!« – schimpfend in der Nacht.

Die Schwestern, Olga und Tammes singen laut und voller Gefühl: »Durchs Gebirge, durch die Steppe zog unsre kühne Division, hin zur Küste dieser weißen, heiß umstrittenen Bastion«, dann das Ganze noch einmal auf Russisch und danach »Spaniens Himmel«. Während hinter dem Dorf die Sonne aufgeht, stimmt Tammes die »Internationale« an.

13

»Ich frage mich wirklich, wofür ich dich bezahle. Die Bude sieht aus wie ein Saustall.« Toralf Moder hat schon wieder einen hochroten Kopf vor Wut, während er auf Agata einredet, die in aller Ruhe Lebensmittel in den Kühlschrank räumt. »Wo warst du denn überhaupt einkaufen? In Warschau, oder was? Du bist quasi den ganzen Tag unterwegs und was du dann hier anbringst, kann kein Mensch fressen. Ich hab dir schon hundertmal gesagt, ich will diesen polnischen Mist nicht. Ich weiß doch gar nicht, was da drin ist!«

»Nicht verstehen!« Agata lächelt, füllt den Wasserkocher und hängt einen Teebeutel in eine Tasse, während sie vergnügt vor sich hin summt.

»Verdammte Scheiße! Wird Zeit, dass ich mir eine andere suche, die wenigstens ein bisschen Deutsch versteht.« Immer noch schimpfend verschwindet er nach oben.

Dass sein Telefon, das auf dem Flur liegt, klingelt, hört er nicht mehr. Agata sieht sich die Nummer des Anrufers an, dann bringt sie ihm das Gerät auf die Dachterrasse.

Die Stimme des Maklers klingt plötzlich ganz anders, richtig aufgekratzt und fröhlich. »Klar, alles paletti, mir geht es bestens, die Geschäfte laufen«, tönt er in das Telefon. »Probleme sind dazu da, sie zu lösen. Sonst wäre das Leben doch langweilig. Könnte ich mich ja quasi gleich von neun bis siebzehn Uhr in ein Büro setzten, ha, ha! Nein, no risk, no fun.« Er hört eine Weile zu. »Siehst du, war doch ein Supertipp von mir, oder?

– Na ja, wozu hat man Freunde? Leben und leben lassen, sag ich immer. – Und das Finanzamt lassen wir mal wieder außen vor. – Na klar. Was die nicht wissen, macht die nicht heiß. – Ach was, warum sollten die uns kleinen Fische kontrollieren, die haben mit den großen zu tun.« Er grinst selbstgefällig und streicht sich über seinen Bauch, der aussieht, als hätte er einen Fußball verschluckt.

Agata hat sein Fernglas genommen, dreht ihm den Rücken zu und sieht zum Achterwasser hinüber.

»Übrigens«, fragt Moder seine Gesprächspartner, »wie bist du denn mit deiner Haushaltshilfe zufrieden?« Er lauscht kurz, dann zieht er die Stirn kraus und wirft Agata einen ärgerlichen Blick zu. »Komisch, ich glaube, ich habe die einzige Polin erwischt, die quasi kein Wort Deutsch versteht. Aber gut, dafür hat sie andere Qualitäten.« Er meckert anzüglich weiter. »Ja, natürlich bezahle ich die schwarz, was denkst du denn? Mir doch egal, ob die krankenversichert ist. Ach, das machen doch alle so.« Wieder hört er ein paar Minuten zu, während er ungeduldig mit den Fingern auf der Stuhllehne trommelt. Dann wird seine Miene ernst und die Stimme etwas unsicher. »Übrigens, wegen der Wohnung in Heringsdorf, du weißt schon … – Ja, ich weiß, ist teuer, aber immerhin – mit Meerblick … na ja, ich könnte noch ein bisschen runtergehen mit dem Preis, also wenn du jemanden hast … ist ja quasi eine einmalige Gelegenheit. – Gut, du meldest dich dann! Eine Hand wäscht die andere, nicht? Also dann, ja, mach's gut!« Er legt das Telefon neben sich auf den Tisch, steht auf und nimmt seiner Haushälterin ungeduldig das Fernglas aus der

Hand. »Geh lieber putzen, du blöde Schlampe, oder koch mir einen Kaffee!«, knurrt er und schiebt sie in Richtung Treppe.

»Danke.« Agata strahlt und verschwindet im Haus.

Toralf Moder hat sich seinen Kaffee selbst zubereitet und dann mit der Tasse in der einen und dem Fernglas in der anderen Hand die Häuser am Achterwasser beobachtet. Er hat gesehen, wie Sabine und Eileen mit dem Auto weggefahren sind. Jetzt kommt Alexa aus dem Haus, pfeift nach den Hunden und geht mit ihnen an der Kuhweide vorbei in Richtung Wald. Er weiß, dass sie mindestens eine Stunde unterwegs sein wird, trotzdem beeilt er sich, als er durch das Dorf geht. Obwohl es heute wieder warm ist, trägt er eine weite Regenjacke und Gummistiefel.

Es ist schon Abend geworden, als der Makler überlegt, doch noch einmal mit Eileen zu sprechen. Zu deren Haus zu gehen, wagt er nicht, Alexas Hunde liegen nämlich in ihrer Einfahrt und sind praktisch schon auf ihn als Feindbild abgerichtet. Er könnte sie anrufen. Aber was soll er sagen? Das Angebot erhöhen? Da bliebe immer noch genügend für ihn übrig. Wenn er nur mehr Zeit hätte! Aber er braucht das Geld dringend, und das Grundstück der Bradherings ist zurzeit das einzige Eisen, das er im Feuer hat. Warum nur hat Olga es nicht behalten? Die hätte er sicher leicht zum Verkauf überreden können. Er denkt an den gutmütigen und etwas dümmlich wirkenden Tammes. Ja, das wäre der richtige Geschäftspartner für ihn.

Während er so nachdenkt, hat er auf dem Smartphone Eileens Nummer herausgesucht. Er blickt darauf und dann hinüber zu ihrem Haus. Plötzlich hat er eine Idee.

»Du, Eileen, hier ist Toralf Moder«, er gibt seiner Stimme einen beinahe geheimnisvollen Klang, »stell dir mal vor, was ich letzte Nacht beobachtet habe: Auf eurem Grundstück ist jemand mit einer Taschenlampe herumgeschlichen. Bestimmt ein Einbrecher. Ich habe das vor ein paar Tagen schon mal bemerkt, da dachte ich, es ist eine von euch. Aber das wäre doch Unsinn, oder? Na, du kannst ja deine Schwester mal fragen und die andere Frau, die bei dir zu Besuch ist. Aber wenn es keine von euch war, solltet ihr euch vorsehen. Ich habe das schon öfter gehört, dass hier Einbrecher unterwegs sind. Ganze osteuropäische Banden, die sind richtig gefährlich. Das wird immer schlimmer mit denen. Die schrecken quasi vor nichts zurück und die Polizei ist machtlos dagegen. Also, du weißt Bescheid, ich wollte euch nur warnen.«

»Danke, Moder, du bist wirklich ein herzensguter Mensch. Und so selbstlos und hilfsbereit.« Eileens Stimme trieft vor Dankbarkeit. »Aber vermutlich war es Alexa, auf der Suche nach Regenwürmern zum Angeln. Ansonsten kann es nur der Wassergeist aus dem Achterwasser gewesen sein. Wir haben nämlich, wie du wissen solltest, Hunde auf dem Grundstück. Die würden sich schon melden, wenn hier osteuropäische Banden herumschleichen. Und im Übrigen haben wir keine Angst vor denen, wir schrecken nämlich auch vor nichts zurück.«

Der Makler stottert noch etwas von »Ich wollte ja nur …« und »Undankbarkeit«, aber Eileen hat das Gespräch schon beendet.

»Weißt du«, erklärt sie Sabine, »manche Menschen werden schon als Arschloch geboren und andere entwickeln sich im Laufe der Zeit dazu. Auf Toralf Moder trifft beides zu.« Dann fällt ihr etwas ein. »Weil der gerade von Einbrechern gesprochen hat – warst du mal auf dem Dachboden?«

»Also, sag mal!« Sabine ist empört.

Eileen lacht. »Nein, versteh mich nicht falsch! Aber wenn du es nicht warst, hatten wir tatsächlich Einbrecher im Haus. Erinnerst du dich? Ich bin doch vorgestern früh mit dem Boot weggefahren, weil ich hoch nach Rügen wollte. Du warst wohl am Strand und Alexa war mit den Hunden unterwegs. Als ich zurückkam, war das Badfenster nur angelehnt, wir haben es doch eigentlich immer auf Kipp. Ich habe gleich an Einbrecher gedacht, konnte aber nicht feststellen, dass irgendwas geklaut wurde. Dann bin ich auf den Boden gegangen, hab geguckt, ob sich da einer versteckt hat, war natürlich keiner da. Aber jemand hat den ganzen alten Kram durchwühlt. Nun frag ich mich natürlich, wer und warum? Das könnte doch nur jemanden interessieren, der ein DDR-Museum aufmachen will. Aber der könnte uns ja fragen, wir würden das sofort alles zur Verfügung stellen. Ich glaube nicht, dass Olga noch großen Wert auf die Bücher ihres Vaters oder die Nylonkittelschürzen ihrer Mutter legt.«

»Du nimmst das aber ziemlich gelassen«, wundert sich Sabine. »Der hat doch vermutlich nicht nur den Boden, sondern das ganze Haus durchsucht. Hier unten ist nur nicht ganz so viel Staub, deshalb merkst du es nicht gleich. Bist du sicher, dass nichts fehlt?«

»Nichts Wertvolles jedenfalls. Also werden es wohl keine osteuropäischen Banden gewesen sein, sondern vielleicht ein paar Jugendliche aus Dorf. Wer weiß, was die gesucht haben.«

Sie kichert. »Ich habe übrigens Olgas Lieblingsbuch »Wie der Stahl gehärtet wurde« gefunden. Denk mal dran, dass ich es ihr gebe, wenn sie das nächste Mal hier ist. Es liegt griffbereit gleich neben der Tür auf dem Dachboden.«

14

Olga steht im Stau zwischen Koserow und Zempin und überlegt, ob ihre Aversion gegen Urlauber möglicherweise auf einem Kindheitstrauma beruht. Sie erinnert sich noch gut an ein Ehepaar, das sie vor dem Mauerfall in jedem Sommer besuchte. Es waren Studienfreunde ihres Vaters, also auch Lehrer, die keine eigenen Kinder hatten und sich mit Begeisterung auf Olga stürzten. Wahrscheinlich um ihre pädagogischen Fähigkeiten während der Sommerferien nicht einrosten zu lassen. Sie brachten ihr jedes Mal ein Buch mit, über das sie dann irgendwann mit Olga reden wollten, was aber daran scheiterte, dass diese es nach spätestens zehn Seiten in das Achterwasser warf, weil es ihr zu langweilig war. »Sollen die Fische es doch lesen«, bemerkte sie ihrem Großvater gegenüber, der zustimmend nickte. Er mochte die Urlauber auch nicht.

Außerdem liebten die beiden Besucher den Zirkus und gingen einfach davon aus, dass Olga das auch tat. Schließlich gehen doch alle Kinder gern in den Zirkus, oder? Na ja, Olga jedenfalls nicht. Ihr kamen vor Mitleid die Tränen, wenn sie sah, wie die wunderschönen großen Raubkatzen oder die Elefanten gedemütigt wurden, die Akrobaten langweilten sie und sie hasste die Clowns. »Verstehst du das?«, fragte sie den Großvater. »Die lachen alle über die Clowns, ich habe Angst vor denen.«

»Ja.« Der Alte steckte sich seine Pfeife an und blickte über das Wasser. »Ich habe manchmal auch Angst vor sehr dummen Menschen. Die sind zu unberechenbar, man weiß nie, was sie vorhaben.« Er kniff die Augen zusammen und ließ den Blick zum Haus seines Sohnes schweifen.

»Das sind Psychopathen«, hatte sie dem alten Mann im Sommer darauf erklärt. Sie hatte dieses neue Wort gerade gelernt und fand, es passe ausgezeichnet auf diese Leute, die es trotz aller Fehlschläge einfach nicht aufgaben, Olgas Sympathie oder sogar ihr Vertrauen zu gewinnen. Das Betragen des Ehemannes war dem eines Psychopathen aber auch wirklich nicht unähnlich. Olga hatte immer ein komisches Gefühl in seiner Nähe. Sie hatten sogar wieder ein Buch mitgebracht, das noch dicker und noch langweiliger als das vom Vorjahr war. Es schwamm bereits im Achterwasser.

»Aha.« Ihr Großvater verstand sie. »So was brauchen wir hier nicht, wir haben schon unsere eigenen Psychopathen.«

›Was mag aus denen geworden sein‹, überlegte Olga, ›wahrscheinlich fahren sie jetzt mit irgendeinem Bus durch die Gegend und nerven den Reiseleiter.‹

Sie fährt zusammen, als plötzlich von hinten eine Stimme ertönt: »Ich denke, Sie kennen sich hier aus?! Und jetzt stehen wir im Stau. Warum fahren Sie nicht woanders lang?«

»Weil Sie nach Zinnowitz wollen und ich nicht übers Wasser fahren kann«, erwidert Olga patzig aber wahrheitsgemäß.

Eine Weile herrscht Ruhe, Olga träumt sich auf ein Hausboot in einer einsamen Bucht, fern von jeder Zivilisation, dann geht es langsam weiter. Sie fahren am Ortsschild von Zinnowitz vorbei, lustlos und routinemäßig schildert sie die Geschichte des Seebades, beginnend mit den Slawen.

»Gibt es hier Kartoffeln?«, unterbricht sie ein Mann, der direkt hinter ihr sitzt.

»Wo? In Zinnowitz?«

»Nein, auf der Insel. Werden hier Kartoffeln angebaut?«

»Ja, sicher. Denk ich doch.« Olga ist irritiert und völlig aus dem Konzept gebracht. Sie überlegt kurz, wie weit sie mit der Geschichte des Seebades gekommen ist. War sie schon bei den Nazis? Ach egal, es ist sowieso zu spät. Sie parkt den Bus, teilt ihren Fahrgästen noch mit, dass sie in genau zwei Stunden wieder abfährt, unabhängig davon, ob alle wieder da sind, und öffnet die Türen. Erst zehn Minuten später, als sie sicher ist, dass sich alle im Ort verteilt haben und sich schon irgendwie zurechtfinden werden, geht sie selbst auf die Strandpromenade. Sie kauft rechts von der Seebrücke eine Zeitung, links ein Fischbrötchen, holt sich vom Italiener gegenüber einen Kaffee und verzieht sich damit auf eine Bank, so versteckt, wie es eben geht in der Hochsaison.

Der Kaffee war gut, niemand hat sie angequatscht, Olga verfüttert die Reste des Fischbrötchens an die Spatzen und fühlt sich beinahe wohl. Plötzlich stutzt sie. Der Mann, der da gerade vorbeischlendert, sieht aus wie Silvio. Sie schiebt die Sonnenbrille hoch und kneift die Augen ein wenig zusammen. ›Nein, das ist Silvio!‹ Nur nicht so bunt, wie sie ihn kennt. Er trägt dunkle Jeans, ein kurzärmliges, weißes Hemd und seine Haare sind zwar etwas zu lang, aber normal frisiert. Außerdem ist er kein bisschen geschminkt. Am meisten verblüfft sie seine Begleitung. Es ist eine richtige Dame, um einiges älter als er, aber sehr elegant, geschmackvoll und offensichtlich teuer gekleidet, bebrillt und frisiert und sie himmelt ihn geradezu an.

Die beiden kommen näher. ›Nein, das ist nicht Silvio! Der Mann bewegt sich ganz anders. Er hat auch einen anderen Gesichtsausdruck, eine andere Gestik.‹ Olga hört ihn lachen, volltönend, männlich. Vertraulich, aber auch irgendwie respektvoll legt er den Arm um die Frau. Jetzt zieht er die Sonnenbrille aus dem Haar und setzt sie vor die Augen. ›Es ist Silvio. Eindeutig!‹ Olga weiß selbst nicht, warum sie sich hinter ihrer Zeitung versteckt, bevor er sie entdecken könnte. Peinlich wäre die Begegnung doch unter Umständen nur für ihn. Aber wer weiß, wozu man diese Entdeckung noch einmal nutzen kann. Sie wusste doch schon immer, dass mit den beiden etwas nicht stimmt.

Dummerweise hat sie die Zeitung wieder sinken lassen, während sie dem Pärchen hinterherblickt, und nun lässt sich ein dicker Mann, den sie als einen ihrer Fahrgäste erkennt, neben sie auf die Bank fallen. »Sie gestatten doch?« Das »Nein« überhört er oder hält es für einen Scherz, aber seine Frau bleibt verunsichert stehen. »Früher, also in der DDR kam man ja nur auf die Promenade, wenn man einen Parteiausweis hatte«, teilt er der verdutzten Reiseleiterin mit.

»Also ich hatte noch nie in meinem Leben irgendeinen Parteiausweis, aber auf der Promenade war ich trotzdem«, erwidert sie, aber der Bayer unterbricht sie.

»Mir brauchen Sie gar nichts erzählen, ich hatte einen Cousin in Thüringen, ich weiß das«, erklärt er in gereiztem Tonfall.

»Tatsächlich? Na dann.« Sie wendet sich wieder ihrer Zeitung zu.

»Schöne Häuser hier.«

»Ja.« Olga liest interessiert, wie man in drei Tagen vier Kilo abnehmen kann.

»Was stand denn hier zu DDR-Zeiten?«

Sie lässt resigniert die Zeitung sinken und blickt auf die Villen gegenüber. »Die sind alle aus der Gründerzeit des Seebades, stehen also seit über hundert Jahren hier.«

»Ja, das sehe ich selbst. Aber die passten doch nicht zur DDR!« Der Mann wedelt mit den Händen und setzt eine noch besserwisserische Miene auf. Er riecht nach Schweiß. Seine Frau lächelt Olga herablassend an und macht Anstalten, sich neben sie auf die Bank zu quetschen.

Olga steht auf. »Nein, natürlich nicht. Da wurden die Fassaden mit roten Fahnen zugehängt. Und vor jedem Haus stand ein Rotarmist und hat aufgepasst, dass niemand ohne Parteiausweis reinging.« Sie faltet ihre Zeitung zusammen, lächelt freundlich und nickt dem Paar im Weggehen zu.

Der Mann scheint leichte Zweifel zu hegen, er sieht Olga etwas unsicher an, nickt aber unwillkürlich zurück und sagt erst einmal gar nichts.

Olga bummelt langsam zurück zur Seebrücke, stellt sich auf den Steg und blickt über die Ostsee. Da drüben ist die Greifswalder Oie. Sie kann heute sogar den Leuchtturm auf der rechten Seite erkennen. Aber da wimmelt es von Naturschützern, die Zugvögel fangen, messen, wiegen und beringen. Westlich davon ist der Ruden. Das ist wirklich eine einsame Insel, übrig geblieben von einer Landbrücke, die einmal Rügen und Usedom verband. Auf dem Ruden lebt nur ein Paar, ebenfalls Naturschutzbeauftragte. Aber eben – ein Paar. Außerdem legen regelmäßig Schiffe mit Ausflüglern an, die man herumführen muss.

»Das ist ja wirklich ein schöner Ort hier, so eine herrliche Strandpromenade.« Die Frau kommt Olga vage bekannt vor, wahrscheinlich ist sie auch mit ihrem Bus hergekommen. »Den kenne ich doch!« Die Urlauberin packt Olgas Arm.

Die folgt ihrem Blick und ist mindestens genauso verblüfft. Neben der Seebrücke steht Silvio und stützt die Dame, die ihre High Heels auszieht, offensichtlich, um zum Strand hinunterzugehen. Er blickt etwas zweifelnd, während er seine Lederschuhe betrachtet, lächelt aber tapfer.

»Das ist ein Heiratsschwindler. Der hat meine Freundin ausgenommen wie eine Weihnachtsgans. Wie heißt er denn noch? Ach, ist egal, der Name war wahrscheinlich sowieso falsch.« Die Frau überlegt. »Was mache ich denn jetzt? Ich müsste die Polizei anrufen – aber, ganz sicher bin ich eigentlich nicht. Vielleicht irre ich mich ja, das wäre sehr peinlich.«

»Sprechen Sie ihn doch einfach an!«, rät Olga. »Überlegen Sie noch mal! Wäre gut, wenn Sie den Namen wüssten. Sonst fragen Sie ihn einfach nach Ihrer Freundin! Dann sehen Sie ja, wie er reagiert.«

»Ja, meinen Sie?«

Bevor die Frau sich endlich traut, ist das ungleiche Pärchen am Strand zwischen den Badegästen verschwunden.

»Na ja. Sie könnten Ihre Freundin anrufen und ihr erzählen, dass Sie den hier in Zinnowitz gesehen haben. Vielleicht kommt sie ja her und findet ihn«, meint Olga, eigentlich nur, um überhaupt etwas zu sagen. Wenn sie es sich recht überlegt, will sie auch gar nicht, dass Silvio enttarnt wird, seine Begleiterin fand sie eher unsympathisch. Außerdem ist ihre Solidarität mit anderen Frauen bei Weitem weniger ausgeprägt, als die mit den Einheimischen. Und mit kleinen Gaunern. ›Muss eben jeder sehen, wie er auf einen grünen Zweig kommt‹, denkt sie schadenfroh.

Als Olga am Abend Eileen anruft, um ihr von ihrer Begegnung zu erzählen, lacht die nur. »Natürlich haben die beiden ihre Geheimnisse, was denkst denn du, warum die sich hier im Dorf verstecken.«

15

Alexa, Eileen und Sabine sitzen auf der Terrasse eines Restaurants direkt am Achterwasser und lassen es sich schmecken. Sie haben drei Fischgerichte bestellt und trinken einen kühlen Weißwein dazu.

»Du nicht mehr«, bestimmt Alexa und schiebt das Glas ihrer Schwester beiseite, das diese ihr entgegenhält. »Du musst uns noch zurückfahren! Denkst du, ich will wieder im Schilf landen?«

Eileen murrt. »Das ist ein einziges Mal passiert. Und da hatten wir reichlich geladen. Außerdem war es dunkel.«

»Na, zum Glück! Da hat uns wenigstens niemand gesehen.« Ungerührt verteilt sie den Rest der Flasche in ihr eigenes und Sabines Glas.

Eileen bestellt sich ein Wasser. »Ich pass schon auf, oder denkst du, ich will mein Boot beschädigen?«, meckert sie trotzdem noch einmal und blickt stolz und zufrieden zu ihrem Motorboot hinüber, das zehn Meter entfernt am Steg liegt.

Die Frauen können sich das luxuriöse Mittagessen heute leisten, sie haben am Vormittag gut verdient. Alexa hat beim Aufräumen im Keller einen größeren Vorrat an Holunderbeer- und Schlehensaft gefunden, der dort schon mindestens zwanzig Jahre lang verstaubte. Sie erinnert sich, dass eine alte Nachbarin damals jede Menge davon angeschleppt hat, in jedem Herbst etliche Flaschen. Er sollte sie den Winter über vor Erkältungen schützen oder diese auskurieren.

Da aber weder die Schwestern noch ihr Vater alkoholfreie Getränke als Medizin schätzten, blieben die Flaschen unberührt. Nun wurde die Arbeit der alten Frau doch noch gewürdigt, wenn auch nicht ganz so, wie sie es sich vielleicht vorgestellt hatte. Einen Teil hat Alexa mit dem billigsten Wein aus dem Aldi gemischt und als selbst gemachten Holunderwein verkauft. Aus dem Schlehensaft wurde mithilfe von Zuckercouleur und hochprozentigem Wodka Likör. »Deren Kopfschmerzen möchte ich morgen nicht haben«, hat Olga ihrer Tante zugeraunt, als sie freundlich lächelnd die Gäste beim Verkosten beobachtet haben.

Ansonsten kamen sie heute nicht viel zum Reden. Olga hätte von Eileen gern Näheres über Silvio und Ronny erfahren, aber die hat ihr nur kurz zugezwinkert. Sie musste den Leuten erklären, weshalb sie eine Kasse für die Kinder des Dorfes aufgestellt hatte.

»Wissen Sie, die armen Schulkinder, die werden schon morgens um halb sieben hier abgeholt. Aber oft verspätet sich der Bus wegen der schlechten Wege und dann stehen die armen Kleinen hier bei Wind und Wetter. Es gibt ja nicht mal eine Überdachung. Es ist aber auch so unnötig und so deutsch, die Schulkinder mitten in der Nacht aus dem Bett zu holen und sie dann am Nachmittag sich selbst zu überlassen«, hat sie sich erbost. Eileen hat sich mal wieder so richtig in ihre Rolle hineingesteigert und dabei ganz außer Acht gelassen, dass es im ganzen Dorf nur ein einziges Schulkind gibt, das seine Mutter jeden Morgen mit nach Usedom nimmt, wo sie sowieso hinmuss, weil sie dort arbeitet. Das gespendete Geld hätte nicht für eine Bushaltestelle gereicht, aber es reicht für ein sehr opulentes Mittagessen für drei Personen.

Am späten Nachmittag sind die Frauen zurück. Während Eileen sich noch um ihr Boot kümmert, räumt Sabine den Gartentisch ab. In der Kasse des Vertrauens liegen zwei Euro, dafür fehlen ein paar wurmstichige Äpfel, die sie heute Morgen aufgesammelt hat. Guter Tausch.

Ein Paar, beide so um die sechzig, nähert sich dem Grundstück und grüßt freundlich. Die Frau ist dick und kurze, blondgefärbte Haare umrahmen das feiste Gesicht. Der dunkle Lippenstift wirkt unpassend zur Kleidung –ein buntes, mehrlagig zipfliges Oberteil und weiße Leggins – und zur Umgebung zwischen Kornfeldern und Kühen. Der Mann, schlank und etwas kleiner als seine Partnerin, trägt ebenfalls weiße Hosen und ein knallbuntes Hawaiihemd, die nicht nur im Kontrast zu seinem Umfeld, sondern auch zu seinen militärisch kurz geschnittenen, grauen Haaren und seiner seriösen Brille stehen. Mit dem Satz »Hier ist es ja wirklich wunderschön« beginnen sie, Sabine ein Gespräch aufzudrängen.

Die nickt abwartend.

»Das erwartet man gar nicht von einer Insel. Bei Usedom denkt man doch immer nur an Strand und Seebrücken. Aber dass es hier so schöne Ecken gibt …«

Sabine nickt wieder. Das weiß sie alles schon.

»Wohnen Sie hier?«

»Nein, ich bin nur zu Besuch bei meiner alten Tante. Aber ich reise übermorgen ab, dann ist sie wieder ganz allein. Sie bessert sich ihre Rente hiermit ein bisschen auf.« Sabine weist auf den Tisch. Anscheinend haben Eileens Lügengeschichten schon auf sie abgefärbt. Sie hofft nur, dass ihre Freundin nicht gerade jetzt um die Ecke kommt.

»Ach, wohnt die arme Frau ganz allein hier? Hat sie denn keine Kinder, die sich um sie kümmern?«

»Nein, Tante Else hat niemanden, seitdem ihr Mann gestorben ist. Aber sie ist noch ganz rüstig für ihr Alter, sie kommt schon zurecht. Nur hier oben lässt es so langsam nach.« Sie tippt sich an die Stirn. »Ich muss jetzt aber, sie wartet schon auf mich.«

Als das Paar zurück ins Dorf geht, beobachtet Sabine es von hinten und stellt fest, dass die beiden lebhaft diskutieren.

16

Tammes hat das schöne Wetter heute genutzt und seine Couch verlassen. Am Vormittag war er bei einem befreundeten Fischer, hat ein paar Flaschen Bier getrunken, frische Räucherflundern gegessen und anschließend in einem Strandkorb Mittagsschlaf gehalten. Jetzt ist er ausgeruht, die Sonne scheint immer noch, er hat keine Lust aufs Fernsehen und beschließt, Olga abzuholen. Vielleicht trifft er am Busparkplatz auch ein paar Bekannte, mit denen er ein bisschen klönen kann. Seine Olga ist ja nach Feierabend eher schweigsam.

Er freut sich, als er den Bus eines ehemaligen Kollegen sieht. Der steigt aus und klopft ihm auf die Schulter. »Mensch, Tammes, du alter Gauner! Lange nicht gesehen. Wie geht es dir?«

»Gut, Micha, könnte gar nicht besser gehen.«

»Ja, so siehst du auch aus. Dick, braun gebrannt, ausgeruht und eine Bierfahne am helllichten Nachmittag. Man denkt immer, du hast überhaupt keinen Plan, aber ich glaube, du bist schlauer als wir alle. Hast anscheinend alles richtig gemacht.«

»Ja, das kommt, weil mein Leben gar nicht geplant ist. Das passiert mir einfach. Und was machst du? Wartest du auf deine Gäste?«

»Ja. Die sind mit dem Reiseleiter zur Seebrücke gegangen. Mit diesem – Peter?! Wie heißt der noch, ich vergesse den dämlichen Namen immer. Kennst du, der ist bei dir damals auch schon mitgefahren. Ist ein Fuchs, nicht so schlau, riecht aber so.«

»Ja, ich weiß, wen du meinst. Der weiß noch weniger als ich. Liest auch alles ab. Hat er wieder seine dicken Akten mit?«

»Ja klar. Da liegen sie, siehst du? Und wenn er jetzt zur Seebrücke geht, hat er auch ein paar Zettel in der Hand, von denen er abliest. Dabei hat er das schon hundert Mal gemacht.«

»Volltrottel. Und Wichtigtuer.«

»Ja. Und das Beste ist, die Hälfte von dem, was er da vorliest, ist der reine Blödsinn. Ich frag mich, wo er das herhat.«

»Da siehst du es mal: Sein Geld kriegt der trotzdem.«

»Ja. Und sogar Trinkgeld, das glaubt man gar nicht. Er ist übrigens der einzige Reiseleiter, der den Staub nicht mit dem Busfahrer teilt.«

Tammes zuckt mit den Schultern und schnauft missbilligend.

Micha fällt plötzlich etwas ein. »Du Tammes, ich bräuchte mal deine Hilfe. Würdest du mir einen Gefallen tun?«

»Klar, wenn ich kann. Ich bin immer hilfsbereit. War doch mal Junger Pionier.«

»Ich brauche nächste Woche einen Reiseleiter. Diesen Idioten«, er weist mit dem Kopf in Richtung Seebrücke, »will ich nicht, der geht mir auf den Zeiger. Ich habe einen Landfrauenverein, das ist doch genau dein Klientel. Wir könnten uns beide einen richtig schönen Tag machen und du verdienst dir nebenbei ein paar Euronen, von denen Mutti nichts weiß. Na, was hältst du davon?«

»Klingt verlockend, ehrlich du, würde ich gerne. Aber ich darf ja nicht, von wegen Schwarzarbeit. Du weißt doch, wie das ist, irgendeiner sieht dich immer und scheißt dich an und dann – tschüss, Hartz 4.«

»Tammes, du spinnst doch! Pass auf, ich muss in den Bus, da kommen meine Gäste. Aber ich ruf dich an. Hast du noch die alte Nummer? Denk noch mal drüber nach!«

»Ich hab ja schließlich auch einen Haushalt zu führen«, fällt Tammes noch ein, aber der Busfahrer hört ihn nicht mehr, er lässt schon den Motor an.

17

»Kein Mensch würde glauben, dass ihr Mutter und Tochter seid. Ihr seht original aus wie Schwestern.«

Eileen mustert ihren Schwiegersohn, der vor dem Strandkorb steht und sich den Bauch mit Sonnencreme einreibt. War das jetzt ein Kompliment für sie oder eine Beleidigung für ihre Tochter? So oder so – sie schnauft verächtlich und pampt ihn an: »Geh mir aus der Sonne!«

Sie mag den Mann ihrer einzigen Tochter. Er ist nicht gerade ein Adonis, mit seinem Bauch und dem leichten Doppelkinn. Aber er hat freundliche braune Augen, ein warmes, ansteckendes Lachen und ist witzig. Das war das erste, was Karla ihr von ihm erzählt hat: »Er hat Humor.«

»Den wird er auch brauchen«, war Eileens Kommentar. Ihr war schon klar, dass sie und Alexa, die keine eigenen Kinder hat, das Mädchen von Anfang an maßlos verwöhnt und so gut wie gar nicht erzogen haben. Sie beide waren selbst erst achtzehn, als das Kind geboren wurde, und der Vater hatte sich kurz nach der Geburt verdrückt. Er war der weiblichen Übermacht einfach nicht gewachsen und fühlte sich zu Recht überflüssig. Dafür ist Karla aber ganz gut geraten. Sie sieht den Zwillingsschwestern sehr ähnlich, hat die gleichen blauen Augen und dunklen Haare, ist aber größer und sehr schlank. Während ihrer Ausbildung zur Restaurantfachfrau in einem Ahlbecker Hotel hat sie Ole kennengelernt, der dort als Koch angestellt war. Die beiden sind jetzt seit vier Jahren verheiratet und haben schon zwei Kinder. Eine glückliche kleine Familie, soweit Eileen erkennen kann. Und sie sieht und hört genau hin, Karlas Wohlergehen ist ihr wichtig. Aber da braucht sie sich keine Sorgen zu machen. Ole trägt seine Frau auf Händen. Ihre zeitweiligen Launen und Zickereien lacht er einfach weg.

»Ich versperre dir wohl die Aussicht?« Er sieht sich um. Die Körbe hier am Ahlbecker Strand, direkt neben der Seebrücke, sind von jungen Familien belegt. In einem sonnt sich ein älterer, hagerer Mann, dessen Haut wie Leder aussieht, in einem anderen ein Paar, die beide so dick sind, dass sie sich dort hineingequetscht haben wie Sardinen in eine Büchse. Und genauso glänzen sie auch. »Nein, hier gibt es nichts Sehenswertes. Die meisten Männer sind viel zu jung für dich.«

»Was weißt du schon, was zu jung für mich ist. Gucken wird man ja wohl dürfen«, empört sich Eileen etwas lahm, denn im Stillen muss sie ihm zustimmen.

»Na, na, nun bring mal deine Speicheldrüsen wieder unter Kontrolle, nicht dass du in einem Anfall von Mannstollheit über einen Familienvater herfällst.«

»Ich kann mich gerade so beherrschen.« Sie wendet sich ihrer Tochter zu, die neben ihr sitzt. »Was liest du denn da?«

»Einen französischen Liebesroman. Bisschen melancholisch, aber schön. Kann ich dir nachher geben, ich habe ihn fast durch.«

»Melancholisch mag ich nicht, bin ich selbst.«

Karla legt das Buch weg und sieht ihre Mutter besorgt an. »Ja, du bist wirklich irgendwie traurig, stimmt's? Bereust du es nun doch, dass du wieder nach Ententeich gezogen bist?«

Ole bemerkt, dass die Frauen allein reden wollen, klemmt sich seine kleine Tochter unter den Arm und fordert die größere auf: »Gehen wir schwimmen? Na los, wer zuerst im Wasser ist!«

»Ich weiß auch nicht.« Eileen sieht den dreien nachdenklich hinterher. »Manchmal ist es ja ganz lustig. Aber man ist doch ziemlich einsam da, weißt du.«

»Ja, ich weiß«, gibt Karla schuldbewusst zu. »Wir würden dich ja auch öfter besuchen, aber die Lucie mit ihrer Pollenallergie … und Ole reagiert so allergisch auf Insektenstiche.«

»Ich verstehe euch doch, das ist gar kein Problem, wir können ja hier zusammen sein. Im Sommer geht es auch, aber mir graut schon vor dem Winter. Dann kommt Olga auch nicht, oder nur hin und wieder mal zu Besuch. Und Alexa – na du weißt ja, sie ist eher introvertiert.«

»Ich nenne es maulfaul. Aber so ist sie nun mal.« Sie überlegt, sieht ihre Mutter von der Seite an und fragt vorsichtig: »Willst du das Haus denn nicht einfach verkaufen und wieder nach Ahlbeck ziehen?«

»Nein.« Eileen wehrt hastig ab. »Das kann ich Alexa nicht antun. Eigentlich sind wir ja nur aus Trotz wieder nach Ententeich gezogen, damit der blöde Makler die Häuser nicht in die Finger bekommt. Dachte ich jedenfalls. Aber Alexa hängt wirklich dran. Die krieg ich da nicht weg. Schließlich ist es unser Elternhaus, ich möchte es auch nicht verkaufen. Und sie allein lassen, auch noch mit Fremden auf dem Grundstück? Nee du, das kann ich nicht machen.«

»Ja, Mutti, dann weiß ich auch nicht weiter. Es wäre so schön, wenn du hier eine Wohnung hättest. Dann könnten wir dich öfter besuchen. Und du könntest auch wieder arbeiten gehen, damit du mal unter Menschen kommst. Außer der eigenen Familie, meine ich. Die suchen hier alle wie verrückt Kellner, Verkäuferinnen, Rezeptionistinnen, eigentlich alles. Ole und ich waren gestern in dem Hotel, in dem wir mal gearbeitet haben. Da steht eine Polin am Empfang, die kann kaum Deutsch. Denk mal drüber nach! Und rede doch einfach mal mit Alexa, vielleicht fällt euch ja zusammen was ein.«

Eileen seufzt. »Du hast recht, ich denke drüber nach. Aber jetzt gehen wir erst mal baden, komm!«

Am Abend steht Eileen am Fenster ihres Hauses und beobachtet ihre Schwester, die über das Grundstück schlendert, Fallobst in einen Korb sammelt und hin und wieder Stöckchen für die Hunde wirft, die um sie herumtollen. Sie wirkt äußerst zufrieden. Eileen seufzt. Sie zuckt zusammen, als Sabine sie plötzlich anspricht.

»Hast du auch was bemerkt?«

»Warum, was soll ich bemerkt haben?«

»Hier schleicht jemand herum. Gestern Abend, als ich nicht schlafen konnte – eigentlich war es schon nachts –, habe ich aus dem Fenster gesehen. Da war jemand auf dem Grundstück da drüben, mit einer Taschenlampe.«

»Sicher jemand aus dem Dorf, der hat Regenwürmer zum Angeln gesucht.«

»Nein, so sah das nicht aus. Der ist ziemlich zielstrebig über das Grundstück gegangen. Dann war das Licht auf einmal weg, als hätte er die Lampe ausgeschaltet oder wäre irgendwo hineingegangen. Eine ganze Weile später ist er wieder zurückgekommen.«

»Da steht der alte Bootsschuppen«, überlegt Eileen laut. »Mein Vater hat sein Werkzeug und Material darin aufbewahrt. Aber nichts, was für einen Einbrecher lohnend wäre. Ich sollte trotzdem mal nachsehen. Nicht, dass sich da Jugendliche eingenistet haben und heimlich rauchen, so wie wir früher. Da liegt sicher noch trockenes Rohr drin, das könnte gefährlich werden.«

18

Toralf Moder mag keine Hunde und sie mögen ihn nicht. Eigentlich mag er nichts, das mehr Beine hat als er selbst. Und von den Zweibeinigen mag er die meisten auch nicht und die meisten mögen auch ihn nicht. Aber Letzteres ist ihm nicht bewusst, er hält sich für charmant und sympathisch, aber vor allem für geachtet, bewundert und beneidet. Aber jetzt denkt er gerade über Hunde nach. Genau genommen über einen Hund, nämlich den seiner Nachbarin. Er hat gestern Abend, als ihn seine Geldsorgen mal wieder nicht einschlafen ließen, einen Plan entwickelt.

Schon seit einiger Zeit hat er darüber nachgedacht, wer in seinem Umfeld genügend Geld hat, und dann, wie er an dieses Geld kommen könnte. Dabei ist er auf den Zahnarzt Ludwig gekommen. Dem hat er vor zwei Jahren ein Grundstück am Dorfrand verkauft. Nicht direkt am Wasser, aber schön gelegen. Das Geschäft verlief zu beiderseitiger Zufriedenheit. Ludwig hat sich ein hübsches Haus gebaut, in dem er seit ein paar Monaten mit seiner Frau, ebenfalls einer Zahnärztin, wohnt und man grüßt sich freundlich. Das ist aber auch schon alles. Zu einem Gespräch kommt es nie, der Zahnarzt ist viel beschäftigt, er winkt im Vorbeifahren aus seinem dunkelblauen Mercedes oder, am Wochenende, vom Balkon.

Der Makler hat tagelang darüber nachgedacht, unter welchem Vorwand er bei Ludwigs klingeln und dem Mann ein Gespräch aufdrängen könnte. Ihm ist nichts eingefallen. Es soll nämlich eine eher zufällige, sinn- und harmlose Unterhaltung sein, bei der Moder dann beiläufig die Ferienwohnung in Heringsdorf erwähnen würde. Eine quasi einmalige Gelegenheit, ein todsicheres Geschäft, das er lieber einem guten Nachbarn als irgend so einem Spekulanten aus dem Westen gönnen würde.

Ihm ist nichts eingefallen. Er kann ja schlecht dort klingeln und sich zwei Eier borgen oder den Rasenmäher. Ludwig ist kein Dorftrottel. Auch wenn Moder sich für schlauer als die anderen Dorfbewohner hält, vor einem Zahnarzt hat er dann doch gewissen Respekt.

Seit ein paar Tagen nun hat er beobachtet, dass seine potenzielle Finanzhilfe abends mit einem Hund spazieren geht. Immer zur gleichen Zeit, zwischen neunzehn und zwanzig Uhr, und er nimmt immer denselben Weg, von seinem Haus aus zum Achterwasser und dann hinter den Höfen entlang, an Weiden und Feldern vorbei, auf der Dorfstraße zurück.

Der Hund gefällt Moder nicht so richtig. Es scheint ein junges Tier zu sein, aber doch ziemlich groß, eine Dogge vielleicht, ein Dobermann oder Dalmatiner, der Makler hat da keine Ahnung, es ist ihm auch egal. Allerdings wäre es eine gute Ausgangssituation für ein nettes Gespräch, wenn er sich als Hundekenner oder wenigstens Tierliebhaber zu erkennen geben würde. Er müsste jemanden fragen, der sich auskennt. Und da kommt seine direkte Nachbarin ins Spiel. Sie besitzt selbst mehrere Hunde verschiedener Rassen, kennt jeden Köter im Dorf beim Namen und achtet ständig auf deren Wohlergehen.

Gestern Abend im Bett ist Moder die Idee gekommen, sich zunächst bei der Frau zu erkundigen, was für ein Vieh der Zahnarzt neuerdings an der Leine führt, um sich dann als Steigerung einen ihrer Hunde für einen Spaziergang auszuborgen. Möglichst ein altes, ruhiges, nicht zu großes Tier, mit dem er dann auf dem Feldweg hinter dem Dorf entlangschlendern wird und ganz zufällig den Zahnarzt Ludwig treffen würde. Man könnte zunächst über Hunde reden, ein paar Sympathiepunkte sammeln und Vertrauen aufbauen. Der Rest würde sich dann schon ergeben.

Bei Tageslicht überdenkt Moder den Plan noch einmal und findet einige Schwachpunkte. Zunächst ist er nicht sicher, ob und wenn in welchem Ton die Nachbarin mit ihm reden würde. Hat sie nicht schon einmal unverschämt laut im Dorf verkündet, dass ihre Hunde ihn nicht mögen? Und dass sie ein feines Gespür haben und er damit kein guter Mensch sein kann? Ja, danke. Das hatte er ja völlig verdrängt. Außerdem ist es ziemlich offensichtlich, dass der Zahnarzt seinen Köter nur sehr bedingt unter Kontrolle hat. Bei genauer Beobachtung geht der Hund eigentlich mehr mit ihm, als er mit dem Hund. Ein anderes Tier, das ihnen begegnet, könnte zusätzliche Komplikationen bringen und ein ruhiges Gespräch von vornherein verhindern.

Moder streicht die Nachbarin und ihren Hund aus seinem Plan. Er wird einfach so, ganz allein, einen Spaziergang um das Dörfchen herum machen.

Am Abend, kurz vor sieben, sitzt der Makler auf seiner Dachterrasse und beobachtet das Dorf, speziell die Zahnarztvilla, durch sein Fernglas. Eine halbe Stunde später sieht er, wie zunächst der Hund aus dem Haus kommt. Dahinter hängt sein Herrchen an der Leine und wird durch den Vorgarten auf die Straße gezerrt. Er will das Gartentor hinter sich schließen, aber das Tier zieht so kräftig, dass er einen Satz macht und beinahe lang hingeschlagen wäre. Er kann sich gerade noch fangen, tritt dabei aber mit seinen weißen Schuhen in eine Pfütze. Moder grinst über das ganze Gesicht. Aber dann bemerkt er das Problem. Wie soll er sich mit seinem potenziellen Kunden unterhalten, wenn das Vieh den durch die Gegend zieht? Der kann doch nicht einen Moment stillstehen. Er könnte ein Stück von der Polenwurst mitnehmen, die in seinem Kühlschrank vor sich hingammelt, weil sie ihm zu fett und zu scharf ist. Aber würde das den Hund beruhigen? Womöglich wird der dann noch wilder und springt ihn sogar an? Aber was tun? Er kann schließlich nicht warten, bis der Hund älter und ruhiger wird. Wenn er den Gesichtsausdruck des Zahnarztes vorhin richtig gedeutet hat, wird dieser auch nicht solange warten und ihn dahin zurückbringen, wo er ihn hergeholt hat.

Hund und Herrchen sind aus Moders Blickfeld verschwunden. Er weiß, dass sie in etwa einer Stunde an der anderen Seite des Dorfes wieder auftauchen werden. Aber was machen die eigentlich solange? Der Ort ist klein, man braucht höchstens fünfzehn Minuten, um daran vorbeizugehen. Auf der einen Seite ist das Achterwasser, an der anderen Wiesen und Felder, über die Ludwig mit seinen weißen Schuhen bestimmt nicht läuft. Richtig! Das Vieh ist nass und struppig, wenn sie zurückkommen. Er geht also zum Wasser und lässt den Hund baden. Moder sieht es direkt vor sich, wie das Tier ins Wasser rennt, während sein Besitzer am Ufer steht und zusieht. Klar, würde er auch so machen. Das Biest kann sich austoben und man muss sich nicht stundenlang von ihm durch die Gegend ziehen lassen. Das ist die perfekte Gelegenheit. Heute ist es allerdings zu spät.

Dann kommt erst einmal das Wochenende. Der Zahnarzt hat dann einen anderen Zeitplan, den Moder nicht so schnell durchschaut. Wäre natürlich noch besser, wenn er ihn direkt am Gartenzaun in eine entspannte Plauderei verwickeln könnte, und der Hund bliebe sogar ganz aus dem Spiel. Funktioniert aber nicht, den Rasen mäht ein junger Mann, ein Pole wahrscheinlich, weder die Hausbesitzer noch der Hund lassen sich sehen.

Am Montagabend steht der Makler hinter einer Weide am Schilfrand und wartet. Er ist schon völlig von Mücken zerstochen und nahe am Aufgeben, als der Zahnarzt und sein Haustier endlich auftauchen. Als der Hund ihn anspringt, wäre Moder beinahe umgefallen, er kann sich gerade noch an einem herabhängenden Ast festhalten.

»Der tut nichts, er will nur spielen«, ruft der stolze Besitzer und Moder würde gern freundlich antworten oder wenigstens nicken, aber das verhindert das Tier, indem es ihm mit leidenschaftlicher Zuneigung das Gesicht ableckt. Entweder ist es ein besonders dämlicher Hund, der nicht merkt, dass Moder alles andere als ein Tierfreund ist, oder es ist ihm egal.

»Ach Sie sind es.« Der Zahnarzt ist erleichtert, dass sein Hund über keinen Fremden hergefallen ist, entschuldigt sich aber trotzdem halbherzig. »Ist noch ein junges Tier, ich muss ihn noch ein bisschen erziehen.«

›Ein bisschen ist gut‹, denkt Moder, wischt sich mit dem Ärmel den Hundespeichel aus dem Gesicht und lächelt etwas mühsam. »Aber das macht doch nichts. Ich liebe Hunde ja auch über alles. Ein wunderschönes Tier!«

»Ja.« Der Zahnarzt nickt zweifelnd. »Ein anatolischer Hirtenhund.«

»Natürlich. Wirklich schön. Und so groß.«

»Der ist noch nicht mal ausgewachsen.« Er wirft einen Stock ins Wasser und der Hund springt hinterher. »Kaiser komm! Bring!« Das Tier legt sich drei Meter entfernt in den Schlamm und zerbeißt seine Beute. »Vielleicht sollte ich wirklich mal mit ihm zu einem Hundetrainer gehen. Aber wo soll ich die Zeit dafür hernehmen?«

Einen schrecklichen Moment lang erwartet Toralf Moder, dass der Zahnarzt ihm diese Aufgabe überträgt, er ist schließlich den ganzen Tag zu Hause, aber so weit geht der dann doch nicht. Er fragt sich, weshalb Ludwig sich überhaupt einen Hund, und vor allem gerade diesen, angeschafft hat. Offensichtlich hat er doch nur Probleme mit ihm und die große Tierliebe scheint es auch nicht zu sein.

Die Erklärung, die er unerwartet bekommt, gefällt dem Makler. Der Zahnarzt hat geradezu panische Angst vor Einbrechern. »Das ist ganz schlimm zurzeit«, erzählt er. »Bei einem Kollegen von mir wurde das halbe Haus ausgeräumt. Und wissen Sie, wie hoch die Aufklärungsrate ist?« Er lacht verächtlich. »Das sollen ja wohl osteuropäische Banden sein. Die Polizei ist machtlos. Und Alarmanlagen nützen auch nicht viel, da kennen die sich bestens mit aus.«

»Meinen Sie wirklich, der Hund kann Ihr Haus beschützen?«

»Na ja, ich weiß nicht.« Herrchen wirft einen neuen Stock und der Hund rennt unermüdlich hinterher. »Der freut sich wahrscheinlich, wenn Leute ins Haus kommen und leckt ihnen das Gesicht ab. Aber das wissen die ja nicht vorher.«

»Nein. Aber die könnten ihn einfach vergiften oder betäuben.«

»Stimmt.« Ludwig seufzt. »Und der war auch noch richtig teuer. War wohl doch keine so gute Idee. Meine Frau ist auch stinksauer. Was denken Sie, wie viel Dreck der ins Haus schleppt.«

»Und er frisst Ihnen vermutlich quasi die Haare vom Kopf«, stochert Moder in der Wunde.

»Das auch. Aber wie gesagt – ein schönes Tier. Reinrassig. Sie hätten wohl nicht Interesse? Ich könnte Ihnen einen guten Preis machen.« Das schöne Tier kommt aus dem Wasser, wälzt sich noch einmal in einem Schlammloch am Ufer, dann springt es auf die Männer zu und schüttelt sich ausgiebig neben ihnen. Beide sind von oben bis unten nass und dreckig. Der Zahnarzt sieht Moder dennoch hoffnungsvoll an, aber der schüttelt energisch den Kopf.

Das Gespräch ist völlig aus dem Ruder gelaufen. Es wäre absurd, jetzt auf das Thema »Ferienwohnung in Heringsdorf« zu kommen. Es sei denn – eine vage Idee entsteht in seinem Hinterkopf. ›Wenn bei dem wirklich eingebrochen wird, könnte ihm die Villa, vielleicht sogar das ganze Dorf so verleidet sein, dass er verkauft und lieber nach Heringsdorf zieht. Na gut, aber da besteht eine sehr geringe Chance.‹ Was Ludwig nämlich nicht bedacht hat, ist der beste Schutz gegen Einbrecher: aufmerksame Nachbarn. Und davon gibt es in Ententeich reichlich. Hier läuft nicht eine Katze über die Straße, ohne dass jeder weiß, wo sie herkommt und was sie vorhat. Die andere Möglichkeit ist, dass er selbst mögliche Einbrecher erwischt, die es auf die Zahnarztvilla abgesehen haben, und diese an ihrem Vorhaben hindert. Ludwig wäre außerordentlich dankbar, was wiederum eine gute Ausgangsbasis wäre. Und wenn es keine Einbrecher gibt … Wie soll der das herausbekommen, er ist doch den ganzen Tag nicht da. Man könnte sicher so tun, als ob. Darüber muss er noch einmal in Ruhe nachdenken. Erst einmal muss er die Voraussetzungen für sein Vorhaben schaffen: »Also, Herr Ludwig, wenn es Sie beruhigt, kann ich gern immer mal ein Auge auf ihr Haus werfen. Sie wissen ja, ich arbeite meist zu Hause. Und ich mache gern hin und wieder einen kleinen Spaziergang zwischendurch, um den Kopf freizukriegen, quasi. Also, wenn Sie wollen, gehe ich immer mal um Ihr Haus herum und sehe nach dem Rechten.«

»Wenn Sie das machen würden, Herr Moder? Also ich wäre Ihnen sehr verbunden. – Es soll auch nicht umsonst sein …«

»Um Gottes Willen!«, unterbricht der Makler ihn geradezu empört. »Das tue ich doch gern, wir sind ja quasi Nachbarn.«

Die Männer haben sich inzwischen notdürftig gereinigt, der Hund ist wieder an der Leine und wird nun hinter dem Zahnarzt hergezerrt. Vor Moders Haus verabschieden sie sich in bestem Einvernehmen durch herzliches Händeschütteln. Der Makler hat zwar nicht erreicht, was er wollte, aber er ist trotzdem zufrieden. Immerhin hat er einen Fuß in der Zahnarzttür und gute Aussichten, etwas daraus zu machen.

19

»Mein Gott, wo hast du die denn bloß eingesammelt?« Alexa ist entsetzt, als sie einen Blick durch ihren Garten wandern lässt. »Und warum schleppst du die hierher? Die denken wirklich, wir sind bescheuert und sie kriegen hier was umsonst.«

»Ja, ich weiß«, antwortet Olga, die heute schon eine ganze Weile schlecht gelaunt mit einer Reisegruppe unterwegs ist. »Das sind die ›Hören-Sie-mal!‹-Gäste.«

»Wie bitte?«

»Die fangen jedes Gespräch mit ›Hören Sie mal!‹ an. Und im zweiten Satz kommt dann immer ein ›aber‹. ›Das ist aber …‹, ›Sie müssen aber …‹, so was eben. Dann muss man ganz freundlich sein. Nicht übertreiben, gerade so, dass er merkt: ›Du gehst mir auf die Nerven, du benimmst dich unmöglich, bist ein pathologischer Nörgler und Besserwisser. Ich kann dich nicht ausstehen, aber ich bin professionell und deshalb höflich.«

»Gut, das merke ich mir. Aber ehrlich gesagt, möchte ich deinen Job auch nicht haben.«

»Ich auch nicht.«

Während Olga mit Alexa redet und die Touristen auf den Grundstücken herumlaufen, steht Eileen am Gartenzaun und unterhält sich mit einem älteren Paar. Nur Sabine bemerkt, dass die beiden nicht zur Busgruppe gehören.

›So ein Glück, dass Eileen heute Else ist‹, denkt sie. Es sind nämlich die beiden, denen sie von der einsamen, alten, dementen Frau erzählt hat. Die Frau trägt heute ein Leinenkleid, das genau wie ein Kartoffelsack aussieht, und der Mann hat einen Stoffhut aufgesetzt, wahrscheinlich hat er sich den Kopf verbrannt. Dass sie selbst erkannt wird, braucht Sabine nicht zu befürchten, denn sie sitzt mit Kittelschürze und Kopftuch auf der Gartenbank.

Eileen weiß nicht genau, was Sabine den beiden neulich erzählt hat, merkt aber, dass sie für leicht geistesgestört gehalten wird. Sie liebt diese Rolle.

»Die da drüben, meine Nachbarin, ist eine Kommunistin«, flüstert sie, während sie sich über den Gartenzaun beugt. »Eine russische Spionin. Ihre Hunde sind auch Kommunisten. Sie hat sie abgerichtet, meinen Kater Hansjürgen zu jagen. Eine ganz böse Frau ist das!«

»Tatsächlich?«, staunt der Mann. »Das ist ja gefährlich. Haben Sie denn gar keine Angst vor ihr und ihren Hunden?«

»Doch, ich habe schon Angst. Aber was soll ich machen? Ob Sie mir vielleicht eine Waffe besorgen könnten? Ein Gewehr vielleicht?«

»Nein, nein. Das geht nicht. Sie dürfen nicht schießen, dann kommen Sie doch ins Gefängnis – oder woanders hin.«

»Wo sie auch hingehört«, murmelt die dicke Frau und bekommt einen Rippenstoß von ihrem Ehemann.

»Sind Sie denn ganz allein hier? Haben Sie niemanden, der Ihnen hilft? Keine Kinder?«

»Habe ich Kinder?« Sie überlegt und sieht unwillkürlich zu Sabine hinüber. Dann fällt es ihr wieder ein. »Nein, ich habe keine Kinder. Überhaupt niemanden. Ich bin mutterseelenallein.« Sie schnieft ein bisschen.

»Und was ist mit der alten Dame, die dort auf der Bank sitzt?« Der Mann ist ein wenig neugierig.

»Das ist doch keine Dame! Das ist Tante Frieda, die ist schon einhundertvier Jahre alt. Sie kann nicht mehr sehen und nicht sprechen und hören auch nicht. Das ist die Tante von der da drüben, aber sie setzt sie immer bei mir auf die Bank, weil hier mehr Sonne ist.«

»So. Aha.« Der Mann kratzt sich unter dem Hut und zuckt zusammen.

Eileen grinst innerlich, auch sie ahnt, dass er darunter einen gehörigen Sonnenbrand hat. Eine Gruppe Gäste schlendert heran.

Die Augen des Mannes kann Eileen nicht erkennen, sie sind hinter einer Sonnenbrille verborgen, aber ein gieriger Zug um den Mund sagt ihr genug. Die Blicke der Frau huschen ständig über das Grundstück, sie kneift die Augen zusammen, um das Haus genauer zu betrachten. »Wollen wir uns nicht ein wenig hinsetzen«, fragt sie jetzt zuckersüß, als würde sie mit einem Kleinkind sprechen, und weist auf die Sitzgruppe unter dem Birnbaum. »Da können wir uns doch viel besser unterhalten.«

»Ach nein«, Eileen überlegt blitzschnell, »ich muss Hansjürgen suchen.«

Der Mann guckt irritiert.

»Katze«, zischt seine Frau und er lächelt erleichtert.

»Die Leute fahren ja gleich wieder weg, dann lässt meine Nachbarin ihre Hunde raus. Ich muss Hansjürgen vorher in Sicherheit bringen. Er ist auch schon sehr alt, über dreißig Jahre.«

Die beiden reagieren gar nicht auf diese Behauptung. Entweder haben sie keine Ahnung, wie alt Katzen werden, oder sie haben erkannt, dass die alte Frau verrückt ist. »Ja, na dann – vielleicht können wir Ihnen helfen, die Katze zu suchen?«

»Nein, der hat Angst vor Fremden. Ich muss jetzt auch.« Eileen beginnt der Blödsinn zu langweilen, sie wendet sich ab.

»Warten Sie!« So schnell gibt die Frau nicht auf. Anscheinend gefällt ihr, was sie so gründlich betrachtet hat. »Wir können Sie doch mal besuchen. Weil Sie doch so einsam sind. Wir könnten Kuchen mitbringen und Kaffee und uns einen schönen Nachmittag machen. Übrigens, ist das da unten ein Bootssteg?«

»Ja, aber ich habe kein Boot.« Sie denkt kurz nach. »Na gut. Sie könnten auch eine Flasche Wodka mitbringen, den trinke ich gern. Aber Sie müssen vorher anrufen. Damit ich ordentlich angezogen bin, wissen Sie. Wenn ich allein bin, laufe ich meistens den ganzen Tag im Nachthemd rum. Lohnt ja nicht, sich anzuziehen. Und manchmal finde ich meine Zähne auch nicht gleich … Na ja, ich mag keinen überraschenden Besuch. Dann mache ich gar nicht erst auf. Ist ja meistens sowieso bloß einer, der Geld haben will. Für Strom oder Wasser oder was weiß ich.«

»Können Sie uns denn ihre Telefonnummer geben?«

»Ja, die weiß ich. Ist ja noch immer die gleiche, die vergesse ich nicht. Ich vergesse nur neue Sachen, das Alte behalte ich.« Sie kichert. »Was wollten Sie noch mal?«

»Ihre Telefonnummer.«

»Ach so, ja. Und wer sind Sie?«

»Wir sind Anita und Peter. Ihre neuen Freunde. Dürfen wir Else zu Ihnen sagen?«

»Warum nicht. So heiße ich ja. Und wo wohnen Sie?«

»Eigentlich in Hannover. Aber wir sind in Heringsdorf im Urlaub. Wir bleiben noch zwei Wochen hier.«

»Und wenn Sie wollen, können wir Sie auch danach jederzeit besuchen. Ist ja nicht weit von Hannover.«

»Hannover kenne ich nicht«, behauptet Eileen und denkt: ›Da liegt also der Hase im Pfeffer. Ihr sucht eine kostenlose Urlaubsunterkunft.‹ Sie mustert das Pärchen noch einmal verstohlen. Er hat zu volle Lippen für einen Mann und ein fliehendes Kinn, sie ähnelt mit ihrer spitzen Nase und den kleinen scharfen Augen in ihrem Vollmondgesicht einem Raubvogel.

»Elselein«, flötet sie jetzt und Eileen spürt deutlich, wie sich ihre Nackenhaare sträuben. »Sie können doch nicht immer allein sein. Sicher brauchen Sie auch einmal Hilfe auf dem Hof oder im Haus. Wir mögen ältere Leute und helfen gern.«

›Das glaube ich euch sofort‹, denkt Eileen. Dann diktiert sie ihre Telefonnummer, die der Mann hastig aufschreibt und sogar noch einmal wiederholt. Mal sehen, was daraus wird. Die beiden sind auf alle Fälle gut für einen Spaß, vielleicht lässt sich sogar etwas herausschlagen. Die sehen aus, als wenn sie nicht ganz arm sind und ihr Geld gern noch vermehren würden. Eine sportliche Herausforderung für Eileen.

20

Tammes hat Spaß. Die fünfzig Landfrauen hinter ihm im Bus auch. Und der Busfahrer wäre einmal fast auf einen Mercedes aufgefahren, weil er Lachtränen in den Augen hatte. Zahlen kann Tammes sich nicht merken, deshalb hat er sein Buch mit, da steht alles drin über die Geschichte der Insel. Aber das Buch hat er schon in Heringsdorf zugeschlagen, als er gemerkt hat, dass es die Frauen gar nicht interessiert, wann Wilhelm II. hier war und warum. Stattdessen hat er ihnen etwas von der Geliebten des Kaisers erzählt, die dieser hier besucht hat – »eine sehr imposante Dame, über 1,80 Meter groß, er kannte sie aus Berlin und hier haben sie sich heimlich getroffen.« Dass bei diesem Besuch nicht nur der Hofstaat, sondern auch noch Hunderte Berliner Gäste zugegen waren, erwähnte er nicht, das hätte die ganze Romantik der Geschichte verdorben. »Im gleichen Haus hat sich auch Hitler mit seiner Geliebten getroffen«, hat er dann behauptet, weil die Damen gerade so interessiert zugehört haben. Der Busfahrer sah ihn etwas erstaunt von der Seite an, Tammes blinzelte ihm zu und setzte noch einen drauf. »Und fünfzig Jahre später Erich Honecker.«

Die Gäste schwiegen, ob aus ehrfürchtigem Staunen oder Zweifel blieb offen, dann fragte eine Frau zögernd: »Auch mit seiner Geliebten?«

»Natürlich!«, behauptete ihr Reiseleiter im Brustton der Überzeugung. »Was denken Sie denn, was die hier so getrieben haben, die Genossen? Das waren doch die Allerschlimmsten. Gleich nebenan hatte Mielke sein Sommerhaus mit einer fünf Meter hohen Hecke ringsherum. Den durfte ja keiner sehen. Und ein paar Häuser weiter war vor 45 Hermann Görings Sommerhaus, zu DDR-Zeiten war da der größte Gewerkschaftsboss drin, Harry Tisch, genannt Wodka-Harry.« Damit war Tammes fertig mit der Geschichte des Seebades. Er hatte Fakten so geschickt mit Gerüchten und reinen Erfindungen verwoben, dass er am Ende selbst nicht mehr wusste, was davon stimmte. Das ist überhaupt sein Problem. Wenn er etwas nicht weiß, denkt er es sich einfach aus, und irgendwann glaubt er selbst an seine Lügen.

In Koserow geht er mit der Gruppe an die Steilküste und erzählt von der im Meer versunkenen Stadt Vineta. »Das sind die Reste der Stadtmauer, sie war zwanzig Meter hoch«, erklärt er und weist auf die Brandungsmauern.

»Und warum sind da diese Fähnchen im Wasser?«, fragt jemand.

Tammes weiß, dass diese anzeigen, wo die Fischer ihre Netze ausgelegt haben, aber das ist doch langweilig. »Da sind die Kirchtürme von Vineta. Die Spitzen sind ganz dicht unter der Wasseroberfläche und damit die Boote da nicht gegenfahren, sind die Fahnen da.«

»Ich glaube, Sie erzählen uns eine Menge Blödsinn«, meint eine stark geschminkte und sehr elegant gekleidete Dame lautstark.

»Schrei mich nicht an, wir sind nicht verheiratet!«, bittet Tammes zwinkernd, ohne auf den Vorwurf einzugehen. Dann sieht er auf seine Uhr. »So, eine Stünde Mittagspause!«, verkündet er. »Am besten ist es, ihr geht direkt zum Fischer. Da habt ihr den Fisch, der heute Morgen noch in der Ostsee geschwommen ist, jetzt auf dem Teller. Eine Mund-zu-Mund-Beatmung und der lebt wieder.«

Beim Fischer wartet er zusammen mit dem Busfahrer, bis sich seine Gäste versorgt haben. Eine Frau aus ihrer Gruppe kommt aus dem Laden und sagt im Vorbeigehen: »Übrigens muss es ›Mund-zu-Maul-Beatmung‹ heißen.«

»Ja, und du bist eine ganz Schlaue. Deshalb isst du hier auch Matjeshering.«

»Warum? Ist der etwa nicht frisch?«

»Doch, den hat der Fischer heute Vormittag geangelt. Mit einer Salzgurke als Köder.«

Der Busfahrer grinst, dann holen sie sich beide Räucherflundern und Kaffee und ziehen sich an einen Tisch etwas abseits im Schatten zurück.

Nach dem Essen steckt Tammes sich eine Zigarette an, der Busfahrer lehnt ab. »Ich hab noch nie geraucht«, behauptet er.

»Doch, in der Schule.«

»Mann, das ist hundert Jahre her. Dass du das noch weißt!«

Lachend tauschen sie Erinnerungen an ihre gemeinsame Schulzeit aus.

»Du warst doch eigentlich immer einer der Schlauesten in der Klasse«, fällt dem Fahrer ein. »Warum hast du eigentlich kein Abitur gemacht?«

»Ich war in der fünften Klasse lange krank, fast das halbe Schuljahr. Ich wollte die Klasse aber nicht wiederholen und hab auch fast alles aufgeholt. Außer Russisch. Da fehlten mir einfach die Grundlagen – und na ja, ich war auch zu faul, die ganzen Vokabeln zu lernen. Jedenfalls hatte ich in Russisch eine Vier auf dem Zeugnis und als es im nächsten Jahr mit dem Englischunterricht losging, durfte ich nicht daran teilnehmen. Ich hatte sogar schon angefangen, die Englischlehrerin war nett und das hat mir richtig Spaß gemacht, aber der Russischlehrer, der Bradhering, hat es mir versaut. Selbst seine Tochter sagt, der war ein Arschloch. Englisch hätte ich nur lernen dürfen, wenn ich in Russisch mindestens eine Zwei gehabt hätte. Na ja, das war es dann. Ohne zweite Fremdsprache kein Abitur.«

»Schöne Scheiße. Na ja, aus dir ist doch trotzdem was geworden. Wenn auch nichts Vernünftiges.«

»Ach was. Ich bin gesund und meine Frau hat Arbeit. Was will man mehr?«

»Das ist die größte Klappbrücke Deutschlands«, erklärt Tammes zwei Stunden später wahrheitsgemäß in Wolgast. »Wenn sie geöffnet wird, fallen natürlich die ganzen Steine aus dem Gleisbett hinunter vor die Schranken. Die müssen dann schnell wieder eingesammelt und verteilt werden. Das ist eine Arbeitsbeschaffungsmaßnahme.« Er weiß nicht genau, ob ihm noch jemand glaubt, er vermischt aber ungeniert weiter Wahrheit und Lügen. »Wir haben zwei Brücken auf der Insel Usedom, beides sind Klappbrücken. Die dürfen aber niemals gleichzeitig geöffnet werden, dann würde die Insel nämlich abtreiben.«

Auf der Rückfahrt schildert er ausführlich und sehr dramatisch, wie ein Sturmhochwasser die Insel in zwei Hälften geteilt, die Inselmitte zerstört und alles hinweg gerissen hat.

»Wann ist das gewesen?«

Die Frage bringt den Reiseleiter beinahe aus dem Konzept, das hat er nämlich gerade vergessen. »Du musst mir auch ein bisschen zuhören, Mädchen, das habe ich doch gerade gesagt«, ermahnt er die etwa achtzigjährige Frau. Dann fahren sie am Erlebnisdorf vorbei und er zeigt schnell auf die Kartoffelsackrutsche im Erdbeerhof. Eine lebensgroße Puppe ist an der Seite an einem Seil befestigt, es sieht aus, als würde dort jemand hinaufklettern. »Sehen Sie, an der anderen Straßenseite ist die ›Franka-Dietzsch-Halle‹. Die betreiben da drin Kraftsport und zum Training gehört auch Seilklettern. Aber weil die Halle nicht hoch genug ist, wird das hier an der Rutsche gemacht.«

Als die Gäste in ihr Hotel zurückkehren, sind sie zwar nicht viel schlauer als morgens vor der Abfahrt, aber sie hatten einen schönen Tag und geben reichlich Trinkgeld.

Tammes teilt mit dem Busfahrer.

»Du solltest das öfter machen«, rät der. »Vom Zuhauserumsitzen wirst du nur fett. Guck dir bloß mal deinen Bauch an! Das ist gefährlich in unserem Alter.« Er erzählt von einem ehemaligen Kollegen, der mit Mitte vierzig an einem Herzinfarkt gestorben ist.

Tammes wird angst und bange. »Schönen Dank auch, gerade hatte ich noch gute Laune«, brummt er und schlendert langsam nach Hause.

21

Der Sommer könnte nicht schöner sein. Seit zwei Wochen scheint tagsüber die Sonne, die Nächte sind mild und sternenklar, manchmal regnet es in den Morgenstunden. Die Jungstörche verlassen schon ihre Nester und suchen zusammen mit ihren Eltern Futter auf den Wiesen, um sich für einen langen Flug zu stärken. An Wegrändern und auf den Kornfeldern blühen der rote Mohn und die blauen Kornblumen. Das Achterwasser ist warm, mehrmals am Tag springen die Schwestern vom Steg aus hinein und schwimmen eine Runde zusammen mit den Hunden Rosa, Friedrich und Karl. Kater Hansjürgen sitzt auf dem Nussbaum und sieht sich das Geschehen aus sicherer Entfernung an.

Sabine fährt jeden Morgen mit ihrem Motorrad los und kommt erst gegen Abend wieder.

»Wo treibt die sich eigentlich immer rum?«, will Alexa wissen.

»Sie fährt nach Ückeritz. Zum FKK-Strand.« Eileen grinst. »Ich glaube, die hat da jemanden kennengelernt. Gestern ist sie erst spät abends zurückgekommen. Na, ich gönne es ihr.«

Alexa zuckt zweifelnd mit den Schultern. »In ihrem Alter nackt rumzulaufen – ganz schön mutig. Ob das der Partnersuche zuträglich ist? Ich weiß ja nicht …«

»Dann wissen aber beide gleich Bescheid und es gibt keine bösen Überraschungen. Männer werden ja auch nicht schöner mit den Jahren.«

Die beiden liegen nebeneinander auf dem Rücken im Wasser, halten sich mit jeweils einer Hand am Bootssteg fest und paddeln träge mit den Füßen.

»Warst du in letzter Zeit mal in dem alten Bootsschuppen?«, will Eileen wissen.

Alexa schaut sie verdutzt an. »Ja, mit Axel, Papas ehemaligem Arbeitskollegen. Er wollte sehen, ob das alte Werkzeug noch da rumliegt. Warum?«

»Sabine hat da jemanden mit einer Taschenlampe beobachtet, der scheinbar nicht nur nach Regenwürmern zum Angeln gesucht hat.«

»Jetzt, wo du es sagst – es waren wirklich Fußspuren auf dem Boden.« Alexa versucht, sich an andere verdächtige Dinge zu erinnern. »Aber sonst war da nichts. Wahrscheinlich nur ein paar Teenager.«

Ihre Schwester blickt noch etwas zweifelnd, erwidert aber nichts mehr.

Über ihnen auf dem Steg liegen die Hunde und lassen ihr Fell von der Sonne trocknen. Karl schnarcht leise und Rosa blinzelt verstohlen zum Nussbaum. In den Weiden am Ufer zwitschern die Vögel, Alexa schlägt nach einer Mücke, die über ihrem Kopf summt.

»Moder war lange nicht mehr hier«, fällt ihr ein. »Ob der aufgegeben hat?«

»Der gibt nie auf. Weißt du noch, wie oft Olga den reingelegt hat? Schon als sie Kinder waren. Einmal hat sie Hasenkötel in Bonbonpapier gewickelt.«

»Igitt, ja. Und ihm erzählt, das ist Westkaugummi.«

»Und als Jugendliche hat sie ihm vorgemacht, irgendwelche Mädchen würden auf ihn stehen, und ihn zu Verabredungen geschickt, die es gar nicht gab.«

»Ja, stimmt. Der ist immer wieder darauf reingefallen. ›So dumm wie das hinterste Ende vom Schwein‹, hätte Papa gesagt. Sie hat es aber auch verstanden, ihm was vorzumachen.« Alexa lacht und erschlägt die Mücke.

»Den konnte aber auch wirklich niemand leiden, außer unserem Bruder«, schränkt sie ein. »Aber der war ja selbst so ein Schleimer.«

»Ja, das war er. Gut, dass Olga genau das Gegenteil von ihm ist.«

»Ja, Olga ist in Ordnung. Aber Moder mit seiner grenzenlosen Selbstüberschätzung ist wirklich ein Fall für einen Psychiater.«

»Eine Lebensaufgabe für einen Psychiater.«

Die Schwestern plaudern in friedlichem Einvernehmen, während sie im warmen Wasser treiben, bis Rosa leise knurrt und Alexa dem Blick ihrer Hündin zum Nussbaum folgt.

»Verdammtes Mistvieh!« Mit einem Ruck zieht sie sich aus dem Wasser und läuft über den Steg. Aber Hansjürgen ist mit seiner Beute schon im Schilf verschwunden. »Ich habe genau gesehen, dass deine Fellwurst einen kleinen Vogel im Maul hatte! Der hat schon wieder ein Nest geplündert«, schreit sie ihre Schwester an, die jetzt auch langsam aus dem Wasser steigt.

»Ehrlich? Das tut mir leid, wirklich. Aber was soll ich machen? Ich kann ihn doch nicht einsperren. Vielleicht war es auch nur ein kranker Vogel, der aus dem Nest gefallen ist …«

»Das ist scheißegal«, wütet Alexa. »Ich habe dir schon hundertmal gesagt, du musst ihm eine Glocke umbinden, damit die Vögel ihn rechtzeitig hören, diesen Vogelmörder.«

»Ja, und damit deine Hunde ihn besser jagen können, diese Katzenmörder«, gibt Eileen, nun auch in Rage, zurück.

Sie stehen sich gegenüber wie zwei Kampfhähne und blitzen sich wütend an. Eileen dreht sich als Erste um, geht zu ihrem Haus und knallt die Tür hinter sich zu.

Die Schwestern haben mindestens einmal im Monat einen heftigen Streit. Der Anlass ist unwichtig, sie brauchen das einfach, es frischt ihre Beziehung auf. Als Kinder haben sie sich dann geschworen: »Ich rede nie wieder mit der, nie im Leben!« Die jugendlichen Zwillinge versicherten dann: »Ich habe keine Schwester mehr!« Ihr Vater hatte sich das von beiden geduldig angehört, manchmal versucht, vorsichtig zu vermitteln, sich aber weitestgehend rausgehalten. Er wusste, dass der Streit nie lange andauerte, vor allem, dass die beiden, sobald sich ein Dritter einmischte und Partei ergriff, sofort wieder eine Front bildeten und wie Pech und Schwefel zusammenhielten. Inzwischen verlaufen die Auseinandersetzungen weniger dramatisch, wenn auch durchaus ernst gemeint, denn was Tiere betrifft, verstehen beide keinen Spaß. Es ist also unmöglich und würde gegen die Regel verstoßen, in den nächsten zwei bis drei Tagen miteinander zu reden. Es sei denn, es gibt Wichtiges. Reine Neugierde gilt nicht.

Deshalb beobachtet Alexa am späten Nachmittag auch nur von Weitem, hinter der Gardine versteckt, dass Eileen Besuch empfängt. Sind das die beiden, mit denen sie bei Olgas letztem Besuch so lange am Zaun gestanden und gequatscht hat? Dafür spricht, dass Eileen sich als Else ausstaffiert hat. Außerdem hat sie den ältesten Gartentisch, der halb verrostet ist, mitten auf den Hof gestellt, dazu drei passende Stühle, bei denen die Farbe abblättert. Auf dem Tisch stehen eine Flasche von dem angeblich selbst gemachten Saft und ein paar angeschlagene Tassen. ›Wo mag sie die noch hergeholt haben?‹, überlegt Alexa und richtet das Fernglas, mit dem sie normalerweise Vögel beobachtet, auf die Gesichter der Besucher. ›Gierig, hinterhältig und verschlagen‹, stellt sie fest und freut sich, dass ihre Schwester die beiden hereinlegt. Denn dass sie das tut, steht außer Zweifel, außerdem sieht Alexa es ihr an.

Eileen hat ihr Gesicht mit dunklem Make-up auf alt geschminkt, sie sieht außerordentlich freundlich und ein bisschen dämlich aus, wie sie ihre Gäste mit großen Augen offen ansieht.

Die dicke Frau weist immer wieder auf die Haustür, aber das wird Eileen schon zu verhindern wissen, dass die Besucher dort hineingehen. Über drei Regeln sind die Schwestern sich einig: nie hungrig einkaufen, nie besoffen telefonieren und nie Fremde ins Haus lassen. Die ersten beiden brechen sie schon mal hin und wieder, wenn es sich nicht vermeiden lässt, aber die dritte Regel wird strikt eingehalten. Außerdem würde sich das Pärchen vermutlich wundern, wenn es über Eileens Schwelle käme. Außer dem kleinen Eingangsbereich, einem Hauswirtschaftsraum und einer Gästetoilette, ist das ganze Erdgeschoss ein offener Raum. Ein riesiger Flatscreen ist an der Wand befestigt, gegenüber steht eine weiße Ledereckcouch, an der anderen Seite des Hauses befindet sich eine weiße Hochglanzküche mit den modernsten Elektrogeräten. Ein großer Tisch aus Metall und Glas sowie die passenden Stühle bilden den Mittelpunkt. Ein paar bunte Teppiche liegen auf dem mediterran gefliesten Boden.

Aber das ahnt natürlich niemand, der es von außen sieht. Auch das Ehepaar, das sich gerade bemüht, mit den wackligen Stühlen nicht umzukippen, glaubt, nach seiner Entstehung in den Sechzigerjahren wäre an dem Haus weder innen noch außen irgendetwas getan worden. Und das sollen sie auch denken. Als die außerordentlich neugierige Frau jetzt behauptet, dringend eine Toilette zu benötigen, weist ihre Gastgeberin auf das Schilf. »Ich lasse schon lange niemanden mehr ins Haus, das ist nämlich ein bisschen unordentlich und das riecht auch nicht so gut«, behauptet sie verschämt. »Ich kann mich ja nicht mehr so bücken und ich sehe schlecht, deshalb habe ich schon lange nicht mehr sauber gemacht.«

»Ach, das stört uns doch nicht …«

»Aber mich!«, fällt Eileen ihr ungeduldig ins Wort, fängt sich aber gleich wieder. »Trinken Sie doch einen Schluck, den Saft habe ich selbst gemacht. Ist allerdings schon ein paar Jahre her, heute könnte ich das gar nicht mehr.« Mit zitternder Hand kippt sie die trübe Flüssigkeit in die alles andere als sauberen Tassen, über den Tisch und die weiße Hose des Mannes. »Hoppla!«

»Nichts passiert«, versichert er schnell und wirft seiner Frau einen warnenden Blick zu.

Die schluckt, lächelt mühsam. Als die »Alte« den Blick nicht von ihr lässt, nippt sie vorsichtig an der Tasse.

Das Gespräch zieht sich hin, Alexa beobachtet, wie die beiden ausgiebig Haus und Grundstück betrachten, und grinst. Sie ahnt in etwa, was Eileen vorhat, und überlegt, ob sie schon morgen hinübergehen und ihre Schwester fragen kann. Nein! Ihr fällt Hansjürgen wieder ein und die armen kleinen Vögelchen. Diesmal bleibt sie stur, Eileen soll sich etwas einfallen lassen, wie sie ihren Kater unter Kontrolle hält.

Als sich das Pärchen am Gartenzaun verabschiedet, sehen sie außerordentlich zufrieden aus, genau wie Hansjürgen, wenn er einen Vogel erwischt hat. Eileen muss sie schön eingeseift haben.

22

»Wissen Sie, woran man erkennt, dass die Polen noch nicht im All waren? – Der große Wagen ist noch da! – Ha, ha, ha!« Toralf Moder lacht schallend über seinen eigenen rassistischen Witz und sein Besucher blickt etwas irritiert zu Agata, die im Wohnzimmer neben der Dachterrasse Staub wischt und fröhlich vor sich hin summt.

»Ist sie nicht …?«

»Polin? Na klar, aber sie versteht kein Wort Deutsch.« Er lacht wieder übertrieben laut.

»Na schön.« Der hagere Mann im hellen Anzug kann die Fröhlichkeit des Maklers nicht teilen. »Aber wie sieht es denn nun mit einem Wassergrundstück aus? Im Winter meinten Sie doch, das wäre gar kein Problem. Nun habe ich ein Boot, aber ich kriege hier nicht mal einen Liegeplatz, von einem Grundstück ganz zu schweigen.«

»Ja sehen Sie, das ist eben der Unterschied. Grundstücke können Sie kaufen«, er weist mit einer weiten Armbewegung zum Achterwasser.

»Aber Sie dürfen nichts darauf bauen. Quasi nicht mal ein Bootshaus oder einen Anlegesteg. Es sei denn, Sie sind Minister oder Staatsbeamter.«

»Und was soll ich dann damit? Denken Sie, ich will hier Kartoffeln anbauen?«

»Nein, das nicht. Sie müssen eben nur Geduld haben! Abwarten! Im Moment sind die Grünen hier am Ruder. Aber das ändert sich auch mal wieder und dann wird vielleicht aus einem Naturschutzgebiet Bauland.«

»Ja, vielleicht. Vielleicht auch nicht. Und wo lasse ich mein Boot solange?«

»Das weiß ich jetzt auch nicht. Ich dachte doch, Sie wollen nur Ihr Geld gut anlegen. Wo die Banken doch keine Zinsen mehr zahlen.«

»Unsinn!« Der Mann steht ärgerlich auf. »Ich will ein Seegrundstück, das ich nutzen kann. Und wenn Sie nicht in der Lage sind, mir eins zu besorgen, suche ich mir einen anderen Makler.«

Moder steht ebenfalls auf. »Tut mir leid, im Moment ... Vielleicht später ... Wir bleiben in Verbindung ...« Aufatmend schließt er die Tür hinter dem wütenden Mann. Im Moment läuft aber auch gar nichts. Seit er diese verdammte Ferienwohnung in Heringsdorf gekauft hat. Wenn er die bloß erst los wäre. Er hört laute Radiomusik aus der Küche, wo Agata einen polnischen Sender eingestellt hat, und überlegt, dass er sich die Putzfrau eigentlich gar nicht mehr leisten kann. Er sollte mal herausfinden, was »Kündigung« auf Polnisch heißt. Im Dorf könnte er ja erzählen, sie habe Urlaub oder sei krank.

Es ist später Vormittag und schon wieder sehr warm. Auf dem Nachbargrundstück gackern Hühner, Enten schnattern laut. ›Schert euch aufs Wasser!‹, denkt Moder. Beim Gedanken an das Achterwasser ärgert er sich noch mehr. Dann fällt es ihm wieder ein. Als der potenzielle Kunde vorhin von einem Bootshaus gesprochen hat, klingelte etwas bei ihm im Hinterkopf.

Die Bradherings hatten doch auch mal ein Bootshaus. Eigentlich nur so einen halbzerfallenen Schuppen am Ufer, zwischen Schilf und Brombeerhecken. Der Alte hatte da seine Geräte drin und ein kaputtes Ruderboot. In dem Boot hat Olga ihre ersten sexuellen Erfahrungen gemacht und Moder hat sie dabei durch ein Astloch in der Wand beobachtet. Er hat noch überlegt, ob er das Olgas Vater sagen sollte, sich aber doch nicht getraut, weil er sich damit selbst verraten hätte. Außerdem hatte er Angst vor ihrem Großvater und ihren Tanten. ›Die konnten mich noch nie leiden, warum eigentlich? Ich habe denen doch nie etwas getan.‹ Während er Bier aus der Flasche trinkt, träumt er ein bisschen, wie die Zwillingsschwestern ihn anflehen, ihre Häuser zu verkaufen, weil sie dringend Geld brauchen. – Nun, das wird nicht geschehen. Aber wie ist das denn nun mit dem Bootsschuppen? Der steht außerhalb des Zaunes. Vielleicht ist das ein anderes Grundstück? Und wenn schon ein Schuppen darauf steht, hat der Bestandsschutz und es lässt sich sicher ein neues Bootshaus daraus bauen und vielleicht auch ein Steg. Moder erinnert sich, dass er vor einer Weile Silvio und Ronny auf dem Grundstück gesehen hat. ›Die schleichen auch überall umher, mit denen stimmt doch sowieso was nicht. Nicht, dass die mir noch in die Quere kommen.‹ Er muss unbedingt mit Eileen darüber reden. Alexa hetzt ja immer gleich die Hunde auf ihn. Dabei fällt ihm der Zahnarzt ein. Noch ein Eisen, das er im Feuer hat und das geschmiedet werden soll. Damit kann er ja gleich mal anfangen. Im Haus ist es ihm sowieso zu laut, die polnische Musik geht ihm auf die Nerven. Aber das Wort »leise« versteht Agata nicht.

Moder tritt auf die Kopfsteinpflasterstraße, weicht dem Hund der Nachbarin aus, der am Tor liegt und ihn anknurrt, und schlendert durch das Dorf. Weit und breit ist kein Mensch zu sehen. Die alten Leute bleiben tagsüber in ihren Häusern, die Rohrdächer schützen nicht nur im Winter vor der Kälte, sondern auch im Sommer vor der Hitze. Erst abends sitzen sie auf den Bänken in ihren Vorgärten und tauschen Neuigkeiten aus. Nicht, dass es viele gäbe. Trotzdem – wenn er vorbeigeht, schweigen sie und sehen ihn finster an. ›In diesem Scheißkaff konnte mich noch nie jemand leiden‹, bemitleidet er sich selbst. Vor dem schmiedeeisernen Tor der Ludwigs bleibt er stehen und betrachtet die protzige weiße Villa auf dem großen Grundstück. Natürlich ist auch hier alles ruhig und verlassen. Trotzdem geht der Makler, pflichtbewusst oder aus Langeweile, um das Haus herum. An die Villa grenzt ein kleines Birkenwäldchen, dahinter gibt es nur noch Wiesen und Felder. ›Eigentlich ein Wunder, dass die hier noch stehen‹, denkt Moder, als er an den Bäumen vorbeigeht. Die Gattin des Zahnarztes, die gleichzeitig auch dessen Kollegin in der gemeinsamen Praxis ist, leidet unter einer Birkenpollenallergie. Das hat sie nicht daran gehindert, ihr Haus direkt neben einem Birkenwäldchen zu bauen. Die Dame ist äußerst energisch und gewohnt, ihre Ansprüche durchzusetzen, die Bäume müssen eben gefällt werden, ganz einfach.

Plötzlich bleibt der Makler stehen. Direkt hinter dem Haus, auf einem schmalen Feldweg, steht ein weinrotes Auto. Er tritt zurück, versteckt sich, so gut es geht, zwischen den dünnen Birkenstämmen und beobachtet. Die kleine Gartenpforte steht halb offen, im Auto sitzt niemand. Auch auf der Terrasse ist niemand zu sehen. Er geht vorsichtig näher heran. ›Ein polnisches Kennzeichen – natürlich! Damit ist ja alles klar. Da, die Hintertür ist nur angelehnt. Hat sich da im Haus nicht eben etwas bewegt?‹ Er kneift die Augen zusammen, aber die Sonne spiegelt sich in den großen Glasscheiben und hinter den Fenstern ist nichts zu erkennen. Egal.

Er geht zwischen den Bäumen zurück zur Straße und dann schnell zu seinem Haus. Das Smartphone liegt nämlich auf dem Tisch der Dachterrasse neben der leeren Bierflasche. ›So!‹ Angenehm aufgeregt lässt er sich in seinen Sessel fallen, greift zu seinem Telefon und legt es wieder hin. ›Erst mal überlegen.‹ Natürlich muss er die Polizei anrufen. Oder erst mal den Zahnarzt? ›Könnte ja sein, dass der weiß, dass da jemand im Haus ist, Handwerker zum Beispiel. Nein, nie im Leben lässt der polnische Arbeiter allein in seinem Haus. Und wenn er oder seine Frau zu Hause sind? Das wäre natürlich peinlich, denen die Polizei auf den Hals zu schicken. – Also gut.‹ Die Nummer der Zahnarztpraxis hat er eingespeichert.

Die Sprechstundenhilfe meldet sich. »Nein, der Herr Doktor ist nicht zu sprechen, er operiert gerade. Vielleicht in einer halben Stunde. In einer Dreiviertelstunde ist er aber weg, er hat heute Nachmittag frei.« – »Ja, seine Frau ist auch da, aber sie behandelt auch gerade einen Patienten.«

So. Die beiden sind also nicht zu Hause. Vermutlich wissen die Einbrecher sogar, wo sie sind und lassen sich Zeit. Moder wählt der Einfachheit halber die *110*.

Eine halbe Stunde später beobachtet er, wie drei Polizeiautos über das Kopfsteinpflaster rasen. Schlau, dass sie die Sirene nicht eingeschaltet und schade, dass sie den Nachbarhund nicht überfahren haben.

Er ruft noch einmal in der Praxis an. Jetzt ist die Frau Doktor zu sprechen. Sie ist angemessen aufgeregt und wütend, überlegt kurz, ob sie nach Hause kommen soll. »... aber ich kann ja doch nichts weiter machen und mein Mann wird gleich da sein, er ist schon auf dem Heimweg, Mittwochnachmittags erledigt er immer zu Hause den Papierkram.«

›Ein ›Danke, sehr aufmerksam‹ wäre auch nicht schlecht gewesen‹, denkt Moder und dann noch: ›Deren nächster Patient möchte ich jetzt aber auch nicht sein.‹

Nachdem der Mercedes mit dem Zahnarzt darin an seinem Haus vorbeigerauscht ist, wartet er noch ein paar Minuten, dann schlendert er wieder zur Villa. Auf dem Weg denkt er, wie schon in der Stunde zuvor, darüber nach, wie er seine Pluspunkte jetzt am besten nutzt. Ach was, am besten wäre, er reagiert ganz spontan. Erst einmal wird er jeden Dank abwehren. »... aber das ist doch selbstverständlich unter Nachbarn, so hätte jeder reagiert, ich hatte es Ihnen doch versprochen.« ›Dann sehen wir weiter.‹ Strahlend klingelt Moder an der Tür des Palastes und macht beinahe einen Satz rückwärts, als die schwere Eichentür aufgerissen wird. Noch immer in weißer Zahnarztkleidung, mit wutverzerrtem Gesicht brüllt ihn sein Gegenüber an: »Sie verdammter Idiot! Wissen Sie überhaupt, was Sie angerichtet haben! Das war meine polnische Putzfrau, die die Polizei verhaftet hat. Wo mich das Finanzamt sowieso schon auf dem Kieker hat, jetzt bin ich auch noch dran wegen Schwarzarbeit! Was mischen Sie sich eigentlich in meine Angelegenheiten ein? Haben Sie nichts Besseres zu tun?«

»Ja, aber – ich wollte doch … Sie haben doch …«

»Gehen Sie mir aus den Augen!« Zu allem Überfluss kommt auch noch der Riesenköter angesprungen, aber da knallt die Tür schon zu.

Moder steht fassungslos davor, holt tief Luft und schüttelt den Kopf. Wie konnte das denn passieren? Was zum Teufel hat er nun wieder falsch gemacht?

Darüber denkt er auch am Abend noch laut nach, als Ronny und Silvio ihn besuchen, um ihn mal wieder an seine Schulden zu erinnern.

»Also ehrlich, was ich in letzter Zeit für ein Pech habe, das glaubt kein Mensch. Ich meine – wie konnte ich ahnen, dass der Zahnarzt eine polnische Putzfrau schwarz beschäftigt? Das hätte er mir doch sagen können, macht doch jeder, ich selbst ja auch.«

»Nicht jeder.« Ronny trinkt einen Schluck von dem Bier, das Moder ihm eigenhändig serviert hat, obwohl Agata heute sogar länger geblieben ist. Sonst fährt sie meist am frühen Nachmittag nach Hause.

Sie sitzt jetzt hübsch und freundlich lächelnd zwischen Ronny und Silvio.

›Fehlt nur, dass ich sie auch noch bediene. Also das läuft jedenfalls gründlich falsch.‹ – »Na ja, nicht jeder«, gibt er dann zu. »Aber dieser irre Zahnarzt doch jedenfalls.«

»Eben nicht«, klärt Silvio ihn in gelangweiltem Ton auf. »Ich glaube, du bist der Einzige im Dorf, der nicht mitbekommen hat, dass der jeden Mittwochnachmittag seine Geliebte empfangen hat.«

»Genauer gesagt, hat sie ihn empfangen«, korrigiert Ronny. »Sie hatte nämlich einen Schlüssel, damit sie nicht vor oder hinter dem Haus gesehen wird.«

»Und zwar immer am Mittwochnachmittag, weil er dann zu Hause war, um den Schriftkram zu erledigen, und seine Frau in der Praxis. Das hat hervorragend funktioniert, bis du ihm dazwischengefunkt hast«, grinst Silvio. »Und nun ist er aufgeflogen.«

»Ach du Scheiße!« Moder ist entsetzt, das wird ihm der Zahnarzt nie verzeihen. »Aber wie soll ich das denn ahnen?«, jammert er. »Konnte er seiner Frau nicht einfach sagen, das sei eine Haushaltshilfe?«

»Meinst du nicht, die hätte es merken müssen, wenn eine Putzfrau im Haus ist?«

»Er hätte ja sagen können, sie war zum ersten Mal da. Als Überraschung sozusagen.«

»Na klar. Und liegt in Reizwäsche im Zahnarztbett. Schöne Überraschung.«

Der Makler trinkt einen großen Schluck Bier und schüttelt entsetzt den Kopf.

Bei allem Optimismus, er glaubt nicht mehr wirklich daran, dass er dem Zahnarztehepaar eine Ferienwohnung verkaufen wird. Wieder eine Chance weniger. Die Luft wird immer dünner und die beiden Typen rücken ihm immer dichter auf die Pelle. ›Jetzt kann mich nur noch ein Grundstück am Wasser retten‹, denkt er verzweifelt.

Und Agata lächelt freundlich.

23

»Du glaubst doch nicht wirklich, dass ich am FKK-Strand war?« Sabine schüttelt lachend den Kopf. »Ich will doch keinen neuen Gammelfleisch-Skandal verursachen. Nein, ich war natürlich am Textilstrand und hatte einen schicken Badeanzug an.«

»Und?« Eileen sitzt auf der weißen Ledercouch, vor ihr auf dem Tisch steht ihr Laptop. »Das mit den Glastischen war doch keine so gute Idee«, murrt sie gereizt. »Dauernd sind die schmierig. Ich sollte mal nach neuen Möbeln gucken.« Sie surft im Internet und blickt nur kurz hoch zu ihrer Freundin. »Hat es sich gelohnt? Ich meine, hat sich was ergeben?«

»Ach!« Sabine winkt ab. »Was sollte sich da ergeben? Einmal hat mich einer zum Essen eingeladen, aber der suchte offensichtlich eine Haushälterin. Und hat die ganze Zeit von seiner lieben verstorbenen Frau erzählt, die so gut kochen konnte. Also ehrlich, so was brauche ich nicht. Außerdem ging der ganz krumm, hatte Triefaugen und seine Zahnprothese hat gewackelt.«

Eileen lacht, aber Sabine schüttelt traurig den Kopf. »Ehrlich gesagt, suche ich gar keinen Mann mehr. Wozu denn auch? Mir geht es doch alleine viel besser. Ein jüngerer Mann wäre mir viel zu anstrengend, außerdem würde ich wohl auch gar keinen kriegen. Und einen alten mag ich nicht. Hörst du mir überhaupt zu? – Was machst du denn da?« Sie setzt sich neben ihre Freundin.

Die hat die Suche nach einem neuen Tisch bereits aufgegeben. Stattdessen ist sie jetzt auf einem Reiseportal gelandet.

»Ach, gucke«, sächselt Sabine, »die AIDA! Damit bin ich ja auch schon mal gefahren.«

»Stimmt, das hast du erzählt. Und – war toll, was?«

»Na ja, man fühlt sich eigentlich gar nicht wie auf einer Seereise. Mehr so wie in einem riesigen Luxushotel. Aber es ist schon ein Erlebnis.«

Eileen seufzt sehnsüchtig. »Ich stelle es mir toll vor.« Sie surft weiter. »Oder guck mal hier: mit der ›Hurtigruten‹ zum Nordkap.«

»Da friert man doch«, vermutet Sabine. Sie steht auf und geht zum Fenster. Draußen nieselt es ein wenig, aber es ist nicht kalt und sie überlegt, dass sie am Nachmittag vielleicht doch zum Strand fahren und in der Ostsee baden könnte. Der Sommer ist bald zu Ende, sie will die restliche Zeit noch nutzen. Das Meer ist jetzt so schön warm.

Ihr fällt etwas ein und sie dreht sich zu Eileen um, die sich gerade Angebote für Flussschifffahrten ansieht, die sie aber nicht so interessant findet. »Du, ich habe übrigens Ronny am Strand gesehen. Mit einer Frau. Und das war definitiv nicht seine Schwester. Ich denke, der ist schwul?«

»Ja. Oder auch nicht … Keine Ahnung.« Eileen klingt desinteressiert. »Vielleicht ist er bisexuell. Ich glaube, der schläft mit allem, was sich bewegt.«

»Ob Silvio das weiß?«

Eileen klappt den Laptop zu und lehnt sich zurück. »Davon gehe ich aus. Was auch immer die beiden sind – ein Paar sind sie jedenfalls nicht. Ich vermute sogar, dass sie Brüder sind. Hast du sie einmal genau angesehen? Die sind zwar völlig unterschiedlich gestylt, aber sie haben fast die gleiche Größe und Figur, den gleichen schmalen Mund und genau die gleichen kleinen Augen. Nur weil sie sich schminken und die Haare färben, sehen sie so verschieden aus.«

»Tatsächlich? Ich habe da noch nie so genau drauf geachtet. Aber warum machen die das?«

»Tja, warum? Ich habe eine ziemlich starke Vermutung. Ich denke, die verstecken sich hier im Dorf hinter ihren Maskeraden. Und wovor, das kriege ich auch noch heraus, ich bin schon sehr dicht dran. Ich freue mich schon auf Silvios Gesicht, wenn ich es ihm auf den Kopf zusage.«

»Willst du ihn etwa erpressen?«

»Gar keine schlechte Idee. Vielleicht versuche ich das sogar.« Eileen nippt nachdenklich an ihrem Kaffee und schüttelt sich. »Igitt, der ist ja kalt.«

»Ich mache uns neuen.« Sabine geht zur Küchenzeile. »Du magst die beiden wohl nicht?«, fragt sie über die Schulter.

»Ronny kenne ich eigentlich gar nicht. Aber Silvio. Ich habe lange überlegt, woher. Er kam mir gleich bekannt vor, deshalb habe ich die beiden auch so genau angesehen. Dann ist mir eingefallen, dass er mal hier war und nach meinem Bruder gefragt hat. Das war aber, bevor die hierher ins Dorf gezogen sind, ich glaube, vor zehn Jahren ungefähr. Da sah er ganz anders aus. Eigentlich ist es ein Wunder, dass ich ihn wiedererkannt habe. Darauf gekommen bin ich, weil Silvio, wenn er überhaupt so heißt, mich ganz erschrocken angesehen hat bei unserem ersten Zusammentreffen. Und dann ist er mir auffällig aus dem Weg gegangen. Na ja, wenn er mit meinem Bruder befreundet war, kann das nichts Gutes zu bedeuten haben.«

»War dein Bruder denn schwul?«

Eileen lacht. »Olgas Vater schwul? Nicht, dass ich wüsste. Obwohl – bei dem war alles möglich. Aber er wollte in der DDR Karriere machen.«

»Hat er an die DDR geglaubt?«

»Er hat an eine Karriere in diesem Staat geglaubt. Das war schon mehr Glauben, als die meisten hatten.«

Sabine stellt ihrer Freundin eine Tasse Kaffee hin und setzt sich ihr gegenüber.

»Da fällt mir ein, ich wollte doch mit Olga darüber reden. Die hat Silvio nämlich in Zinnowitz gesehen. Auch mit einer Frau. Man hat jetzt im Sommer einfach keine Zeit, mal in Ruhe miteinander zu quatschen«, bedauert Eileen.

Ihr Telefon klingelt. Sie hält es ans Ohr, lehnt sich zurück und legt die Füße auf den niedrigen Tisch. »Ach Moder! Von dir habe ich ja lange nichts gehört. Ich dachte schon, du hättest es begriffen.« Sie hört zu und lächelt dabei verächtlich. Dann kraust sie die Stirn. »Was für ein Bootshaus?« Plötzlich nimmt Eileen die Füße vom Tisch und richtet sich auf. »Mensch, Moder, du hast mich auf eine ausgezeichnete Idee gebracht! Ich danke dir!« Dann, nach kurzer Pause: »Nein, natürlich verkaufen wir gar nichts. Jedenfalls nicht an dich«, kichert sie, plötzlich sehr gut gelaunt, und legt das Gerät weg. Sie will gerade etwas zu Sabine sagen, da klingelt es schon wieder. Eileen nimmt das Gespräch an, hört einen Moment zu und schüttelt den Kopf. »Jetzt ist er endgültig durchgedreht«, meint sie und drückt es weg.

»Moder?«, fragt Sabine. »Was hat er denn gesagt?«

Eileen zuckt mit den Schultern. »Hauptsächlich Tiernamen. Kuh, Gans, Ziege, Schlange und noch ein paar Adjektive davor. Einen Wortschatz hat der! Aber das ist jetzt egal. Sabine, mir juckt die linke Hand, das heißt, ich kriege Geld in die Finger!«

»Wenn du das sagst«, brummt ihre Freundin. Bei uns sagt man: ›Mir juckt die Brust‹, das heißt, es sind fremde Männer im Dorf.«

»Auch schön«, stimmt Eileen zu.

Toralf Moder sitzt in seinem Wohnzimmer in einem tiefen Sessel und flucht immer noch lautstark vor sich hin. Sein Smartphone liegt vor ihm auf dem Tisch. Was er nicht bemerkt hat: Agata, die um ihn herum Staub wischt, hat einfach so – aus Spaß – die Wahlwiederholung gedrückt. Zum Abschluss seiner Schimpftirade wirft er einen Blick auf seine Putzfrau und fügt, in völligem Widerspruch zu allen vorhergegangenen Ausdrücken, wütend hinzu: »Schwanzloses Gesindel!«

Agata wischt den Tisch ab und lächelt freundlich.

Die Polin ist schon lange nach Hause gefahren, da sitzt der Makler immer noch in seinem Sessel und denkt nach. Wenn doch nur Olgas Vater, sein ehemaliger Lehrer, noch leben würde – den könnte er jetzt schön erpressen. Er grinst unwillkürlich, als er sich erinnert. ›Der hatte Angst vor mir, weil ich wusste, wer die beiden Jungs aus meiner Klasse verraten hat. Ich hatte es nur ihm erzählt. Sie wollten in den Westen abhauen, stattdessen ist der eine im Knast gelandet und der andere wurde an der Grenze erschossen. Aber dadurch hing ich natürlich selbst mit drin.‹ Er überlegt weiter. Ob der Lehrer jemandem erzählt hatte, wer sein Informant war? Womöglich steht es sogar in irgendeiner Akte. Also ist es wohl besser, die Füße stillzuhalten. Andererseits – könnte man die ganze Familie Bradhering nicht mit diesem Wissen erpressen? Sie damit sogar aus dem Dorf vertreiben? Man müsste die Familien der beiden Jungs auf sie hetzen. Wo haben die noch gewohnt? Plötzlich fällt ihm Silvio ein. Verdammt – der eine Junge, der schmale blonde, sah der nicht fast genauso aus? Er war natürlich viel jünger. Und er hatte zwei Brüder, das weiß Moder noch genau, weil er vor denen schon damals Angst hatte, obwohl die viel jünger waren als er. Wie hießen die denn bloß noch? Egal, Namen kann man ändern. Ob Silvio etwas ahnt? Sieht er mich deshalb immer so komisch an … so verächtlich? Sein Puls rast plötzlich und er springt auf, um sich abzureagieren. Dann steht er auf seinem Dachgarten und blickt über das friedliche Dorf hinüber zum Achterwasser. Ach was, er bildet sich etwas ein, das macht dieser Druck, der ständig auf ihm lastet.

24

Olga hat heute fast so etwas wie gute Laune, wenn man es ihr auch nicht gleich anmerkt. Sie redet nicht viel mehr als sonst, muss sie aber auch nicht. Sie hat den Bus voller Rheinländer, die unterhalten sich selber. Während die Gäste im Schloss Stolpe das Schlafzimmer der Gräfin besichtigen, fährt Olga schnell nach Usedom, zum Aldi, um Nachschub an »Piccolöchen« zu holen.

Weil die Leute nett sind, erspart sie sich auch das Gerede vom Fischer, zu dem sie angeblich will, sondern sagt direkt: »Wir verlassen heute mal die ausgetretenen Pfade und fahren in das Dörfchen Ententeich. Da gibt es zwar keine Sehenswürdigkeiten und auch keinen Fisch, aber ein paar lustige alte Weiber, eine schöne Landschaft und Essen und Trinken. Wenn ihr wollt, halten wir vorher an einer Fischräucherei, da nehmt ihr euch Fischbrötchen mit. Dann mach ich heute eben keine Bockwurst warm.« Sogar Wladimir ist mit den Gästen zufrieden, die ihn ausnahmsweise einmal nicht anmeckern und schief ansehen, sondern volles Verständnis für seinen Sonderstatus zeigen. Einen Kölner kann eben nichts so leicht erschüttern.

Während Olga also für ihre Verhältnisse gut drauf ist, macht Alexa ein besorgtes Gesicht. Sie ist sogar ziemlich kurz angebunden zu den Gästen und gibt ihrer Nichte Zeichen, ihr ins Haus zu folgen. »Junge Frau, vielleicht könnten Sie mir helfen, noch ein paar Flaschen Likör aus dem Keller zu holen«, bittet sie schließlich gereizt, als Olga nicht reagiert, und zieht sie am Ärmel hinter sich her.

»Was ist denn los? Mensch, das sind nette Gäste heute und die sind trinkfest, da könnt ihr ein gutes Geschäft machen. Wo ist Eileen überhaupt? Warum hat die nichts rausgestellt?«

»Ja, wo ist Eileen? Das ist die Eine-Million-Euro-Preisfrage. Die ist seit zwei Tagen verschwunden.«

»Wie – verschwunden?«

»Weg. Ihr Auto ist da, Sabine ist auch da, aber sie ist weg.«

»Und was sagt Sabine?«

»Die weiß angeblich nicht, wo sie ist. Hat sie aber auch seit vorgestern Abend nicht gesehen, sagt sie.«

»Hm.« Ratlos schüttelt Olga den Kopf und sieht hinüber zum Nachbargrundstück. Dort sitzt Sabine in einem Gartenstuhl. Jedenfalls nimmt Olga an, dass es Sabine ist. Zu sehen ist nur der graue Haarschopf über der Stuhllehne.

»Okay, ich gehe mal rüber und rede selbst mit ihr. Vielleicht will sie dir ja nichts sagen, du hast manchmal auch so einen aggressiven Tonfall.«

»Was hab ich?«, fährt ihre Tante sie an. »Spinnst du jetzt auch?«

»Hattest du dich eigentlich mit Eileen gerade gestritten?«, übergeht Olga die Frage.

»Na ja, so ein bisschen. Das Übliche eben, nichts von Bedeutung. Kein Grund, mich zu verlassen«, fügt sie sarkastisch hinzu.

Die Gäste sind beschäftigt. Einige versuchen, die Kühe mit Fischbrötchen zu füttern und eine Frau möchte unbedingt mit

Wladimir Gassi gehen, was der aber standhaft verweigert. Er liegt wie immer platt wie eine Flunder drei Meter neben dem Bus, frisst zwar die Bockwurst, mit der sie ihn locken wollte, schielt sie dann aber böse an und knurrt sogar ein bisschen. Die tierliebe Kölnerin stellt für sich die Diagnose auf, dass er Angst vor den großen Kühen hat und will ihn überreden, mit ihr zum Wasser zu gehen. Erst als er nach ihrer Hand schnappt, gibt sie auf und lässt den Hund Ruhe. Als Ersatz entdeckt sie Hansjürgen. Der sitzt an seinem Lieblingsplatz auf der niedrigen Mauer zwischen den Grundstücken. Er weiß genau, dass Alexas Hunde erst dann aus dem Haus kommen, wenn der Bus weg ist und dass Wladimir ihn zwar sieht, aber völlig ungefährlich ist. Die fremden Leute gefallen ihm. Meist füttern sie ihn mit leckeren Sachen, dafür dürfen sie ihn dann auch streicheln. Als die dicke kleine Frau sich nähert, verzieht er leicht angewidert die Schnauze. Nicht nur, dass sie eine zu hohe, schrille Stimme hat, sie riecht auch unangenehm. Nach einem sehr süßen Parfüm und nach Wladimir. Aber als Ausgleich füttert sie ihn mit Räucherfisch, den sie gerade gekauft hat und eigentlich mit nach Hause nehmen wollte.

Olga stößt mit einigen, schon sehr lustigen Gästen an, kippt den »von Alma selbst gemachten« Likör unauffällig hinter sich ins Gras und schleicht sich dann am Zaun entlang zu Eileens Grundstück. Sie schließt das Tor hinter sich und geht zu Sabine, die immer noch in ihrem Gartenstuhl sitzt.

Als Olga neben ihr steht, legt sie die Zeitschrift beiseite und sieht sich um, bevor sie spricht. »Hast du die Tür zugemacht? Dann ist ja gut. Sonst darf ich nichts sagen.«

»Ja, ich weiß. Aber eigentlich ist das egal. Die denken sowieso, alle Ossis sind Sachsen.«

»Tatsächlich? Nu ja, wir sind vielleicht auch ein bisschen dominant«, überlegt Sabine, richtet sich auf und rückt ihre Perücke zurecht. Auf ihrem T-Shirt steht heute: *Bevor du fragst: Nein!* Aber darüber trägt sie eine bunte Synthetik-Kittelschürze.

»Hast du die im DDR-Museum geklaut?«, fragt Olga amüsiert. »So eine hatte meine Mutter auch.«

»Wahrscheinlich lag die noch irgendwo im Haus rum«, vermutet Alexa, die plötzlich neben ihnen steht.

Olga sieht erschrocken zu ihren Gästen hinüber, aber die sind beschäftigt und niemand ist »Alma« gefolgt.

»Lass die mal noch ein bisschen hier. Die sind schön am Saufen. Sie haben festgestellt, dass mein Holunderlikör mit Sekt sehr gut schmeckt.«

»Meinetwegen. Aber was ist denn nun mit Eileen? Wie kann die weg sein? Wann habt ihr sie denn zuletzt gesehen?«

»Als ich vorgestern Abend nach Hause kam, war sie schon weg. Sie hat nichts gesagt, aber sie hat den ganzen Küchentisch voll Katzenfutter gestellt, was wohl heißen soll, dass sie länger wegbleibt und ich Hansjürgen füttern soll. Kann natürlich auch sein, dass sie es gerade eingekauft und nur noch nicht weggeräumt hatte«, fügt sie schnell hinzu.

Alexa sieht Sabine finster an. Sie stört sich an dem Begriff »nach Hause«, sagt aber nichts dazu. »Ich habe Eileen nachmittags gesehen. Sie hatte Besuch, dieses komische Paar war wieder da.«

»Was für ein komisches Paar?«, wundert sich Olga.

»Als du das letzte Mal hier warst, haben die sich mit ihr am Tor unterhalten. Sie ist so eine große Dicke, er ein bisschen kleiner, mit Brille und ganz kurzen, grauen Haaren.«

Olga zuckt mit den Schultern. »Kann mich nicht erinnern. Ich sehe dauernd so viele Leute.«

»Ich weiß«, ruft Sabine dazwischen. »Die haben mich angequatscht, vorige Woche oder so. Ich habe ihnen erzählt, dass Eileen eine ganz einsame alte Frau ist und nicht ganz richtig im Kopf.«

Alexa überlegt. »Irgendwas hat sie ausgeheckt mit denen. Die waren vor ein paar Tagen noch einmal da und haben mit ihr auf dem Hof gesessen. Sie war ›Else‹.«

»Und vorgestern waren sie also auch wieder hier?« Olga wird langsam ungeduldig. »Sind sie denn zusammen weggefahren?«

»Weiß ich nicht. Hab ich jedenfalls nicht gesehen. Aber die haben eine ganze Weile da am Tisch gesessen. Und Eileen hatte ein Blatt Papier, das haben die gelesen und ich glaube, der Mann hat es eingesteckt. Und ziemlich blöd gegrinst dabei.«

Alexa kneift nachdenklich die Augen zusammen und sieht hinunter zum Wasser. Dann räuspert sie sich, will etwas sagen, schluckt es aber hinunter.

»Nun sag schon! Was ist?« Olga stößt sie auffordernd an.

»Na ja, ich will ja nichts Falsches sagen, aber ich hatte den Eindruck, da ist Geld über den Tisch gegangen.«

»Ich gehe mal davon aus, dass Eileen kassiert hat. Alles andere wäre ja Unsinn. Fragt sich nur, wofür? Warum hast du sie denn nicht einfach gefragt, als die beiden weg waren?«

»Wollte ich doch. Aber bis ich soweit war, war Eileen auch weg.«

»Kann ich mir gut vorstellen.« Olga grinst ihre Tante an. »Zum einen wolltest du, dass sie zu dir kommt und nicht umgekehrt, weil du sauer auf sie warst. Zum anderen wolltest du nicht zugeben, dass du sie durch dein Fernglas beobachtet hast. Aber das weiß sie sowieso.«

Alexa zuckt mit den Schultern. »Ist ja nun auch egal.«

»War es denn viel Geld?«

»Keine Ahnung, sie hat mir ja so halb den Rücken zugedreht, das misstrauische Luder. Aber mir fällt gerade etwas ein!«

Unwillkürlich hat sie sich aufgerichtet und Olga stößt sie an. »Denk dran, du bist Alma!«

»Ach ja.« Alexa macht ihren Rücken wieder krumm und stützt sich an einen Apfelbaum wie eine sehr alte Frau. Der Kater, der gerade hochklettern wollte, faucht sie an und sie faucht zurück. »Hau bloß ab, du Ratte, du bist überhaupt an allem schuld.«

»Was ist dir denn nun eingefallen?« Olga sieht zu ihren Gästen hinüber. »Nun mach, ich muss auch mal wieder los.«

»Ja, ist ja gut. Geh doch mal zum Haus! An der linken Seite, unter dem Rankenzeug, da muss was sein, was Eileen den beiden gezeigt hat.«

Sie humpelt hinter Olga her. »Nein, weiter oben.«

»Hier steht eine Hausnummer«, stellt die verblüfft fest. »Einfach mit Farbe aufgemalt. Das ist doch neu, oder?«

»Ja, wir haben die Hausnummern nur an den Briefkästen stehen. Was steht denn da? *15a*?«

»Ja, ein kleines *a*. Aber das sieht aus, als wäre es nachträglich geändert worden. Vorher stand da wohl *15c*.«

»Sehr seltsam. Aber *15a* ist richtig, ich habe *15b*. Was hat sie denn da abgezogen?«

»Na, das werden wir schon noch erfahren.« Olga geht zum Tor. »Ich muss jetzt fahren. Wenn sie wieder da ist oder du etwas erfährst, ruf mich an, ja?«

Im Vorbeigehen stellt Alexa fest, dass am Briefkasten die Nummer *15c* steht. Sie kommt aber nicht mehr dazu, mit ihrer Nichte darüber zu reden, sie muss Saft und Marmelade verkaufen. Wein und Likör sind leider alle.

25

»Diese Mercedes-Fahrer sind die reine Pest«, murmelt Olga und fügt nach einem zweiten Blick hinzu, »und die Berliner sowieso.« Sie steht im Stau vor einer Kreuzung und hatte vor sich eine Lücke gelassen, weil rechts eine Ausfahrt ist. In genau diese Lücke hat sich der Mercedes geschoben.

Eigentlich sollte Olga den Businsassen etwas über Bansin erzählen, das Seebad, durch das sie gleich hindurchfährt. Aber sie hat keine Lust. Stattdessen stellt sie sich vor, wie es hier noch vor hundertfünfzig Jahren ausgesehen haben mag: Wiesen, Dornengestrüpp und ein dichter Buchenwald, durch den die Fischer zum Strand und zu ihren Hütten gingen. ›Wie konnte das hier nur passieren‹, fragt sie sich und sieht auf die Autos, Fahrräder und Fußgänger um sich herum. ›Das kann doch keiner gewollt haben.‹

Die Ampel wird grün und der Verkehr vor ihr bewegt sich. Bis auf den Mercedes. Die Beifahrerin unterhält sich durch das offene Fenster mit einem Fußgänger, anscheinend fragt sie nach dem Weg. Nach einigen Minuten, in denen Olga fast ununterbrochen gehupt hat, fährt er endlich weiter. Ganz langsam, vermutlich, um die Busfahrerin zu provozieren. Dann schließt sich vor ihm die Schranke am Bahnübergang.

Olga ist drauf und dran, Gas und dem Auto vor ihr einen kleinen Schubs zu geben, oder zumindest auszusteigen, um ihm die Meinung zu sagen. Sie beherrscht sich mühsam, aber allein die Vorstellung, diesen Berlinern unter die Schranke hindurch und vor die Bahn zu schieben, heitert sie ein wenig auf.

Ihr Magen knurrt. Hoffentlich war Tammes einkaufen. Dass er gekocht hat, wagt sie schon gar nicht zu hoffen, obwohl er es kann. Aber er hat verkündet, er müsse abnehmen, weil er im »gefährlichen Alter« sei. Was auch immer er darunter versteht, für Olga bedeutet das, dass sie im heimischen Kühlschrank nur noch unappetitliches Zeug wie Gemüse und Magerjoghurt vorfindet.

»Ist das die Usedomer Bäderbahn?«

›Nein, das ist ein Dampfschiff‹, antwortet Olga – aber nur in Gedanken. Laut knurrt sie: »Ja.« Wollen die ihr ein Gespräch aufdrängen? So kurz vor Feierabend hat sie noch weniger Lust zum Reden als am Vormittag. Vermutlich werden die sich über sie beschweren, aber das ist Olga egal. Sie wird sagen, dass sie sich hin und wieder auf den Verkehr konzentrieren muss und nicht ununterbrochen quatschen kann.

Als sie nach Hause kommt, hört sie ihren Mitbewohner in der Küche wirtschaften und hegt eine leise Hoffnung, die sich aber bei seinem Anblick sofort zerschlägt. »Was machst du da?«

»Ich wasche das Gemüse für mein Abendbrot ab.«

»Na toll.« Sie wirft ihm einen vernichtenden Blick zu und begibt sich ins Bad, um ihre Maskerade abzulegen. Auch nach der Dusche ist ihre Laune nicht wesentlich besser, ihr Magen knurrt wieder vernehmlich.

»Tut mir leid, ehrlich.« Tammes hat ein schlechtes Gewissen. »Aber ich kann doch nicht für dich kochen, wenn ich selbst nichts essen darf. Kannst du nicht unterwegs essen? Oder dir selbst was mitbringen?«

»Und wer hat gesagt, dass du nichts essen darfst?«

»Ich war gestern beim Arzt. Der hat gesagt, ich soll abnehmen«, lügt er. »Wegen meines Herzens.« Er greift sich theatralisch an die Brust.

»Ach was, Tammes. Solange du lebst, macht dein Herz schon noch mit.« Sie grinst ihn an. »Außerdem bist du schon zu alt, um jung zu sterben.«

»Danke. Du baust mich wieder richtig auf. Wie immer.« Er ist ein bisschen beleidigt.

Olga hat inzwischen den Wohnzimmerschrank durchsucht und dreht sich wütend um. »Wo ist meine Schokolade?«

»Olgalein, sei doch nicht sauer. Ich hatte einen Anfall von Heißhunger. Gestern Nacht. Und da habe ich …«

»Drei Tafeln Nussschokolade?«, unterbricht sie ihn fassungslos.

Er zuckt verlegen mit den Schultern. »Waren das tatsächlich drei Tafeln? Ich habe das gar nicht so bewusst mitgekriegt. Ich war ein bisschen im Halbschlaf, weißt du. Ich dachte, ich träume das nur.«

»Ja, ich denke auch, ich träume. Einen Alptraum. Und weißt du, was ich jetzt mache?« Sie steht entschlossen aus dem Sessel auf, in den sie sich gerade geworfen hat. »Ich gehe jetzt in die Kneipe und esse ein schönes großes Schnitzel mit Bratkartoffeln. Und hinterher besaufe ich mich.«

»Warte auf mich!« Tammes rennt ins Schlafzimmer, zieht sich ein frisches T-Shirt an und läuft Olga hinterher auf die

Straße. Sein Eisberg-Tomaten-Paprika-Salat welkt in der Küche vor sich hin.

Tammes und Olgas Stammlokal ist eine Kellerkneipe, in die sich nur selten Urlauber verirren. Und wenn die den etwas versteckten Eingang doch finden und sich auch nicht durch die Qualmwolken unter der niedrigen Decke und die ganze, etwas schmuddelige, um nicht zu sagen, heruntergekommene Atmosphäre abschrecken lassen, dann aber mit Sicherheit durch die Stammgäste. Die sind hier am liebsten unter sich und lassen auch keinen Zweifel daran. An der Tür hängt ein großes Schild *Kein Speiselokal*, womit sich das Thema »Rauchverbot« dann auch erledigt hat. Es stehen sowieso nur vier Tische drin, am Tresen können noch drei oder vier Mann stehen, aber mit zwanzig Gästen ist das Lokal schon überfüllt. Wer Hunger hat, sagt dem Wirt, was er essen will, der geht in die Küche und einer der Stammgäste übernimmt in der Zeit den Ausschank.

Olga setzt sich auf die Bank am Tisch neben der Theke, schiebt einen grauhaarigen Mann beiseite, der den Kopf neben sein leeres Bierglas gelegt hat und schläft, und ruft dem Wirt ihre Bestellung zu. »Ich möchte ein Bier und was zu essen, Harry. Ich habe Hunger wie ein Wolf. Brätst du mir ein schönes großes Schnitzel?«

Harry nickt. »Und du Tammes? Wie immer? Großes Bier und Hamburger Schnitzel?«

Tammes schluckt und nickt. »Jo. Aber Hamburger Schnitzel ohne Ei.« Das ist Verzicht genug, findet er.

»Also zweimal Schnitzel mit Bratkartoffeln.« Der Wirt stellt den beiden ihr Bier hin und begibt sich in die Küche.

Außer Erwin, ihrem Tischnachbarn, der inzwischen schnarcht und sie noch gar nicht bemerkt hat, sitzen noch drei Bauarbeiter in ihrer Arbeitskleidung am Nebentisch und an der Theke stehen zwei Fischer. Sie reden über Fangquoten.

Harry kommt mit zwei großen Tellern in der einen und Besteck in der anderen Hand aus der Küche. Er schiebt den vollen Ascher beiseite, um Platz für das Essen zu haben. Nebenbei wischt er mit dem Ärmel den Tisch ab. »So, lasst es euch schmecken! Stört er euch?« Er weist mit dem Kopf auf Erwin.

Olga schüttelt nur den Kopf und beginnt zu essen.

»Nee, der soll sich ruhig ausschlafen«, meint Tammes. »Sonst legt er sich wieder auf der Promenade auf eine Bank. Sieht ja auch nicht schön aus, was sollen die Urlauber denken. Und nach Hause traut er sich nicht.«

»Ich habe eine herzensgute Frau«, behauptet Erwin, ohne den Kopf zu heben.

Zwei Stunden später sind die Bauarbeiter und einer der Fischer nach Hause gegangen, die anderen beiden sitzen bei Olga und Tammes am Tisch. Erwins »herzensgute Frau« ist da gewesen, hat Tammes beschimpft, den sie für den Zustand ihres Gatten verantwortlich machte, und dem Wirt in einem Atemzug mit Polizei, Ordnungs-, Gesundheits- und Gewerbeamt gedroht und dann ihren jetzt hellwachen Ehemann am Kragen aus dem Lokal geschleift, während sie mit der freien Hand auf ihn einprügelte. Ein ehemaliger Schulfreund von Tammes hat sich an den Nebentisch gesetzt. Er kommt direkt von seiner Arbeitsstelle beim Straßenbau. Als er sieht, dass eine Frau anwesend ist, nimmt er die Mütze vom Kopf und wischt sich mit dem Handrücken über das Gesicht, wobei einige helle Stellen zum Vorschein kommen. Dann streicht er seine Haare glatt, betrachtet kurz seine Hände und wischt sie an der Hose ab.

Der Wirt sieht ihm zu. »Wenn du dann mit deiner Morgentoilette fertig bist, sagst du mir sicher, was du trinken willst, ja? Oder möchtest du vielleicht erst noch eine Maniküre?«

»Was möchte ich? Quatsch nicht, gib mir ein Bier! Ein großes! Und was zu essen! Hast du Fisch?«

»Ich hab ihm heute Aal gebracht, extra für dich«, verkündet der Fischer an Olgas Tisch.

Der Bauarbeiter strahlt und trinkt einen großen Schluck von seinem Bier. »Deine Auffahrt mach ich dir im Herbst, wenn es bei uns ein bisschen ruhiger ist. Steine hab ich schon besorgt, die waren übrig.« Er grinst. »Geht alles seinen sozialistischen Gang. Honecker hat schon gesagt: ›Aus unseren Betrieben ist noch viel mehr rauszuholen.‹«

Der Fischer nickt zufrieden. »Richtig. Warum sollten wir uns auf unsere alten Tage noch umstellen.«

Zehn Minuten später bringt Harry einen großen tiefen Teller aus der Küche. In einer weißen Soße schwimmen Kartoffeln und Aalstücke. Mit einem Löffel schaufelt sich der Arbeiter das Essen in den Mund, dreht es darin mit der Zunge ein paarmal herum und spuckt die Gräten wieder aus. Zwischendurch unterhält er sich mit Tammes. Sie tauschen Jugenderinnerungen aus.

»Ich habe den Eindruck, du bist mit halb Ahlbeck zusammen zur Schule gegangen«, fällt Olga auf.

»Ja, logisch«, bemerkt der Arbeiter. »Wir hatten ja auch bloß eine Schule in Ahlbeck. Dein Tammes war übrigens ein ganz Schlauer. Wolltest du nicht sogar Lehrer werden?« Er grinst.

»Nicht dein Ernst!«, wundert sich Olga. »Lehrer? So wie mein Vater?«

»Nein! So nun gerade nicht! Ich wäre ein guter Lehrer geworden, im Gegensatz zu ihm mag ich ja Kinder. Außerdem … Ach was, können wir über was anderes reden?«

Inzwischen hat sich ein kleiner, hagerer Mann mit einem großen Hund dazugesetzt. Der Fischesser sieht den Boxer misstrauisch an und legt schützend den Arm um seinen Teller.

Der Fischer setzt sein Bierglas ab und blickt verblüfft auf den leeren Teller daneben. »He, dein Köter hat meine Bockwurst gefressen«, empört er sich.

»Ja? Tut mir leid, die hat er wohl versehentlich im Vorbeigehen eingeatmet.«

»Nun lass das Tier doch in Ruhe, der hat schließlich auch Hunger«, beschwichtigt Tammes, bevor der Streit eskaliert.

Olga lehnt sich entspannt zurück, trinkt ihr Bier und sieht sich um. Endlich normale Leute!

»Bring uns mal eine Runde Wodka!«, bittet sie den Wirt.

26

Wieder nüchtern sitzt Olga am nächsten Morgen in ihrem Sessel und liest die Tageszeitung. Ihr geht es gut. Sie hat frei, sie hat gut gefrühstückt – außer frischen Brötchen und der Zeitung hat sie auch gleich Brot, Butter, Wurst und Käse eingekauft. Ein langer Tag ohne Pflichten und Sorgen liegt vor ihr. Sie wirft einen Blick auf die Fenster, die sie eigentlich putzen wollte, aber dazu hat sie keine Lust. Aus dem Nebenzimmer hört sie Tammes stöhnen, der mit einem nassen Handtuch auf dem Kopf im Bett liegt.

Als das Telefon klingelt, überlegt sie kurz, gar nicht erst abzunehmen. Es kann eigentlich nichts Gutes bedeuten, wahrscheinlich fragt irgendjemand, ob sie noch schnell eine Fahrt übernehmen kann. Und das war es dann mit dem freien Tag. Aber es könnte ja auch Eileen sein, fällt ihr dann ein, oder Alexa, die ihr sagt, dass Eileen wieder da ist. »Ja?« Sicherheitshalber meldet sie sich sehr unfreundlich, in diesem kurzen Wort liegt eigentlich schon die Ablehnung aller Ansinnen, die man an sie stellen könnte.

Dann ist es doch Alexa. Sie klingt aufgeregt. »Olga, die haben Eileens Boot gefunden. Auf der Ostsee. Da lag eine leere Whiskyflasche drin.«

»Was? Eileen trinkt doch gar keinen Whisky«, ist das erste, was Olga dazu einfällt.

»Na eben, das ist es ja. Alexa redet weiter schnell und laut auf ihre Nichte ein, von der Wasserschutzpolizei und Sabine, die sich anscheinend überhaupt keine Sorgen macht, der Name Moder fällt, der vor Dieben gewarnt hat, die seltsamen Leute, von denen Eileen Geld bekommen hat, sie wird denen doch nicht das Boot verkauft haben und war es gestern eigentlich noch da?

Tammes ist inzwischen ins Bad geschlichen, aus dem jetzt unangenehme Geräusche dringen.

Olga schließt die Wohnzimmertür und setzt sich wieder in den Sessel. »Alexa!«, unterbricht sie den Redestrom. »Ich hab gestern Abend ein bisschen was getrunken und bin noch nicht so aufnahmefähig. Deine Redeweise ist wirklich interessant, aber nicht sehr logisch. Ehrlich gesagt, verstehe ich überhaupt nichts. Wie wäre es, wenn du am Anfang beginnst? Also wer wann das Boot gefunden hat vielleicht … und dann immer weitererzählst. Und wenn du am Ende bist, könntest du, wenn es dir möglich ist, aufhören zu schreien, sonst platzt mir der Kopf.«

Alexa beruhigt sich allmählich und Olga erfährt endlich, was passiert ist und welche Schlussfolgerungen ihre Tante daraus zieht. Eileens Boot, auf dem sich kein Mensch, aber eine leere Whiskyflasche befand, wurde in der Ostsee treibend gefunden. Die Polizei geht vorsichtig davon aus, dass die Eigentümerin besoffen über Bord gefallen ist und sucht nach der Vermissten. Sabine nimmt Eileens Verschwinden für Alexas Geschmack zu gelassen auf. Außerdem kann sie einen von Eileen unterschriebenen Mietvertrag vorweisen, in dem eine größere Mietvorauszahlung bestätigt ist. »Das ist so untypisch für Eileen«, regt sich Alexa auf, »überhaupt einen Mietvertrag auszustellen, wo Sabine doch angeblich ihre Freundin ist, und dann auch noch Geld im Voraus zu nehmen. Ich kann mich genau erinnern, dass sie mal angedeutet hat, Sabine hätte finanzielle Probleme. Da stimmt doch was nicht!«

»Wann wurde der Vertrag denn ausgestellt? Hast du mal auf das Datum geachtet?«

»Das kommt ja noch dazu! Genau an dem Tag, an dem sie verschwunden ist.«

»Na ja. Das ist allerdings so verdächtig, dass es wahrscheinlich der reine Zufall ist. Aber was war denn nun mit Moder?«

»Der hat angeblich Einbrecher auf unserem Grundstück beobachtet und uns vor osteuropäischen Diebesbanden gewarnt.«

»Na, der wollte euch einschüchtern, ist doch klar. Seit wann nehmen wir diesen Spinner ernst?«

»Ja, das haben wir ja auch gedacht. Aber wenn nun doch was dran ist?«

»Du meinst, die haben das Boot geklaut, auf ihren Erfolg eine Flasche Whisky getrunken und sind dann besoffen ins Wasser gefallen und verschwunden?«

»Wenn du das so sagst, klingt es nicht sehr logisch.«

»Nee. Und was hat das mit Eileen zu tun? Meinst du, sie ist hinterhergeschwommen?«

»Du, ich weiß überhaupt nicht mehr, was ich denken soll. Aber ich hab wirklich Schiss.«

»Ja, klar. Es ist alles ziemlich seltsam. Aber du kennst doch Eileen. Was ist bei der schon normal? Jedenfalls bin ich mir sicher, dass sie gesund und munter ist. Die hat nur wieder irgendwelchen Blödsinn angestellt. Sie wird sich schon melden.«

»Ich glaub das ja auch.« Alexas Stimme zittert. »Sie kann doch nicht tot sein, oder? Wenn ihr wirklich was passiert wäre, würde ich das spüren.«

»Das würdest du. Ganz bestimmt würdest du das. Es klärt sich alles auf, du weißt doch, Eileen ist immer für eine Überraschung gut. Also mach dich nicht verrückt und ruf mich an, wenn du was weißt!«

Olga legt das Telefon weg und denkt über das Gespräch nach. Sie ist besorgter, als sie sich anmerken ließ. Alexa ist schon aufgeregt genug. Aber was war denn nun mit dem Boot? Seit wann liegt es nicht mehr am Steg? Könnte es gleichzeitig mit Eileen verschwunden sein? Darüber haben sie jetzt gar nicht mehr gesprochen. Alexa weiß es anscheinend auch nicht. Hat sie Sabine danach gefragt?

Es läutet an der Tür. Wahrscheinlich will jemand zu Tammes, aber es besteht wenig Hoffnung, dass der öffnet. Nach dem dritten Klingeln erhebt Olga sich seufzend und geht zur Tür, darauf eingestellt, diese sofort nach dem Öffnen wem auch immer vor der Nase wieder zuzuknallen.

Das vergisst sie vor Verblüffung, als sie den Besucher sieht. Seit wann verkehrt Tammes mit Toralf Moder? Das hat doch nichts Gutes zu bedeuten.

Bevor sie sich von ihrem Erstaunen erholen und ihn anblaffen kann, grinst der schmierig und tritt noch einen Schritt näher. »Darf ich reinkommen? Ich habe was Dringendes mit dir zu besprechen.«

»Mit mir?« Unwillkürlich ist sie zur Seite getreten, um ihm auszuweichen.

Das deutet er als Aufforderung und tritt ein.

»Was willst du von mir?«

Der Makler steht schon mitten im Zimmer und sieht sich um, ohne auf die Frage einzugehen. »Gemütlich habt ihr es hier.«

»Allerdings. Und das soll auch so bleiben.« Olga empfindet es als eher ungemütlich, dass Toralf Moder in ihrem Sessel sitzt. Er hat aber nicht erst auf eine Einladung gewartet, sondern sich auf dem einzig freien Sitzplatz niedergelassen. Auf dem Sessel gegenüber liegt Olgas Unterwäsche, auf dem Sofa werden Tammes dreckige Socken von Wladimir bewacht. Der Fußboden ist mit Hundespielzeug bedeckt, einem großen Kauknochen und einzelnen Schuhen, die der Hund herangetragen hat. Außerdem hat er gestern Abend, vermutlich aus Ärger darüber, dass er allein gelassen wurde, einige Zeitschriften zu kleinen Fetzen zerrissen und gleichmäßig im Zimmer verteilt. Auf dem Tisch ist die Tageszeitung ausgebreitet, daneben stehen die Reste von Olgas Frühstück, ein aufgeschlagenes Buch, in dem Tammes gelesen hat – Wladimir Kaminer – ein halbvolles Wasserglas, Orangenschalen, angefaulte Weintrauben und mindestens zwei angebissene Äpfel.

Olga ist jetzt etwas weiter in das Zimmer getreten, um Moder notfalls handgreiflich hinauszubefördern, da kommt Tammes, nur mit seiner Boxershorts bekleidet, hereingeschlendert. »Oh, haben wir Besuch?« Er kratzt sich seinen behaarten Bauch, stellt sein Frühstück – ein Glas mit einer aufgelösten Aspirin-Brausetablette – auf den Tisch und lässt sich neben Wladimir auf das Sofa fallen. Der Hund wird wach, öffnet ein Auge und sieht ebenso verdutzt wie sein Herrchen auf den fremden Menschen, der es sich erlaubt, in Olgas Sessel zu sitzen, und auch noch blöde vor sich hin grinst. Beide überlegen, wie der von ihnen unbemerkt hier eindringen konnte, weshalb Olga ihn noch nicht hinausgeworfen hat und wer das überhaupt ist. Zumindest Tammes kommt er vage bekannt vor, aber sein Gehirn verweigert noch die Arbeit, vermutlich wegen des Flüssigkeitsmangels. Sowohl Lang- als auch Kurzzeitgedächtnis sind außer Betrieb.

Olga ist inzwischen auf die Idee gekommen, dass Moders Erscheinen etwas mit Eileens Verschwinden zu tun haben könnte. Im Gegensatz zu Wladimir knurrt sie nur innerlich, schiebt ihren BH zur Seite und setzt sich dem Makler gegenüber. »Also?!«, fragt sie in einem so drohenden Ton, dass jeder normale Besucher sofort aufgesprungen und aus dem Haus gerannt wäre.

Aber so gern er es täte, das kann Moder sich nicht erlauben. »Olga, hör zu«, beginnt er vorsichtig, »du erinnerst dich doch an das alte Bootshaus, den Schuppen neben Alexas Grundstück, nicht?«

»Ja, natürlich«, bestätigt Olga selbstbewusst und sieht ihn herausfordernd an. »Durch dessen Fenster du geglotzt hast, während ich da drin mit meinem Freund Geschlechtsverkehr hatte.«

Der Makler schluckt, Tammes grinst und Wladimir knurrt weiter.

»Also … Ich weiß nicht … Na ja, das waren quasi Jugendsünden – ist ja lange her …« Wessen Jugendsünden er meint, lässt Moder offen, Olga geht auch nicht näher darauf ein.

»Was ist mit dem Schuppen?«, unterbricht sie das verlegene Gestotter.

»Der steht doch quasi seit Jahren leer und ihr braucht den gar nicht. Ich würde den gern kaufen.«

»Ach ja? Wozu?«

»Nichts Bestimmtes. Vielleicht kann man den ja wieder aufbauen und vermieten oder so. Ich bin doch schließlich Makler. Quasi von Berufs wegen an ungenutzten Grundstücken interessiert.«

Tammes hat sein Glas leer getrunken, den Rest von Olgas Brötchen gegessen, gewartet, ob es wieder hochkommt, was nicht passiert ist, und fühlt sich nun schon erheblich besser. Er beobachtet die beiden. Was Moder – ihm ist inzwischen wieder eingefallen, wer das ist – will, ist offensichtlich: Er will Olga ein Grundstück abschwatzen. Dass die ihm nicht einmal die Zeitung von gestern verkaufen würde, ist ihm auch klar. Aber warum hat sie diesen Schmierlappen nicht schon hinausbefördert? Warum sitzt der immer noch in ihrem Sessel, lauernd wie eine Spinne in ihrem Netz, während Olga sich entspannt zurücklehnt und ihn nachdenklich anblickt? Entweder hat er etwas gegen sie in der Hand oder Olga will auch etwas von ihm. Tammes beschließt zu helfen, außerdem hat er jetzt Appetit auf ein schönes kühles Bier, ein erprobtes Mittel gegen Kater. Also geht er in die Küche, holt zwei Flaschen Bier, schafft mit dem Unterarm etwas Platz auf dem Tisch und nötigt den Gast zum Trinken.

Es ist warm und Moder hat Durst. Lieber würde er Olga um ein Glas Wasser bitten, aber die guckt so abweisend, und er rechnet damit, jeden Moment hinausgeworfen zu werden. Eigentlich ist es ein Wunder, dass er immer noch hier sitzt. Vielleicht denkt sie doch über seinen Vorschlag nach? Er wagt es kaum zu hoffen. Ihr Lebensgefährte ist offensichtlich ein asozialer Penner … Na ja, was will man schon erwarten … Aber es könnte von Vorteil sein, sich mit ihm gut zu stellen. Der Makler lächelt etwas gezwungen, betrachtet misstrauisch das Glas, das Tammes ihm hingestellt hat, trinkt dann aber willig.

Zwei Stunden und nicht nur zwei Biere später geht es Tammes wieder richtig gut. Er hat drei gut belegte Brötchen sowie einige Rollmöpse gegessen und nippt an seiner Flasche. Seine Olga blickt ihn freundlich an, hin und wieder nickt sie ihm sogar anerkennend zu und schenkt Wodka nach, von dem sie jedes zweite Glas unbemerkt in den Kübel der halbvertrockneten Yuccapalme hinter sich gekippt hat.

Toralf Moder ist sternhagelvoll.

»Willst du noch was von ihm wissen? Sonst geh ich jetzt erst mal duschen.« Tammes erhebt sich erstaunlich agil.

Olga betrachtet ihren Gast nachdenklich und ebenfalls etwas schwankend. »Ich hätte zu gern noch den Namen von der Frau gewusst, der er ihr Haus abgeschwatzt hat. Ich komme einfach nicht darauf, wer das sein könnte. Aber von dem erfahren wir heute nichts mehr«, stellt sie resigniert fest, als Moder seinen Kopf auf die Sessellehne legt und die Augen schließt. Sie wählt die eingespeicherte Nummer eines Taxifahrers. Dieser wohnt jetzt in Usedom, stammt aber ebenso wie sie selbst und Moder aus Ententeich. »Ja, Peter, ich bin's,

Olga. Du, der Moder sitzt hier bei mir in Ahlbeck und müsste dringend nach Hause. Er ist aber nicht vernehmungsfähig. Was meinst du, wenn du den trotzdem fährst, kriegst du dein Geld von ihm?«

»Was hat er denn? Besoffen?«

»Medizinisch gesprochen: voll wie tausend Russen.«

Der Taxifahrer lacht. »Kein Problem, Olga. Der hat immer Geld in der Tasche und ich bringe den schon zum Bezahlen. Ich bin in zehn Minuten da.«

Während der Makler unterwegs in den Lieper Winkel ist, schafft Olga Durchzug in der Wohnung, um den Kneipengeruch zu beseitigen, und räumt langsam auf. Dabei denkt sie über das Gespräch mit Toralf Moder nach. Der war mit zunehmendem Alkoholkonsum immer gesprächiger und immer prahlerischer geworden. Er hat sich mit seinen krummen Geschäften gerühmt und unter anderem erzählt, dass er einer alten Frau ihr Haus und Grundstück für ein Butterbrot abgeschwatzt hat. »Die Kinder von der ahnen nichts davon«, hatte er widerlich kichernd verraten. »Die werden sich erst wundern, wenn ihre Mutter gestorben ist. Sie hat nämlich Wohnrecht auf Lebenszeit. Na ja, das kann nicht mehr so lange dauern, immerhin ist sie schon weit über achtzig.« Olga wüsste zu gern, um wen es sich handelt. Dann würde sie die Kinder warnen, vielleicht könnten die noch etwas retten und den Vertrag rückgängig machen. In Gedanken geht sie durch das Dorf, aber sie kommt nicht darauf. Schade. Noch einmal wird Moder sich bestimmt nicht auf ein Besäufnis mit ihr und

Tammes einlassen. Von Eileen scheint er nichts zu wissen. Jedenfalls hat er sich nichts anmerken lassen. Aber irgendetwas war doch … Sie wollte nachhaken, ist aber davon abgekommen. Olga setzt sich hin und überlegt. Ja, da war eine seltsame Bemerkung. Als sie immer wieder versucht hat, den Namen der alten Frau zu erfahren, der Moder das Haus abgeluchst hat, hat er albern gelacht und gesagt: »Du bist genauso neugierig wie deine Tante. Aber du legst mich nicht rein.« Mit der Betonung auf dem »du«. Hat Eileen ihn vielleicht reingelegt? Ist sie deshalb verschwunden? Für einen Moment ist Olga verunsichert. Aber dann schüttelt sie den Kopf. Moder ist zwar ein Idiot, aber er ist sicher nicht gefährlich. Jedenfalls nicht für sie oder ihre Tanten. Aber an der Geschichte mit der alten Frau wird sie dranbleiben.

27

Jetzt, Anfang September, ist es noch einmal richtig heiß geworden. Das Dorf liegt da, wie ausgestorben. Sogar den Hühnern ist es zu warm zum Scharren. Hin und wieder hört man ein leises Gackern, das Summen einer Biene, sonst ist es still. In der Ferne sieht man eine riesige Staubwolke über einem Feld, die ein Traktor verursacht. Die Kühe stehen unbeweglich auf ihrer Wiese, die Pferde haben sich in den Schatten der Bäume in Ufernähe zurückgezogen. Selbst die Vögel scheinen jetzt, am frühen Nachmittag, Mittagsschlaf zu halten. Kater Hansjürgen liegt auf der Mauer und sonnt sich, mit einem Auge blinzelt er zu den Hunden hinüber, aber die liegen im Schatten und lassen sich nicht provozieren. Es ist viel zu warm. Das Gras verdorrt, die Blumen lassen die Köpfe hängen.

Alexa sitzt, nur mit einer Bikinihose und einem langen T-Shirt bekleidet, in ihrer Hollywoodschaukel im Schatten eines großen, alten Walnussbaumes. Als sie Motorengeräusche hört, setzt sie ihre Sonnenbrille auf und blinzelt zum Weg.

Von einer Staubwolke umgeben nähert sich ein silbernes Auto und hält auf dem Feldweg vor ihrem Grundstück. Ein mittelgroßer Mann steigt aus. Er trägt eine Brille, die grauen Haare sind korrekt gescheitelt, eine graue Hose mit Bügelfalten, ein weißes, kurzärmeliges Hemd und eine Krawatte. Er blickt sich kurz um, dann beugt er sich ins Auto zurück, holt eine Anzugjacke heraus und zieht sie langsam an.

Alexa erschrickt. Der Mann sieht so dienstlich aus. Falls dieser Besuch irgendetwas mit Eileen zu tun hat, kann es nichts Gutes sein. ›Ach Quatsch‹, ruft sie sich selbst zur Ordnung, ›das wird ein Versicherungsvertreter sein. Oder der will etwas anderes verkaufen.‹ Sie lehnt sich etwas zurück, sodass sie nicht gleich zu sehen ist, und wartet ab.

Der Mann geht zu Eileens Tor, liest den Namen auf dem Briefkasten und klingelt. Erwartungsgemäß gibt es keine Reaktion. Eileen ist immer noch verschwunden und Sabine ist schon heute Morgen mit ihrem Motorrad weggefahren, vermutlich zum Strand. Er klingelt noch einmal, dann sieht er sich um.

Verdammt! Jetzt hat er sie entdeckt. Alexa ist inzwischen sowieso neugierig geworden. Langsam zieht sie ihre Flipflops an und setzt sich erst einmal gerade hin. Aufstehen kann sie immer noch, wenn es nötig ist. Einen Vertreter wird sie gleich von hier aus abfertigen.

»Entschuldigung!«, der Mann tritt jetzt näher an ihren Zaun. »Ich suche Frau Roth. Sie soll hier im Urlaub sein.«

»Ich kenne keine Frau Roth«, will Alexa sagen, aber schon beim ersten Wort des Mannes hat sie gehört, wo er herkommt. Es klang wie »'tschulschung« und sie hat ihn sofort mit Sabine in Verbindung gebracht. Heißt die Roth? Möglich wäre es, sie hat sie nie nach ihrem Familiennamen gefragt. Langsam schlendert Alexa zum Zaun. »Sie suchen Sabine?«

»Ja.«

Er will Alexa die Hand reichen, aber die bleibt in etwa einem Meter Abstand vom Zaun stehen. Nur keine Vertraulichkeit aufbauen, dann muss sie ihn womöglich noch hereinbitten, dazu hat sie gar keine Lust. Dieser Beamtentyp ist ihr unsympathisch, außerdem, denkt sie sich, kann er nicht alle Latten am Zaun haben. Bei der Hitze im Anzug mit Krawatte herumzulaufen! Dabei steht ihm der Schweiß in großen Perlen auf der Stirn. Vermutlich stinkt er wie ein Wiedehopf, er muss ja völlig durchgeschwitzt sein. Jetzt holt er ein weißes Taschentuch heraus, entfaltet es umständlich und tupft sich das Gesicht ab.

»Was wollen Sie denn von der?«

»Manfred Roth, mein Name. Sabine Roth ist meine Mutter.«

»Aha. Na, hier ist jedenfalls keine Sabine Roth.«

Er sieht sie irritiert an. »Aber sie kennen sie?«

»Ja.«

»Und sie macht hier bei Ihnen Urlaub?«

»Nein.« Als ihr Gegenüber sie nur hilflos und verwirrt ansieht, erbarmt sich Alexa. »Sie macht Urlaub bei meiner Schwester. Aber die ist nicht da und Sabine auch nicht. Keine Ahnung, wo die sind.«

»Ach so.« Er klingt erleichtert. Er tritt einen Schritt zurück, vielleicht erwartet er, dass Alexa ihm das Tor öffnet und hereinbittet, die denkt aber gar nicht daran und bleibt unbeweglich stehen. »Nun ja«, beginnt er zögernd, reißt auf einmal die Augen auf, blickt erst auf Alexa, dann auf seine Füße, macht einen großen Schritt zur Seite, betrachtet noch einmal genauer seinen rechten Schuh und dann die Stelle, auf der er eben gestanden hat. »Was ist das?«

»Kuhscheiße«, erklärt Alexa lapidar.

»Ja – aber – das geht doch nicht!«

»Nein, das liegt einfach nur so da«, bestätigt sie.

Alexa sieht ihm dabei zu, wie er beginnt, seinen rechten Schuh umständlich im Gras abzuwischen. Sie überlegt, ob sie ihn einfach stehen lässt und ins Haus geht. »Na dann«, leitet sie ihren Rückzug ein und dreht sich um. »Ich weiß nicht, wann Sabine wiederkommt«, erklärt sie noch über die Schulter. »Wahrscheinlich erst heute Abend. Falls ich sie sehe, kann ich ihr ja sagen, dass Sie hier waren.«

»Halt! Hören Sie mal!«

›Aha‹, denkt Alexa, ›das ist also einer von den ›Hören-Sie-mal!‹-Typen, vor denen Olga mich gewarnt hat.‹ Sie dreht sich langsam um. »Was noch?«

»Sie können mich nicht einfach hier stehen lassen und ins Haus gehen!«

Alexa überlegt kurz. »Doch, das kann ich. Es ist nämlich mein Haus.«

»Ich will mit meiner Mutter sprechen!«

»Dann fahren Sie doch zum Strand und suchen Sie sie!«

»Was? Wie groß ist denn der Strand?«

»Sechsundvierzig Kilometer.«

Alexa grinst und der Mann wird wütend. »So können Sie mit mir nicht umspringen! Denken Sie, ich weiß nicht, was hier läuft?«

»Was denn?« Neugierig geht Alexa wieder auf ihren Gesprächspartner zu.

»Sie wissen, dass meine Mutter vermögend ist, nicht wahr? Vermutlich hat sie es Ihnen selbst erzählt in ihrer Naivität.

Was zahlt sie Ihnen denn für die Unterkunft? Ich kann mir vorstellen, dass sie dafür auch in einem Luxushotel wohnen könnte. Stattdessen haust sie hier in diesem Kaff in einer Drecksbude und begibt sich täglich in Lebensgefahr.« Er wirft einen Blick hinüber zu den Kühen und ahnt nicht, dass die Frau hinter dem Zaun, die jetzt die Augen zusammenkneift und langsam näherkommt, viel gefährlicher für ihn ist, als die friedlichen Tiere. »Vielleicht ist sie ja auch gar nicht am Strand, sondern läuft hier irgendwo durch die Gegend und weiß nicht, wo sie ist und wie sie wieder nach Hause kommt. Oder ihr habt sie in ihrem Zimmer eingesperrt«, steigert er sich in seine Horrorfantasien hinein. »Ich kann mir nämlich nicht vorstellen, dass sie freiwillig hierbleibt, wo sie doch so eine schöne Wohnung in Leipzig hat. Bestimmt vermisst sie ihre Enkel ganz furchtbar.« Er schluchzt jetzt beinahe, geht aber instinktiv einen Schritt zurück, als Alexa näherkommt. »Ich rufe jetzt die Polizei«, droht er in sehr unsicherem Ton und zieht ein Smartphone aus der Tasche.

»Ja, machen Sie mal!« Alexa grinst. »Die werden sich freuen, sie fahren auch gern mal über Land, in den Seebädern haben sie sowieso nur Stress, so unterbesetzt, wie die sind.«

»Na schön!« Der Mann rückt an seiner goldgerahmten Brille und überlegt kurz. »Ich habe vielleicht ein bisschen übertrieben in der berechtigten Sorge um meine Mutter. Aber selbst, wenn sie freiwillig hier ist und es ihr vielleicht sogar gefällt … Ich weiß es nicht, sie hat sich so verändert in letzter Zeit, seit mein Vater tot ist. – Es ist trotzdem unrecht von Ihnen, eine arme alte Frau so auszunutzen.«

»Wieso jetzt arm? Sagten Sie nicht vorhin, sie sei vermögend?«

»Ich meine das auch nicht finanziell, sondern ihren seelischen Zustand. Die tiefe Trauer um ihren Mann, mit dem sie so lange glücklich verheiratet war, hat ihre Geisteskraft doch sehr angegriffen.«

»Ach ja? Woran haben Sie denn das gemerkt?«

»Nun ja, es geht Sie zwar gar nichts an, aber sie war in letzter Zeit sehr launisch und direkt unfreundlich zu mir und meiner Frau. Sogar zu unserer Tochter.«

»Na ja, deshalb muss man ja nicht gleich geistig verarmt sein. Ich bin manchmal auch launisch und unfreundlich.«

»Aber das ist ja noch nicht alles! Stellen Sie sich mal vor: Wir haben ihr zum Geburtstag eine schöne Reise geschenkt. Eine Busfahrt für Senioren in den Schwarzwald. Als sie nach vier Tagen nicht nach Hause kommt, stellt sich heraus, dass sie die Fahrt gar nicht angetreten hat! Sie hat sie einfach verfallen lassen. – Die war ja auch nicht gerade billig, aber davon ganz abgesehen, wir wussten gar nicht, wo sie ist. Und dann kommt eine Ansichtskarte aus Italien und wir erfahren, dass sie eine Mittelmeerkreuzfahrt macht. Wie ist sie denn nur auf so eine Idee gekommen?« Er blickt Alexa misstrauisch an, scheint zu überlegen, ob diese Frau hinterm Zaun vielleicht dahintersteckt, schüttelt dann aber den Kopf. »Und anstatt, dass sie dann endlich nach Hause kommt, ich meine, sie ist uns ja wohl auch einige Erklärungen schuldig, bekomme ich Wochen später eine Ansichtskarte von Usedom. Und da steht nichts weiter drauf, als dass sie bei einer ehemaligen Kollegin Urlaub macht.« Er klingt äußerst empört, behauptet aber:

»Nun ja, ich nehme es ihr ja gar nicht übel, wahrscheinlich kann sie nicht mehr einschätzen, was sie uns antut. Aber die Sache muss nun ein Ende haben. Ich werde sie jetzt mit nach Hause nehmen. Wir wollen ihr auch gar nicht so viele Vorwürfe machen, sondern ihr verzeihen und uns in Zukunft noch ein bisschen mehr um sie kümmern.«

»Tatsächlich?« Alexa sieht Sabine vor sich, mit ihren leuchtend rotgefärbten Haaren und den frechen Sprüchen auf den T-Shirts, wie sie auf ihrem schweren Motorrad durch das Dorf brettert. Wenn es berechtigte Zweifel an einem Geisteszustand gibt, dann weniger an Sabines, als an dem ihres Sohnes.

Dem ist inzwischen wohl eingefallen, dass es für ihn günstiger ist, sich mit Alexa gut zu stellen, als sie zu beschimpfen. »Hören Sie mal«, beginnt er in versöhnlichem Tonfall und tritt wieder etwas näher an den Zaun heran, »vergessen wir doch unseren kleinen Streit. Vielleicht irre ich mich ja auch und Ihre Schwester hat meine Mutter gar nicht ausgenutzt. Das wird sich dann schon herausstellen. Aber selbst, wenn es so ist, können Sie wohl nichts dafür. Ich schlage vor, Sie lassen mich jetzt endlich mal hinein und dann warten wir gemeinsam auf meine Mutter und Ihre Schwester. Vielleicht hätten Sie ja sogar etwas Kühles zu trinken da?« Er zwinkert schelmisch und geht zum Tor.

»Moment!«, stoppt Alexa ihn mit unbewegter Miene. »Nicht so schnell! Wie war das vorhin noch mal mit dem ›Kaff‹ und der ›Drecksbude‹?«

»Na, wenn Sie so nachtragend sind – dann fahre ich eben woanders hin.« Er tritt noch einmal in den Kuhfladen, nimmt sich aber nicht die Zeit, seine Schuhe zu säubern, denn er glaubt, die Frau öffnet jetzt gleich den Weidezaun und hetzt die Kühe auf ihn. Die Hunde hat er gar nicht gesehen. »Ich komme wieder! Und dann nehme ich meine Mutter mit, ob es Ihnen passt oder nicht!«, ruft er Alexa noch entgegen, bevor er in sein Auto steigt.

Sie sieht ihm nach und geht dann langsam zum Haus. Hat Eileen nicht angedeutet, dass Sabine finanzielle Probleme hätte? Warum behauptet ihr Sohn dann, sie wäre vermögend? Andererseits – durch eine Mittelmeerkreuzfahrt und der Anschaffung des Motorrades kann sich das Vermögen schon erheblich verringert haben. ›Na, das gönne ich ihm jedenfalls‹, denkt sie. ›Wenn ich so einen Sohn hätte, würde ich alles auf den Kopf kloppen, nur um von dem wegzukommen.‹

28

Olga kreist seit zehn Minuten auf dem Parkplatz des Einkaufsmarktes und findet keine Lücke. Sie weiß genau, dass die meisten Leute, die ihre Autos hier abgestellt haben, nicht einkaufen, sondern gerade am Strand liegen. Dabei flucht sie wie ein Bierkutscher.

Als sie endlich einen freien Platz entdeckt, wendet gerade jemand sein Auto, um dort rückwärts einzuparken. Blitzschnell fährt sie vorwärts hinein, haarscharf am Heck des Audis mit Berliner Kennzeichen vorbei. Perfekt! Sie stellt den Motor ab, löst den Sicherheitsgurt und zieht die Handbremse an. Alles, während sie in den Rückspiegel sieht und erfreut vor sich hin grinst. Der Audifahrer ist ausgestiegen und kommt auf sie zu. Langsam steigt sie auch aus ihrem Auto, holt ihre Tasche aus dem Kofferraum und betrachtet dann in aller Ruhe den kleinen, glatzköpfigen Mann mit hochrotem Kopf, der wie Rumpelstilzchen um sie herumhüpft. Er besitzt einen erstaunlichen Wortschatz, einige seiner Ausdrücke hat Olga noch nie gehört.

»Tourette-Syndrom?«, fragt sie nach einer Weile freundlich. Sie hätte gar nicht gedacht, dass er noch aufgebrachter werden kann.

»Ihr blöden Fischköppe denkt wohl, dass ihr euch alles erlauben könnt«, wütet er jetzt und Olga nickt.

»Genau!« Jetzt geht es ihr besser und sie geht beinahe vergnügt weiter, um sich einen Einkaufswagen zu holen.

»Na, hast du heute frei?« Der Taxifahrer hat sein Auto direkt neben dem Eingang abgestellt und ist ausgestiegen, um Olga zu begrüßen.

Die freut sich, ihn zu sehen. »Ja, hab ich. Bist du im Dienst?«

»Nee, nicht wirklich. Ich hab meine Mutter und ihre Nachbarin zum Einkaufen hergefahren. Die eine kann nicht laufen und die andere nicht sehen. Kannst dir ja vorstellen, wie lange das dauert, bis die beiden da wieder rauskommen.«

»Dann lass uns doch inzwischen einen Kaffee trinken!«, schlägt Olga vor.

An einem Stehtisch neben dem Backwarenstand finden die beiden einen freien Platz und können sich in Ruhe unterhalten. Der Taxifahrer berichtet, dass er Toralf Moder auftragsgemäß nach Hause gebracht und auch sein Geld bekommen hat. »Er wollte nicht so recht, hat sich noch besoffener gestellt, als er war«, berichtet er. »Aber da war eine Polin, die hat ihm das Portemonnaie aus der Tasche genommen und bezahlt. Hübsches Mädchen, viel zu schade für den Idioten.«

»Ja, das ist auch nur seine Haushälterin, wenn überhaupt. So richtig sehe ich da auch nicht durch.«

Sie reden noch eine Weile über gemeinsame Bekannte und über Ententeich. »Kommst du da überhaupt noch hin?«, fragt Olga. »Außer Moder kann sich da doch wohl keiner mehr eine Taxifahrt leisten.«

»Die beiden Männer fahre ich manchmal«, erzählt er, »weißt du, die da neben dem Zahnarzt wohnen.«

»Meinst du Silvio und Ronny? Das schwule Pärchen?«

Der Taxifahrer lacht. »Na, das sind sie ganz bestimmt nicht. Was denkst du, wo ich die einmal im Monat hinfahre? Eigentlich dürfte ich es dir ja nicht erzählen, aber du behältst es doch für dich, oder?«

Olga nickt, nach dieser Einleitung ahnt sie etwas. »Nach Swinemünde in den Puff?«

Als Peter grinsend nickt, fügt sie nachdenklich hinzu: »Hab ich doch so was geahnt. Aber was soll das Theater?«

»Vielleicht haben sie was zu verbergen?« Er erzählt, dass er beide schon mehrmals mit älteren, offensichtlich vermögenden Frauen gesehen und auch gefahren hat.

Olga fällt ihre Begegnung mit Silvio in Zinnowitz ein. »Meinst du, die beiden sind Heiratsschwindler?«

»Ja, ich denke schon. Und die scheinen sogar gut darin zu sein. Die Weiber wirken jedenfalls immer sehr verliebt.«

»Na, warum auch nicht. Dann kriegen sie doch was für ihr Geld.«

Der Taxifahrer nickt. »So sehe ich das auch. Und außerdem – was geht es uns an?«

»Genau.« Olga nickt und sie reden über etwas anderes.

Als sie nach Hause fährt, fällt Olga ihr Gespräch mit Eileen ein. Die hat schon damals so eine Anspielung gemacht, anscheinend weiß sie schon seit Längerem, was Silvio und Ronny treiben. Aber warum macht sie ein Geheimnis daraus? Sie hätte es doch wenigstens ihr und Alexa erzählen können. Hat sie die beiden etwa erpresst? Zuzutrauen wäre es ihr. Olga überlegt, dass ihre Tante manchmal eine erstaunliche kriminelle Energie entwickelt. Hoffentlich ist ihr das nicht zum Verhängnis geworden. Aber nein, so was will sie gar nicht denken. Alexa ist sicher, dass Eileen nichts passiert ist. Und die muss es wissen.

29

Bei ihrer Vermutung, Moder würde sich nie wieder auf ein Besäufnis mit Tammes einlassen, ist Olga davon ausgegangen, dass der Makler lernfähig sei. Aber das war natürlich ein Irrtum. Ihr Lebensgefährte ist zu recht optimistischer. Gepuscht von Olgas Anerkennung, die ihm nur selten widerfährt, aber auch aus Wut darüber, dass eine alte Frau betrogen wurde, hat er sich fest vorgenommen, sein Ziel, nämlich den Namen der Frau zu erfahren, doch noch zu erreichen.

Zu diesem Zweck befindet er sich jetzt auf dem Weg nach Ententeich. Er fährt mit einem alten klapprigen Volvo dorthin, zwar ohne Führerschein, aber mit zwei Flaschen Whisky im Kofferraum. Das Auto hat er sich von seinem Freund Harry, dem Kneipenwirt, ausgeliehen. Mit dem hat er gestern Abend auch die eine Flasche geleert. Es war ein sehr guter, auch sehr teurer Whisky, deshalb hat er heute keinen Kater. Den Inhalt der anderen Flasche von derselben Sorte hat er umgefüllt. Dann hat er beide leeren Flaschen mit einem sehr billigen, aber hochprozentigen Fusel gefüllt und gut verschlossen. ›Ich darf nur nicht vergessen, dass der gute Whisky jetzt in der anderen Flasche ist‹, überlegt er, als er in den Feldweg nach Ententeich einbiegt. Kurz vor dem Dorf hält er an, gurgelt mit einem kräftigen Schluck Bier, trinkt dann etwas Kräuterlikör aus einem kleinen Fläschchen. Den Rest spritzt er auf sein kariertes Hemd. Dann zerzaust er seine Haare und probt vor dem Rückspiegel noch einmal einen besoffenen Gesichtsausdruck.

So vorbereitet, klingelt er an Toralf Moders Haustür. Agata öffnet und führt ihn lächelnd und offenbar erfreut über den Besuch zu ihrem Arbeitgeber auf die Dachterrasse.

Tammes hält sich mit einer Hand am Türrahmen fest und streckt dem Makler die Schnapsflaschen entgegen. Dessen Miene wird etwas freundlicher, als er die Etiketten erkennt. Eigentlich hat er nicht damit gerechnet, seinen neuen Freund so schnell wiederzusehen, aber wer weiß, wozu es gut ist, und er hat sowieso nichts Besseres vor. »Du bist doch nicht etwa mit dem Auto hier?«, fragt er mit falscher Besorgnis, aber ehrlicher Bewunderung. »Oder ist Olga gefahren?«, mit leichtem Erschrecken.

»Nein, nein, Olgalein ist zu Hause. Sie hat die Möbel mit in die Beziehung gebracht, soll sie auch darauf aufpassen. Sie schmollt ein bisschen. Ich hab ihr gar nicht gesagt, dass ich zu dir fahre. Den Whisky habe ich auch heimlich – na ja, einem guten Freund gibt man doch einen Whisky, nicht?« Er kichert, stößt an den Tisch, wobei Moders Kaffeetasse umfällt, und lässt sich in einen Sessel fallen. »Hoppla!«

Moder betrachtet die Whiskyflaschen genauer. Das heißt, die Etiketten, zum Glück für Tammes nicht die Verschlüsse. Er nickt anerkennend. Dann sieht er seinen Gast an. »Du hast aber schon reichlich getankt heute«, stellt er fest. »Und dann fährst du mit dem Auto? Hast du keine Angst vor der Polizei?«

»Die Polizei, dein Freund und Helfer«, lallt Tammes. »Na, meiner nicht, mir haben sie den Führerschein weggenommen.«

»Ach? Weiß Olga eigentlich, dass du trotzdem fährst?«

»Olga kann alles essen, aber sie muss nicht alles wissen. Außerdem redet sie sowieso nicht mit mir. Im Moment nicht«, fügt er schnell hinzu. »Sie liebt mich natürlich heiß und innig und wenn ich nicht gerade besoffen bin, ist sie ganz handzahm.«

»Na dann!« Moder greift nach einer Flasche. Dann zögert er. »Ich könnte sie aber auch erst mal wegstellen, für ein anderes Mal. Heute hast du eigentlich schon genug, es wäre schade um den edlen Tropfen, meinst du nicht? Ich hole dir ein Bier und wenn du das ausgetrunken hast, rufe ich dir ein Taxi und du fährst nach Hause zu deiner Olga. Na, was hältst du davon?«

›Schau an‹, denkt Tammes, ›die Rache des kleinen Mannes.‹

»Nein, ich will nicht zu Olga«, protestiert er laut, nimmt die andere Flasche und dreht sie auf. »Hast du Gläser oder wollen wir aus der Flasche trinken?«

Moder holt Gläser, nimmt Tammes die Flasche aus der Hand und schenkt großzügig ein. Dann trinkt er einen Schluck und verzieht das Gesicht. »Ich weiß nicht, irgendwie habe ich den anders in Erinnerung.« Sein Besucher hat sein Glas in den Blumenkübel hinter sich geleert, führt es dann zum Mund und stöhnt genießerisch. »Das ist ein ganz feiner Tropfen«, behauptet er. »Du hast keine Ahnung.«

»Mhm. Mag sein, liegt vielleicht an den Umständen. Whisky sollte man wohl nicht am Nachmittag in der prallen Sonne trinken.« Er steht auf. »Ich sehe mal nach, ob ich ein paar Eiswürfel auftreibe.«

»Meinetwegen«, murrt Tammes. »Wenn du ihn unbedingt verwässern willst. Ich brauche so was nicht.«

Nach einigen weiteren Gläsern des dubiosen Getränks, den der Makler mit Eiswürfeln mehr oder weniger genossen und Tammes dem Margeritenbusch zugeführt hat, wird der unfreiwillige Gastgeber allmählich lockerer. Trotzdem wirkt er immer noch etwas misstrauisch.

›Ich glaube, ich muss ein bisschen an meinem Image basteln‹, mutmaßt Tammes, damit wir uns auf einem Level unterhalten können. »Ich war ja auch mal selbstständig«, fängt er die Unterhaltung an. »Hatte ein privates Reiseunternehmen.« Dann erzählt er ausführlich über kleine Betrügereien seinen Auftraggebern und vor allem dem Finanzamt gegenüber. »Aber ich war wohl doch nicht schlau genug«, gibt er seufzend zu. »Die haben mich am Arsch gekriegt und nun … Na ja, ist nicht so leicht, wieder auf die Beine zu kommen.«

»Ja, man darf nicht übertreiben, immer schön vorsichtig sein, ist meine Devise.« Der Makler fühlt sich überlegen. Vom Elend anderer zu hören, baut ihn immer auf. Er stößt mit Tammes an und beginnt sich vorsichtig mit der eigenen Klugheit zu rühmen. »Das Finanzamt zu bescheißen, ist eigentlich ganz leicht, ich zum Beispiel …«

Tammes hört nicht mehr zu, das Finanzamt interessiert ihn nicht. Er beobachtet Agata, die die Blumen, die hier in zahlreichen Töpfen und Kübeln stehen, gießt, und hofft, dass sie nicht bemerkt, dass ein Busch bereits gegossen wurde, allerdings mit Alkohol. Wenn es ihr auffällt, lässt sie sich jedenfalls nichts anmerken.

»Und wenn du Leute bescheißt, musst du sie dir vorher genau ansehen«, setzt Moder seinen Vortrag fort und füllt die

Gläser noch einmal nach. »Die Alten zum Beispiel, wenn du dir für die Zeit nimmst und dir das ganze Gerede über früher und so anhörst, sind sie so dankbar, dass sie dir alles anvertrauen. Sogar ihr Geld – besonders das.«

Er grinst boshaft und Tammes würde ihm am liebsten den Schnaps ins Gesicht kippen, trinkt aber stattdessen schnell sein Glas leer. Aber Moment, jetzt sind sie doch endlich beim Thema. »Ja, ich weiß, das hast du doch neulich erzählt, wie du die Alte – Wie hieß sie noch? – reingelegt hast. Oder vielmehr ihre Erben. Mensch, das war wirklich ein Coup. Kriegt nicht jeder hin, da muss man schon was auf dem Kasten haben.« Er sieht den Makler mit großen Augen bewundernd an, dann blickt er über das Geländer auf das Dorf. »Welches Haus ist das denn eigentlich? Sieht man das von hier? Der alte Schuppen da drüben vielleicht?«

»Nein, das ist doch bloß ein Schafstall.« Moder steht auf und zeigt zur anderen Seite. »Siehst du da drüben die große Eiche? Dahinter ist es. Das mit dem alten Rohrdach. Mit dem Haus ist nicht mehr viel los, das kann man wohl nur noch abreißen. Aber das Grundstück geht bis zum Wasser. Ein Sahnestück, sage ich dir!«

Tammes, der sich neben ihn gestellt hat, sieht noch einmal genau hin. ›Die Eiche muss ich mir merken‹, dann schwankt er und setzt sich wieder in den Sessel. Am liebsten würde er jetzt gehen, aber das wäre wohl zu auffällig. Sie stoßen noch einmal an. Tammes spürt allmählich die Wirkung des Fusels, und solange Agata hier ist, kann er ihn nicht in die Blumen kippen. »Du sag mal«, fällt ihm ein, »was Olga da neulich erzählt hat, du hättest sie beobachtet, beim … na du weißt schon, da in dem Schuppen am Achterwasser, stimmt das eigentlich?«

»Na ja«, Moder grinst anzüglich, »alles kann ich dir nun auch nicht erzählen. Du sagst es ihr wieder und dann kriege ich richtig Ärger. Weißt du, bei denen hat man immer gleich die ganze Familie am Hals. Und die Schwestern – über die könnte ich dir einiges erzählen. Mach ich aber nicht«, beschließt er in einem Rest von Selbsterhaltungstrieb.

»Mir kannst du alles erzählen, ich bin dein Freund«, behauptet Tammes und muss sich nicht einmal besonders anstrengen, zu lallen. ›Ich darf nicht mehr fahren‹, denkt er flüchtig, ›ich rufe nachher Olga an. Oder ich gehe zu Alexa.‹

»Fährst du eigentlich öfter besoffen?«, versucht der Makler jetzt vom Thema abzulenken.

»Immer! Pass auf, ich erzähle dir auch was. Musst aber schwören, dass du es niemandem verrätst.« Er beugt sich über den Tisch und spricht leise. »Also gestern Abend … Ich kann mich gar nicht mehr genau erinnern, wo ich gewesen bin. Aber heute morgen sehe ich: Da ist ein Beule am Kotflügel, Blut, ein paar Haare. Ich glaube, ich habe ein Tier angefahren.« Er überlegt und sieht sein Gegenüber fragend an. »Gibt es ein Tier mit langen blonden Haaren?«

Der Makler fährt zurück und blickt entsetzt. Einen Moment glaubt Tammes, jetzt hat er übertrieben. Er ist wohl doch schon ziemlich besoffen. Aber Moder ist noch besoffener. »Du bist ein richtiger Verbrecher«, brabbelt er, »und das schadet Olga gar nichts. Das gönne ich ihr.«

Sein neuer Freund nickt. »Ich auch«, stimmt er zu. »Komm, einen trinken wir noch und dann fahr ich nach Hause.«

Als er das Haus verlässt, ist er froh, dass Agata nicht mehr da ist. Er würde ihr zutrauen, dass sie ihn hindert, in das Auto zu steigen. Aber er fährt nur hundert Meter, dann lässt er den Volvo auf dem Feldweg stehen und fällt Alexa, die ihm die Tür öffnet, in die Arme. Sie bugsiert ihn auf das Sofa im Wohnzimmer. »Soll ich Olga anrufen?«

»Ja, sag ihr, ich weiß jetzt …«, bevor er den Satz zu Ende bringt, ist Tammes eingeschlafen.

Alexa greift seufzend zum Telefon.

30

»Ich hätte ihn dir auch gebracht.« Alexa stellt einen Pott Kaffee vor Olga auf den wackligen Gartentisch und lässt sich in ihre Hollywoodschaukel fallen. Es ist später Vormittag und schon wieder sehr warm. »Oder willst du lieber was Kaltes trinken?«

»Nein, lass mal, was gut ist gegen Kälte, ist auch gut gegen Hitze.«

»Wenn das so ist – ich mache dir auch gern einen Grog.«

»Danke, vielleicht später.« Sie kommt auf Olgas vorheriges Angebot zurück, das sich auf Tammes bezog. »Nein, mir macht das nichts aus, ihn abzuholen. Ich bin froh, wenn ich mal aus Ahlbeck rauskomme. Da kannst du nicht treten vor Urlaubern. Und einen Lärm machen die! Du weißt gar nicht, wie gut du es hier hast.«

»Doch, ich weiß das schon. Ich genieße es jeden Tag.«

Eine Weile schweigen die beiden Frauen und hängen ihren Gedanken nach. Olga nippt an ihrem Kaffee und blickt hinunter zum Wasser, Alexa schaukelt ein bisschen und sieht auf Eileens Haus.

Sabine kommt heraus. Sie trägt Bermuda-Shorts und auf ihrem T-Shirt steht heute: *Ich wäre lieber reich als sexy, aber was soll man machen.* Sie sieht die beiden Frauen unter dem Birnbaum und kommt näher. »Hallo, ihr beiden, störe ich oder darf ich rüberkommen?«

»Nein du störst nicht, komm her! Ich muss dir sowieso was erzählen. Willst du auch einen Kaffee?«

»Ja, gern.« Sabine erspart sich den Umweg durch die Gartentore und steigt gleich über die niedrige Mauer. Niemand, der sie so sieht, würde ihr ansehen, dass sie fünfundsechzig Jahre alt ist. Sie setzt sich neben Olga, während Alexa ins Haus geht, um Kaffee zu holen. »Na, hast du heute frei?«, beginnt sie das Gespräch.

»Ja. Ich bin hier, um Tammes abzuholen. Der ist gestern Abend bei Moder versackt und hat hier geschlafen. Das heißt, er schläft hier immer noch.«

»Was? Der ist doch nicht etwa mit diesem unangenehmen Menschen befreundet?«

»Nein, nicht wirklich. Er hatte eine Mission, sozusagen, also quasi.«

Alexa, die die letzten Worte von Sabine gehört hat, stellt ihr den Kaffee hin und sieht sie an. »Da wir gerade von unangenehmen Menschen sprechen – ich hatte gestern Besuch.« Sie liest die Aufschrift auf Sabine Shirt und lacht. »Schade, dass du nicht hier warst. Der Spruch hätte gepasst.«

»Was?« Sabine sieht an sich hinunter. »Wovon redest du?«

Alexa setzt sich wieder auf ihren Lieblingsplatz und schaukelt ein wenig. »Was hältst du denn eigentlich von deinem Sohn?«

Sabine erschrickt. »Am liebsten Abstand«, gibt sie zu. »Der ist doch nicht etwa hier?«

»Nein, aber er kann jeden Moment auftauchen.« Sie erzählt von ihrer Begegnung mit Manfred Roth. »Also, ich verstehe das schon, dass du dich vor dem hier versteckst«, schließt sie.

»Ich nicht«, mischt Olga sich ein. »Warum sagst du ihm nicht einfach die Meinung und dass er dich in Ruhe lassen soll? Es ist doch dein Leben! Und dein Geld – oder?«

»Ja, schon.« Sabine ist etwas verlegen. »Aber er ist schließlich mein Sohn. Und so schlecht ist er auch nicht. Er meint es ja gut. Und meine Schwiegertochter auch.«

»Umso weniger verstehe ich, dass du ihnen nicht sagst, wie du leben willst. Kann es sein, dass du ein bisschen konfliktscheu bist?«

»Ja, mag schon sein. Ich war auch ein wenig sauer auf die beiden. Dieses ganze Getue – Omi hier und Omi da – dann die Respektlosigkeit meiner Enkeltochter, die gerade ihre Pubertät auslebt, ich habe mich einfach nicht mehr wohl gefühlt zu Hause. Vorher hat mich mein Mann immer unter Druck gesetzt, der war so selbstherrlich und autoritär mir gegenüber, ich durfte nicht einmal Auto fahren. Ich weiß selbst nicht, wie das passiert ist. Früher war ich so lebenslustig und der hat eine graue Maus ohne jedes Selbstbewusstsein aus mir gemacht. Nun dachte ich, ich könnte mein Leben endlich genießen, da saß ich schon wieder in der Falle. Der Höhepunkt war dann diese Seniorenreise in den Schwarzwald. Da wusste ich, jetzt muss etwas passieren, sonst komme ich da gar nicht mehr raus.«

»… und dann hast du stattdessen ein Mittelmeerkreuzfahrt gemacht«, wirft Alexa ein.

Olga pfeift bewundernd. »Superidee! Hat mit Sicherheit mehr Spaß gemacht und war auch gleich eine Ansage an die liebe Familie.«

»Allerdings. Ich hätte schon gern die Gesichter gesehen, als die Ansichtskarte aus Neapel ankam. Aber ich bin ja nicht allein gereist«, setzt sie noch einen drauf.

»Komm, erzähl!« Olga sieht sie gespannt an und Alexa hört auf zu schaukeln und beugt sich vor.

»Ich habe mir im Internet einen Heiratsschwindler als Begleitung gesucht!«

»Was?«

»Ja, das war ganz einfach. Ich habe ein bisschen gechattet – deshalb habe ich mich übrigens auch mit meiner Enkeltochter richtig verkracht. Der Laptop hat meinem Mann gehört und sie meinte, ich könne sowieso nicht damit umgehen und wollte ihn mir sogar wegnehmen. – Na, der hab ich was gehustet! Ich habe mich so ein bisschen in den Partnerbörsen umgesehen. Aber natürlich wollte ich keinen neuen Mann, ich war ja froh, den alten los zu sein. Aber du kriegst schnell mit, wer nur auf dein Geld aus ist. Ich meine, was soll ein attraktiver Mann im besten Alter wohl sonst von einer alten Schachtel wie mir wollen? Also bin ich darauf eingegangen und habe ihn zu der Kreuzfahrt eingeladen. Das war super! Wir hatten natürlich getrennte Kabinen – ich außen, mit Balkon, er die billigste Innenkabine, die es gab. Aber allein hätte mir die Reise nicht halb so viel Spaß gemacht. Er hat mich überall hin begleitet, wir haben sogar getanzt und die anderen alten Weiber haben mich um meinen gut aussehenden, eleganten und höflichen Partner beneidet. Ich glaube, er hat da sogar ein neues Opfer gefunden. Na, ich gönne es ihm. Dass bei mir nichts mehr zu holen war, hat er wohl bald bemerkt. Das war ein fairer Deal, finde ich. Er hatte seine kostenlose Reise und ich habe für mein Geld bekommen, was ich wollte.«

»Clever!« Olga nickt Sabine bewundernd zu. »Aber dann hättest du doch wieder nach Hause fahren können.«

»Ja, stimmt. Aber dazu hatte ich nun gar keine Lust. Ich habe mich so jung und unternehmungslustig gefühlt. Und ich habe immer von einem Motorrad geträumt. Den Führerschein habe ich schon ewig. Na ja – nun bin ich eben hier.«

»Schön! Schade nur, dass da wohl gerade dein liebender Sohn kommt, um dich zurückzuholen in den Schoß der Familie«, sagt Olga.

Sabine dreht sich erschrocken um und auch Alexa blickt zum Weg. »Nein«, meinen sie beide wie aus einem Mund und schütteln gleichzeitig die Köpfe.

»Der hat ein größeres, silbernes Auto«, erklärt Alexa.

Aus dem alten, blauen Ford Fiesta steigt eine Frau. Zögernd kommt sie an den Zaun und sieht zu der Kaffeerunde hinüber. »Ich möchte zu Eileen«, ruft sie. »Wissen Sie, ob sie zu Hause ist?«

»Nein, sie ist nicht da. Aber was wollen Sie denn von ihr? Vielleicht kann ich etwas ausrichten, ich bin ihre Schwester.« Alexa ist aufgestanden und will auf die Frau zugehen.

Plötzlich springt Sabine auf. »Karin? Bist du das? Erkennst du mich nicht mehr? Ich bin Sabine aus Leipzig. Wir haben doch mal zusammen gearbeitet, im Ferienheim.« Während sie aufgeregt redet, ist sie an das Tor herangetreten. »Nun komm schon rein!«

Die Frau tritt zögernd ein, Sabine zieht sie am Ärmel zum Tisch. Erst als sie der neuen Besucherin einen Kaffee anbieten will, fällt ihr ein, dass sie hier nicht zu Hause ist. Etwas verlegen blickt sie auf Alexa.

Aber die ist schon aufgestanden. Sie ist auch neugierig, was die Frau von Eileen will, vielleicht hat es ja mit ihrem Verschwinden zu tun. »Möchten Sie etwas trinken?«

»Nein, danke, machen Sie sich keine Umstände. Es ist auch nichts Wichtiges, ich komme dann ein andermal wieder.«

»Ach nun komm! Du kannst doch nicht gleich wieder gehen! Erzähl doch mal, was machst du denn jetzt so? Kriegst du eigentlich schon Rente? Stehst du immer noch mit Eileen in Verbindung? Sie hat mir gar nichts von dir erzählt.«

In ihrer freudigen Aufregung bemerkt Sabine nicht, dass die Frau ihr kaum antwortet und eigentlich nur weg möchte. Nach einer Weile fragt sie noch einmal nach Eileen und erfährt, dass diese seit Tagen vermisst wird und ihre Schwester und Nichte sich Sorgen um sie machen. »Aber das hat doch nichts mit Silvio zu tun, oder?«, fragt sie erschrocken und sieht im nächsten Moment aus, als wolle sie sich die Zunge abbeißen.

Einen Moment sehen die anderen drei sie schweigend an, aber sie spricht nicht weiter, sondern macht Anstalten, sich zu erheben.

»Nein, Unsinn«, ruft sie schnell und schüttelt den Kopf, »das hat gar nichts damit zu tun.«

»So, nun mal Butter bei die Fische!« Alexa macht sich gerade. »Was ist mit Silvio und Eileen?«

Die Frau bekommt einen roten Kopf und windet sich, aber es nützt nichts, sie kommt aus dieser Situation nicht heraus. Es dauert noch eine Weile, aber dann erfahren die drei Karins Geschichte. Sie hat Silvio bei einer Vernissage kennengelernt und sich Hals über Kopf in ihn verliebt. Selbst als er schon eine Menge Geld, das sie geerbt hatte, von ihr ergaunert hat, ist sie ihm nicht auf die Schliche gekommen. Bis Eileen die beiden einmal zufällig zusammen gesehen hat. Sie hat ihre ehemalige Chefin aufgeklärt und Silvio gezwungen, ihr das Geld zurückzuzahlen. »Na ja, nun bin ich hier, um ihr zu sagen, dass er die komplette Summe überwiesen hat und um mich bei ihr zu bedanken«, schließt Karin, immer noch sichtlich verlegen.

Sabine schüttelt fassungslos den Kopf. »Warum hat sie mir das denn nicht gesagt? Ich habe ihr doch alles erzählt von meinem Heiratsschwindler.« Als Karin sie erstaunt ansieht, winkt sie ab. »Das ist eine ganz andere Geschichte.«

»Jedenfalls machen die das so richtig professionell«, überlegt Olga. »Und vielleicht hat Eileen Silvio nicht nur gezwungen, das ergaunerte Geld zurückzuzahlen, sondern wollte auch noch ein wenig davon profitieren.«

»Oder sie hat noch andere Frauen aufgetrieben, die die beiden ausgenommen haben.«

Sie sehen sich erschrocken an.

Karin nutzt die Gelegenheit, um endlich aufzustehen und sich schnell zu verabschieden. Sie nickt noch etwas irritiert Tammes zu, der gerade aus dem Haus kommt. Dabei sieht der für seine Verhältnisse heute morgen gut aus. Er ist sogar schon geduscht, trägt Jeans und T-Shirt und bringt sich seinen Kaffee gleich mit. Stöhnend lässt er sich neben Alexa auf die Schaukel fallen.

»Na, hast du schön einen gesoffen mit deinem neuen besten Freund?«, lästert Olga.

Tammes guckt beleidigt. »Ja, allerdings. Und alles im Dienste der Wahrheit. Oder denkst du vielleicht, das war ein Vergnügen?«

»Nein, ist schon gut. War nur ein Scherz. Aber nun erzähl schon, hast du was rausgekriegt?«

Tammes trinkt erst einmal in Ruhe einen Schluck, dann lehnt er sich bequem zurück und berichtet von seinem Erfolg.

»Mensch, der alten Frau Schiller hat der das Haus abgeschwatzt«, staunt Alexa. »Die Sau, die! Das ist so eine nette Frau. Und ich kenne ihren Sohn gut, der ist auch in Ordnung. Er hat nur eben wenig Zeit für seine Mutter, hat selbst eine große Familie und arbeitet viel. Da müssen wir unbedingt etwas unternehmen!«

»Ja, wir gehen sie heute Nachmittag mal besuchen und sehen uns den Vertrag an«, schlägt Olga vor. Vielleicht kann man den rückgängig machen. Notfalls schalten wir einen Anwalt ein. Wir können ja sagen, die Frau ist dement und wusste nicht, was sie da unterschreibt.«

Alexa nickt und Sabine lächelt erfreut. »Das bringt mich auf eine Idee. Falls mein Herr Sohn hier wieder aufschlägt, sagt ihm bitte, ich bin mit Eileen unterwegs und ich melde mich bei ihm. Ihr könnt ja sagen, ich will nächste Woche sowieso nach Hause kommen.« Sie steht auf.

»Alles klar.« Olga nickt ihr freundlich zu.

Alexa wendet sich an Tammes. »Du bist wirklich ein Schatz! Ich mag mir gar nicht vorstellen, dass Moder diese nette Familie dermaßen beschissen und sich das schöne Grundstück unter den Nagel gerissen hätte. Wenn du jetzt auch Kopfschmerzen hast, das war die Sache wert. Soll ich dir ein Aspirin holen?«

»Und gut, dass du so schlau warst, bei Alexa zu schlafen und nicht besoffen nach Hause zu fahren«, fügt Olga hinzu. »Ich glaube, du kommst auf deine alten Tage doch noch zu Verstand.«

Tammes strahlt. Zufrieden lehnt er sich in der Schaukel zurück und streicht sich über den Bauch. »Jetzt könnte ich ein schönes Frühstück vertragen. Und dann vielleicht ein bisschen auf dem Achterwasser rudern, baden gehen, ein Mittagsschläfchen auf dem Steg – wir bleiben doch heute hier, Olga?«

Die nickt, ungewohnt friedlich. ›Tammes scheint sich hier ja richtig wohl zu fühlen. Oder liegt das vielleicht an Alexa?‹, denkt sie flüchtig, aber dann fällt ihr Blick auf das Nachbarhaus und sie springt schnell auf, um sich abzulenken und das Angstgefühl zu verdrängen.

Am Nachmittag geht Alexa dann doch allein zu der alten Frau Schiller. »Ein Besucher reicht«, hat sie Olga erklärt, »wir wollen sie mal nicht überfordern, ich kann ihr das auch allein begreiflich machen.«

Olga war es recht, sie liegt auf dem Bootssteg und sonnt sich, während Tammes sich erfolglos im Angeln versucht.

Alexa ist über den Hof ins Haus gegangen, wie es auf dem Dorf üblich ist. Sie betrachtet das Rohrdach. Es sieht noch besser aus als ihr eigenes, findet sie. Aber der Putz ist an mehreren Stellen gerissen oder sogar abgebröckelt, die Fenster sind klein und haben Holzrahmen, die aussehen, als würden sie den nächsten Sturm nicht überstehen.

Jetzt sitzt sie in der Veranda des alten Hauses und trinkt selbst gemachten Apfelsaft. Der Holzanbau geht zum Hof hinaus, die Tür steht offen, draußen scharren die Hühner im Sand, an der Scheunenwand steht ein leerer Kaninchenstall. »Ich hab nur noch ein paar Hühner«, erklärt die Gastgeberin, »die Ställe sind alle leer. Früher hatten wir auch Schweine und Schafe. Und den großen Garten. Jetzt wächst alles zu. Wenn das Paul, mein Mann, sehen könnte, der würde sich im Grab umdrehen.« Sie seufzt und lehnt sich in dem ausgeblichenen Sessel zurück. »Aber ich bin ja nun schon über achtzig, da kann man nicht mehr viel machen. Ich bin froh, dass ich mich noch halbwegs selbst versorgen kann. Die Söhne und die Schwiegertöchter kümmern sich ja, die fahren mit mir zum Arzt und zum Einkaufen. Aber die haben auch selbst zu tun, müssen alle arbeiten.«

Alexa nickt und versucht, in dem durchgesessenen Sessel eine halbwegs bequeme Position zu finden. Geduldig hört sie der alten Frau zu, die jetzt stolz von ihren Enkeln erzählt. Dann gelingt es ihr endlich, das Gespräch auf Moder und den Hausverkauf zu bringen.

Frau Schiller versteht erstaunlich schnell, dass sie einen Fehler gemacht und auf den Makler hereingefallen ist. »Ich hatte auch schon so ein schlechtes Gefühl, als ich darüber nachgedacht habe«, gibt sie zu. »Aber das ging alles so schnell, der hat mir gar keine Zeit zum Nachdenken gelassen. Und es hörte sich auch ganz vernünftig an. Mit dem Haus hier ist ja nun wirklich nicht mehr viel los und ich wollte die Jungs damit nicht belasten. Meinst du wirklich, das Grundstück ist so viel wert?«

»Ja, Frau Schiller«, bestätigt Alexa energisch, »der wollte dich bescheißen.«

»So ein Haderlump – dann hatten die Karstensen-Brüder ja doch recht. Ich dachte, die wollten dem Moder bloß eins auswischen, weil die sich schon als Kinder nicht leiden konnten. Sind ja wohl zusammen zur Schule gegangen, glaub ich. Nein, die müssen viel jünger sein. Ja, der eine war bei meinem Kleinen in der Klasse. Aber da war noch ein älterer Bruder.«

»Von wem sprichst du eigentlich?«, unterbricht Alexa das Gebrabbel. »Was für Karstensen-Brüder?« Der Name kommt ihr bekannt vor, sie kann ihn aber im Moment nicht zuordnen.

Die Alte freut sich, dass diesmal sie die Schlauere ist und Alexa etwas Neues erzählen kann. »Erinnerst du dich nicht mehr an die Familie? Die haben da hinten am Dorfrand gewohnt. Ich war mit der Mutter so ein bisschen befreundet, war eine nette, ruhige Frau. Sie hat ihre drei Jungs allein großgezogen, das war bestimmt nicht immer leicht mit den Rabauken.« Sie beugt sich zu ihrem Gast und spricht leise weiter, als würde sie ein Geheimnis verraten. »Und dann ist der Älteste doch noch kurz vor der Wende erschossen worden, als er über die Grenze in den Westen wollte.«

»Stimmt!« Alexa überlegt. »Das wurde damals im Dorf erzählt. Aber genau wusste das niemand, weil die dann auch gleich weggezogen sind.«

»Doch, das stimmt!«, ereifert sich die alte Frau und lehnt sich wieder zurück. »Frau Karstensen hat es mir selbst erzählt. Einer aus dem Dorf hat ihn verraten, hat sie gesagt.« Einen Moment blickt sie ihre Besucherin erschrocken und etwas verlegen an. Sie hat ganz rote Wangen bekommen vor Aufregung. Dann blitzen ihre blassblauen Augen auf. »Vielleicht war das ja Moder! Dem ist doch so etwas zuzutrauen, oder?«, fragt sie nun doch etwas verunsichert.

»Natürlich«, bestätigt Alexa voller Überzeugung, »dem ist alles zuzutrauen. Aber nun noch mal langsam: Was war denn nun mit den Karstensen-Brüdern? Die haben dich vor Moder gewarnt? Wo kamen die denn auf einmal her?«

»Na, die sind doch wieder hier, schon lange – glaub ich«, fügt sie etwas unsicher hinzu. »Die heißen anders, weil ihre Mutter wieder geheiratet hat, und sie haben den Namen von ihrem Stiefvater angenommen. Sie sehen auch ganz anders aus – also ganz komisch. Ich glaube nicht, dass ihrer Mutter das gefällt. – Aber die lebt ja nicht mehr, haben sie gesagt«, fällt ihr dann ein.

»Aha. Na dann.« Alexa sieht die alte Frau nachdenklich an. Die scheint doch schon ziemlich verwirrt zu sein, auch wenn sie am Anfang gar nicht den Eindruck machte. Aber je länger sie erzählt, desto mehr Blödsinn kommt dabei heraus.

»Um noch mal auf Moder zurückzukommen«, führt sie das Gespräch jetzt zu Ende, »hast du schon Geld von dem bekommen?«

»Nein, er hat gesagt, er muss mit dem Vertrag erst mal zum Notar.«

»Ja, na dann ist doch gut. Schick am besten deinen Sohn zu ihm, der soll den Vertrag, den du unterschrieben hast, wieder abholen. Wenn Moder ihn nicht rausrückt, soll er ihm mit der Polizei drohen oder mit einer Tracht Prügel. Ach, dein Sohn wird das schon machen.«

Frau Schiller bringt ihre Besucherin bis zum Tor und bedankt sich noch einmal. Jetzt scheint sie wieder ganz klar zu sein.

Auf dem Weg nach Hause denkt Alexa über das zeitweise etwas mysteriöse Gespräch nach und versucht sich an die Familie Karstensen zu erinnern, kann aber keine Gesichter zuordnen. Der Älteste, der angeblich erschossen wurde, war demnach zwei oder drei Jahre älter als Olga. Ob sie sich an ihn erinnern kann? Die anderen waren jünger, könnten jetzt so Mitte bis Ende dreißig sein. Was meinte Frau Schiller mit »die sehen jetzt komisch aus«? Plötzlich hat Alexa eine Idee. »Das wäre doch …« Sie läuft beinahe gegen einen Laternenpfahl und eine alte Frau blickt ihr kopfschüttelnd nach, als sie mit schnellen Schritten in den Feldweg zu ihrem Haus einbiegt. Das will sie jetzt wissen. Zu Hause wehrt sie schimpfend die Hunde ab, die sie begrüßen, als wäre sie nicht eine Stunde, sondern ein Jahr weg gewesen. »Keine Zeit«, erklärt sie ihnen, »ich muss erst mal mit Olga reden.«

Olga war gerade in der Sonne eingeschlafen und sieht ihre Tante, die hastig auf sie einredet, verwirrt an. »Was ist mit Ronny und Silvio? Was weiß ich, wie die mit Nachnamen heißen – die stellen sich doch immer nur mit ihren Vornamen vor.« An die Familie Karstensen kann sie sich nur dunkel erinnern. »Ja, stimmt, da war noch ein älterer Bruder und es hieß, der wäre tot. Aber wer das erzählt hat – keine Ahnung. Mein Vater hat gesagt, das wäre Unsinn. Daran kann ich mich erinnern, weil der sich darüber aufgeregt hat, wie man solche Gerüchte verbreiten könne. Das wäre kapitalistische Propaganda und Volksverhetzung – na, weißt ja, was der immer so von sich gegeben hat, der hat seinen Staatsbürgerkundeunterricht gern zuhause weitergeführt. Und nun ist der doch tot? Hat Frau Schiller dir das gesagt?«

»Ja.« Ihre Tante erzählt, was sie von der alten Frau erfahren hat.

Olga ist jetzt auch neugierig. »Stimmt, das passt. Aber wie kriegen wir das raus? Offensichtlich wollen sie ja nicht erkannt werden.«

»Stimmt. Fragt sich nur, warum.« Alexa überlegt. Wen kann sie sonst fragen? Verdammt, warum ist Eileen nicht da, wenn man sie braucht. Einen verzweifelten Moment denkt sie an Moder, schüttelt dann aber über sich selbst den Kopf. Sie zieht die kleine Schublade auf, in der sie Visitenkarten und Zettel mit Telefonnummern aufbewahrt. Natürlich! Unser Dachdecker Axel wird die Familie gekannt haben. Und schon hat sie den Hörer in der Hand.

Axel kann sich nicht nur an die Familie erinnern, er bestätigt sogar alles, was Frau Schiller erzählt hat. Wer den Jungen und seinen Freund damals verraten hat, weiß er nicht, aber er kennt die Namen der Brüder.

Alexa hat es bereits geahnt. »Also tatsächlich unser schwules Pärchen, Ronny und Silvio.«

»Wieso ›schwules Pärchen‹?« Axel ist verwirrt. »Du, warte«, unterbricht er, als Alexa zu einer Erklärung ansetzt, »ich komm rum, dann erklärst du mir das! Mach mal schon einen Kaffee1«

Zehn Minuten später sitzen die drei unter dem Birnbaum und trinken Kaffee.

»Was ist denn nun mit den Karstensens? Sind die wirklich wieder im Dorf?«

Alexa erzählt, was sie von Frau Schiller gehört hat. »Silvio und Ronny geben sich als schwules Paar aus. Anscheinend hat sie außer der alten Frau tatsächlich niemand erkannt. Du ja auch nicht, oder?«

Der Dachdecker schüttelt den Kopf. »Nein, aber ich habe sie auch überhaupt noch nicht gesehen, seit ich wieder hier bin. Anscheinend gehen sie mir aus dem Weg.«

»Du hättest sie doch sowieso nicht erkannt. Als sie mit ihrer Mutter weggezogen sind, waren sie ja noch Kinder.«

»Aber ich habe sie auf der Beerdigung von eurem Vater getroffen. Da hab ich sogar mit ihnen gesprochen.«

»Wie bitte?« Alexa ist verblüfft. »Davon weiß ich ja überhaupt nichts. Die hätten mir doch auffallen müssen.«

»Nein, nicht unbedingt. Erinnere dich mal, wie viele Menschen da waren. Auf jeden Fall das ganze Dorf. Und da gehörten die beiden damals dazu, deshalb habe ich mir auch nichts dabei gedacht, sie dort zu treffen. Sie sahen ganz normal aus, haben sich nicht verkleidet und auch nicht verheimlicht, wer sie sind.«

»Kurz danach müssen sie wieder hergezogen sein«, rechnet Olga. »Mein Vater hat jedenfalls noch gelebt. Ich erinnere mich, dass er abfällig über sie gesprochen hat und sie mir schon deshalb sympathisch waren. Ich glaube, er hat so sinngemäß festgestellt, dass aus dem Westen nichts Gutes kommen kann, das seien alles Auswüchse einer faulenden Gesellschaft, dekadent und ... Wie auch immer, er hat sie wohl auch nicht wiedererkannt.«

»Ja, ja, wir wissen, was dein Vater so von sich gegeben hat, das musst du gar nicht wieder auffrischen«, unterbricht Alexa.

»Ich wollte damit auch nur sagen, dass er die beiden wohl nicht wiedererkannt hat«, verteidigt sich ihre Nichte.

»Ja, das stimmt allerdings.«

»Erinnerst du dich denn noch, worüber ihr bei der Beerdigung gesprochen habt?«, wendet sie sich an Axel. »Haben die gesagt, dass sie wieder herkommen wollen?«

Er lehnt sich zurück und stöhnt. »Also ehrlich, wie soll ich das jetzt noch wissen. Das ist bald zehn Jahre her.«

»Sieben«, korrigiert Alexa.

»Na trotzdem.« Er überlegt. »Wir haben auch nur kurz geredet, ich wollte los, musste ja noch nach Friesland fahren. Ich glaube, ich habe die beiden nur angesprochen, weil sie außer mir die einzigen nüchternen Menschen im Saal waren. Alle anderen waren doch total besoffen. Ihr eingeschlossen. Ihr habt euch mit eurem Bruder gezofft und mit Moder, dann gab es noch eine Prügelei – irgendeine Eifersuchtssache, es wurden ja die ganzen alten Geschichten wieder aufgewärmt. Es war ein Heidenlärm und als dann einer auf die Theke gekotzt hat, bin ich los.«

»Ja«, bestätigt Alexa zufrieden, »es war eine richtig schöne Beerdigung, wie sie unser Vater verdient hat.«

Olga hat nachdenklich zugehört und versucht, sich zu erinnern. »Du sagst, die ganzen alten Geschichten wurden wieder aufgewärmt – wurde dann auch über die Karstensens gesprochen? Ich meine, über den toten Bruder und wer ihn verraten hat?«

Axel stöhnt noch einmal, blickt von einer Frau zur anderen, dann beugt er sich vor und beginnt entschlossen zu reden. »Jeder im Dorf wusste, wer den Jungen verraten hat. Es war dein Vater«, richtet er sich an Olga. »Aus Respekt vor deinem Großvater wurde nur hinter vorgehaltener Hand darüber gesprochen. Der hat schon genug darunter gelitten und es brachte ja auch nichts mehr, ihn anzuzeigen. Jedenfalls hat sich wohl keiner gefunden, der es getan hat. Er wurde einfach nicht mehr beachtet im Dorf, nicht mal sein eigener Vater hat mit ihm gesprochen. Moder war sein einziger Freund, glaub ich.«

»Na ja, das ist an sich schon Strafe genug«, bemerkt Alexa.

»Und wir haben das gar nicht mitgekriegt«, überlegt Olga.

»Nein, ihr wart ja auch gar nicht mehr im Dorf. Und dann ist dein Vater gestorben und die Geschichte wurde allmählich vergessen.«

»Hoffen wir es«, seufzt Alexa. »Obwohl es eigentlich eine Schweinerei ist, dass der nie dafür bestraft wurde. Warum hat uns das niemand gesagt?«

»Hättest du ihn angezeigt?«, fragt Olga.

»Ich weiß nicht.« Alexa zögert. »Zumindest hätte ich ihm damit gedroht und ihm das Leben zur Hölle gemacht.« Sie sieht in die leeren Kaffeetassen. »Soll ich noch mal Kaffee machen oder wollt ihr was anderes? Saft vielleicht oder ein Bier?«

»Nein, lass mal. Ich will dann auch wieder los.« Axel winkt ab.

»Nun versuch doch noch mal, dich an die Beerdigung zu erinnern!«, bittet Olga. »Kann es nicht sein, dass Ronny und Silvio da erst erfahren haben, wer ihren Bruder verraten hat?«

Er zuckt mit den Schultern. »Das kann durchaus sein. Du weißt ja, wie die hier im Dorf so sind. Nüchtern sind sie maulfaul und überlegen sich jedes Wort, was sie sagen, und wenn sie besoffen sind, kommt dann alles raus.«

»Ja«, bestätigt Alexa, »deshalb gab es schon früher bei jedem Dorffest Schlägereien.«

»Nun denkt doch mal weiter!« Olga ist ungeduldig. »Die erfahren also, dass mein Vater die Schuld am Tod ihres Bruders trägt. Ein paar Monate später ziehen sie ins Dorf, sorgen dafür, dass sie niemand erkennt, und mein Vater fällt beim Angeln ins Wasser und ertrinkt.«

Alexa schluckt. »Du meinst … ja … das wäre ja …«, stottert sie.

Auch Axel überlegt. »Das würde passen«, gibt er zu. »Niemand hat was gemerkt. Und wenn doch, hat es jedenfalls niemand gesagt. Aber warum sind sie danach hiergeblieben?«

»Stimmt. Bevor sie doch noch jemand erkennt und sich Gedanken macht, zumal …«

»… und wenn sie sich an der ganzen Familie rächen wollten?«, unterbricht Alexa ihre Nichte.

Olga sieht sie entsetzt an. »Du denkst doch jetzt nicht an Eileen?«

»Unsinn!« Alexa schüttelt energisch den Kopf und springt auf. »Die taucht schon wieder auf, der ist nichts passiert.«

»Genau.« Auch Axel steht auf. »Warum sollen sie nicht hierbleiben. Ist doch ihre Heimat. Und außerdem scheint es ihnen hier ja gut zu gehen.«

Olga nickt etwas zweifelnd.

31

Am nächsten Morgen ist Alexa wieder allein zu Hause. Sie ist unruhig, hat schlecht geschlafen und braucht dringend jemanden zum Reden. Beinahe verzweifelt sieht sie zum Haus ihrer Schwester hinüber. Wenn Eileen doch bloß wieder da wäre!

Während sie den Hunden ihr Futter in die Näpfe füllt, hört sie draußen einen Motor. Was ist denn hier nur los? Sonst kommt tagelang nur der Briefträger, wenn überhaupt, und nun fährt hier ein Auto nach dem anderen vor.

Sabines Sohn hat sie gestern Abend kurz abgefertigt. Sie hat der Versuchung widerstanden, ihm ihre Meinung über sein Verhalten gegenüber seiner Mutter und den Geisteszustand der beiden mitzuteilen. Das ist Sabines Sache, außerdem weiß sie nicht, was die vorhat. Also hat sie ihm nur gesagt, worum Sabine sie gebeten hat und ist ins Haus gegangen, bevor er weiter fragen konnte. Der kommt bestimmt nicht wieder, oder?

Zögernd tritt Alexa aus der Haustür und sieht misstrauisch zu, wie ein junger Mann aus einem roten Kleinwagen steigt und zwischen den beiden Häusern hin und her blickt. Dann entdeckt er sie. »Hallo, wohnt hier die Familie Bradhering?«

Dem Dialekt nach könnte es ein weiterer Verwandter von Sabine sein. Die werden doch jetzt nicht alle hier aufschlagen?

»Mein Name ist Volker Lustig«, ruft er ihr zu, »ich komme aus Grimma.«

»Tut mir leid für dich«, murmelt Alexa, während sie langsam zum Tor geht. Laut sagt sie nur »Guten Tag!« und blickt ihn abwartend an.

»Ja – äh –«, gibt er dümmlich von sich, »mein Onkel und meine Tante waren früher, also bis kurz nach der Wende immer hier im Urlaub. Manfred und Gisela …«

»Ja, ich weiß.« Der Name kam ihr doch gleich bekannt vor. ›Richtig, Lustig hießen die, waren es aber nicht. Haben die Olga nicht ständig irgendwelche langweiligen Wälzer zum Lesen mitgebracht?‹ Typische Kollegen ihres Bruders, ebenso unsympathisch und nervig wie er selbst. Es gibt also keinen Grund, den Neffen oder was auch immer hineinzubitten, was dieser anscheinend erwartet.

Allerdings stürzen jetzt die Hunde aus dem Haus und er geht lieber einen Schritt zurück. »Ich wollte das auch nur abgeben«, erklärt er hastig und reicht Alexa einen großen Briefumschlag. »Ich verwalte den Nachlass meines Onkels, da habe ich das gefunden. Da steht der Name *Bradhering* drauf und dieser Ort und … Na, das sehen Sie ja. Da wir gerade in Zinnowitz im Urlaub sind …«

»Ja, danke«, unterbricht Alexa ihn. »Hätten Sie auch wegwerfen können, mein Bruder lebt schon lange nicht mehr. Trotzdem danke, dass Sie sich die Mühe gemacht haben. Schönen Urlaub noch!«

Sie wendet sich ab. Soll er doch denken, was er will, sie hat keine Lust, sich über ihren Bruder oder seine Freunde zu unterhalten. Dann wirft sie einen Blick auf den Umschlag und würde ihn am liebsten gleich in die Papiertonne werfen, nimmt ihn aber doch mit ins Haus und öffnet ihn. Als sie den Inhalt gelesen hat, brüht sie sich erst einmal einen Kaffee, setzt sich unter den Birnbaum und denkt nach. Dann ruft sie Olga an. »Bist du zu Hause?«

»Ja.«

»Dann komm her!«

Alexa beendet das Gespräch, ohne auf eine Antwort zu warten. Sie betrachtet noch einmal voller Abscheu den Brief, der jetzt auf dem Gartentisch liegt, kippt den Rest ihres Kaffees auf den Rasen und geht ins Haus, um sich ein Bier zu holen. Für Wodka ist es wirklich noch etwas zu früh. Oder?

Das Gleiche denkt auch Olga, als sie sich eine halbe Stunde später neben ihre Tante setzt und deren glasige Augen bemerkt.

Alexa deutet wortlos auf den Brief.

»Ach du Scheiße! Gib mir auch einen!« Olga trinkt mit einem kräftigen Schluck den Schnaps, den ihre Tante ihr immer noch schweigend eingegossen hat, schüttelt sich kurz und liest noch einmal. »Mein lieber, verehrter Vater war also wirklich bei der Stasi«, stellt sie dann fest.

Alexa nickt. Auch sie hat keinen Moment am Wahrheitsgehalt des Briefes gezweifelt. »Meinst du auch, Ronny oder Silvio haben ihn geschrieben?«

»Das wäre gut möglich. Aber dann haben sie ihn ja wohl nicht ermordet. Ich meine, wer kündigt einen Mord vorher schriftlich an? Das wäre nun wirklich dämlich.«

»Hältst du das für einen Zufall? Da steht *Du könntest beim Angeln mal ins Wasser fallen* und dann fällt er beim Angeln ins Wasser und ertrinkt.«

»Vielleicht wollte er den Brief gleich danach vernichten und hat ihn nicht gefunden, weil dein Vater ihn diesem Sachsen zur Aufbewahrung gegeben hat.«

»Mhm. Woher hast du ihn überhaupt?«

Alexa erzählt, wie sie zu dem Brief gekommen ist. »Er hat ihn seinem besten Freund mitgegeben, deinem Lieblingsgast. Weißt du noch, das war der, der dir immer so schöne Bücher geschenkt hat.«

Olga nickt grimmig. »Das muss kurz vor dem Unfall gewesen sein, als er zum letzten Mal hier war. Und der hat den Umschlag dann irgendwohin gepackt und vergessen. Oder er hat keinen Zusammenhang gesehen zwischen dem Brief und dem Tod meines Vaters. Obwohl da ja draufsteht: *Im Falle meines Todes zu öffnen*. Vielleicht hat er gar nicht erfahren, dass der gestorben ist.«

»Oder er wollte da nicht reingezogen werden, weil er selbst bei der Stasi war.«

»Ja, das glaube ich sofort.« Olga überlegt und betrachtet das Schriftstück noch einmal gründlich. »Meinst du, man könnte herausfinden, wer das geschrieben hat?«

»Ich weiß nicht. Vielleicht, wenn man seine Akte einsehen und feststellen könnte, wen er verraten hat.

Womöglich war der Bruder von Ronny und Silvio nicht der Einzige. Aber da steht ja nicht einmal, wie der Briefschreiber zu demjenigen stand. Nur: *Du bist schuld am Tod eines Menschen.* War es sein Vater, sein Sohn, sein Bruder, sein Freund …«

»Mutter, Tochter, Frau, Freundin«, ergänzt Olga.

»Ja. Die Polizei könnte es herausfinden. Immerhin ist der Brief mit der Hand geschrieben, es wäre also ziemlich einfach. Aber – willst du es wissen?«

»Ich weiß nicht. Eigentlich würde ich die Vergangenheit lieber ruhen lassen, wie man so schön sagt. – Du glaubst nicht, dass der Brief etwas mit Eileens Verschwinden zu tun hat, oder?«

»Wie bitte?« Alexa fährt hoch und sieht ihre Nichte beinahe wütend an. »Wie kommst du denn darauf?«

»Ist ja gut, ich dachte nur an den Einbruch in Eileens Haus. Vielleicht hat da jemand den Brief gesucht und Eileen hat ihn erwischt, als er zum ersten Mal da war. Überleg doch mal, dann war es nicht nur ein Einbrecher, sondern ein Mörder. Und wer einmal mordet …«

»Hör auf, du spinnst doch! Du liest zu viele Krimis. Eileen ist nichts passiert, die kommt schon wieder.«

»Na klar, das war Blödsinn«, beschwichtigt Olga ihre Tante und sich selbst. »Und wenn wir jetzt zur Polizei gehen, wecken wir nur schlafende Hunde. Muss ja nicht jeder wissen, was mein Vater gemacht hat, das fällt schließlich auch auf uns zurück.« Sie schüttelt den Kopf, als Alexa zur Wodkaflasche greift. »Ich nicht mehr, ich muss nach Hause. Ich habe morgen eine Fahrt. Lass uns erst mal in Ruhe über alles nachdenken, vielleicht fällt uns ja noch jemand anderes ein, der den Brief geschrieben haben könnte. Oder wer im Dorf etwas darüber wissen könnte.«

Als Olga weg ist, füllt Alexa ihr eigenes Glas noch einmal. Sie trinkt langsam und mit Genuss und überlegt, während ihr Blick auf dem schadhaften Rohrdach ruht. Dabei denkt sie über ihr gestriges Gespräch nach und über Axel, den Dachdecker. Sie sollte noch einmal mit ihm reden. Sicher hat er inzwischen auch nachgedacht und vielleicht ist ihm noch etwas eingefallen. Anscheinend weiß er ja mehr über ihren Bruder als sie selbst.

Axel war nicht nur Lehrling bei ihrem Großvater, sondern auch ein enger Vertrauter. Er und sein Vater gehörten jahrelang fast zur Familie. Während sie zum Haus geht, um die Telefonnummer herauszusuchen, erinnert sie sich an den Tag, als Axels Vater tödlich verunglückte. Er war ein fröhlicher Mann, der gern trank und gern Witze erzählte, vor allem politische Witze. Dabei war er schon ins Visier der Stasi geraten, als er sich weigerte, zur Wahl zu gehen und das auch begründete. Er hatte dafür einige Wochen in Untersuchungshaft zugebracht und war danach etwas vorsichtiger mit seinen Meinungsäußerungen. »Nie wieder«, hatte er zu seinem Meister gesagt, daran erinnert Alexa sich genau. An dem Vormittag, als er vom Dach stürzte, soll ein dunkles Auto vor seinem Haus gestanden haben. Er konnte es vermutlich von dem Dach, auf dem er stand, sehen. Es gab Gerüchte damals. Von Selbstmord war die Rede, von »anscheißen«, sogar die Zwillingsschwestern haben ein paar böse Blicke aufgefangen, aber sie haben damals nicht mehr im Dorf gewohnt und sich nicht viel darum gekümmert. In der Familie wurde nie darüber geredet. Hat ihr Vater danach überhaupt noch mit ihrem Bruder gesprochen? Alexa weiß es nicht. Sie blickt auf die Karte mit der Telefonnummer, die Axel ihr gegeben hat. Dann legt sie sie langsam wieder in die Schublade und geht zurück in den Garten.

32

»Ich habe so was von überhaupt gar keine Lust«, zetert Olga, während sie ein paar Zeitschriften, leere Gläser und einen vollen Aschenbecher beiseiteschiebt, um Platz zu schaffen für ihr Frühstück – einen großen Becher Kaffee und eine Scheibe Toast mit Käse. »Lieber würde ich heute die Wohnung putzen, sogar die Fenster, nötig wäre es.«

Tammes kommt barfuß hereingetapst. »Ich finde meine Latschen nicht«, mault er, »die hat Wladimir weggeschleppt und versteckt.«

Olga grinst, das heitert sie etwas auf. Sie streichelt dem Hund über den Kopf, der neben ihr auf dem Sofa liegt, sich schlafend stellt und nur vorsichtig mit einem Auge zu Tammes schielt.

»Der denkt, wenn deine Schuhe weg sind, bleibst du im Bett und lässt ihn in Ruhe«, erklärt sie. »Er will nicht von dir durch den Ort geschleift werden.«

»Blödes Vieh!«, murrt Tammes und lässt sich gegenüber von Olga in einen Sessel fallen. »Ich will doch nur, dass er ein bisschen Bewegung kriegt. Nur fressen und schlafen kann ja nicht gesund sein.«

»Ach, was sind denn das für neue Erkenntnisse? Guckst du dir neuerdings Gesundheitsratgeber im Fernsehen an?«

»Nein, so was weiß man eben.« Er betrachtet den Tisch, nimmt den Aschenbecher und zwei leere Gläser und geht damit in die Küche.

Olga blickt ihm nachdenklich hinterher. ›Irgendwie hat er sich verändert. Hat er womöglich abgenommen? Sein Gesicht sieht nicht mehr so aufgedunsen aus‹, fällt ihr jetzt auf. Und er sieht gepflegter aus. Jetzt kommt er tatsächlich mit einer Schale Joghurt mit frischem Obst zurück und setzt sich wieder an den Tisch. »Bist du krank?«

»Nein, ich will es aber auch nicht werden. Olga, ich werde nächste Woche fünfundvierzig, ich kann doch noch was aus meinem Leben machen, oder?«

»Klar, kannst du das. Falls du deinen Arsch vom Sofa hochkriegst.« Als sie das gesagt hat, fällt ihr ein, dass er das ja schon getan hat. Er geht neuerdings einkaufen und mit dem Hund spazieren. Wer weiß, was er sonst noch so treibt, wenn sie unterwegs ist. Ist das nun gut oder schlecht für sie? Sie hat sich zwar täglich über seine Faulheit und Schlamperei geärgert, aber sie hatte sich daran gewöhnt. Und aus Erfahrung weiß sie, dass Dinge, die sich ändern, meist nicht besser werden. Olga hat es gern, wenn immer alles schön beim Alten bleibt. »Du könntest dich zum Beispiel mal um den Haushalt kümmern«, versucht sie, der Situation einen Nutzen abzugewinnen. »Aufräumen, Staub saugen, wischen, Fenster putzen.«

Missmutig sieht er sich um. »Wenn du meinst, dass das nötig ist … Aber man muss nun auch nicht gleich übertreiben.«

»Na, du kannst ja mal langsam anfangen. Vielleicht …«

Tammes ist froh, als sein Telefon klingelt, bevor Olga ihm völlig die Laune verdirbt. »Nein, mein Freund, ich bin allein, Olga ist schon arbeiten. Einer muss ja die Brötchen verdienen, nicht?« Er lacht ein bisschen gekünstelt, bedeutet Olga, still zu sein und formt lautlos das Wort »Moder«.

Sie kraust die Stirn. Das entwickelt sich doch wohl nicht zur dauerhaften Beziehung zwischen den beiden?! Sie haben von dem Makler erfahren, was sie wollten, und nun wäre es ihr am liebsten, gar nichts mehr von ihm zu hören oder zu sehen. Schon gar nicht am frühen Morgen, wenn sie wegen der bevorstehenden Fahrt sowieso schlecht gelaunt ist.

»Willst du mich erpressen?«, fragt Tammes jetzt ehrlich erstaunt. Er hört noch eine Weile zu, dann beendet er das Gespräch mit dem Versprechen, zurückzurufen. »Ich muss erst mal darüber nachdenken. – Nein, natürlich erzähle ich Olga nichts davon, bist du verrückt, die würde mich erschlagen.« Er grinst seine Lebensgefährtin an. »Ja, klar habe ich Angst vor ihr. Du etwa nicht? – Solltest du aber. – Nein, nein, das ist keine Drohung«, versichert er. »Ja, bis später.«

»Was war das denn?«, wundert sich Olga. »Womit will der dich erpressen?«

»Na, mit dem Unfall, den ich angeblich verursacht habe. Ich habe ihm erzählt, ich hätte jemanden überfahren. Da habe ich überhaupt nicht mehr dran gedacht. Der hat mir das tatsächlich geglaubt, der Idiot.« Er schüttelt fassungslos den Kopf. »Wenn ich dich nicht dazu bringe, ihm das Bootshaus zu verkaufen, würde er zur Polizei gehen und mich anzeigen.«

»Ja, lass ihn doch!« Olga trinkt den letzten Schluck Kaffee und steht auf. »Dann haben die doch auch mal was zu lachen. Es wird ja nicht gerade zu der Zeit einen Unfall mit Fahrerflucht gegeben haben.«

»Das Problem ist nur, ich hätte überhaupt nicht fahren dürfen. Selbst, wenn die mir glauben, dass ich stocknüchtern war, als ich ankam. Wenn der mich anzeigt, kriege ich meinen Führerschein nie wieder.«

»Tammes, du nimmst doch nicht an, dass die ihm noch ein Wort glauben, wenn der den Quatsch mit dem Unfall erzählt. Ich sage einfach, ich hätte dich dahin gefahren. Alexa ist Zeugin, dass du nicht einen Meter selbst gefahren bist. Der blamiert sich nur wieder. Aber das ist er ja gewöhnt.« Sie stellt ihr Geschirr in die Spüle und geht ins Bad, um sich als »alte Lady« zurechtzumachen.

Tammes folgt ihr auf dem Fuß. »Also sag ich ihm, er soll machen, was er will, du verkaufst ihm nichts.«

»Sag erst mal gar nichts. Du brauchst ja schließlich auch etwas Zeit, um mit mir zu reden. Ich muss erst mal darüber nachdenken.«

»Über was?«

Olga ist fertig, nimmt ihre Tasche und sieht Tammes genervt an. »Ich muss jetzt los. Wir reden heute Abend weiter. Du kannst ja schon mal Alexa anrufen und sie instruieren, sicherheitshalber. So, Wladimir, komm! Wir gehen Bus fahren.«

Erleichtert springt der Hund vom Sofa und folgt seinem Frauchen, mit einem verächtlichen Seitenblick auf den Hausherrn.

Am späten Nachmittag sind Olga und Wladimir zurück. Ein wenig früher als geplant, der Verkehr hat schon abgenommen, den Stau, den Olga eingeplant hatte, gab es nicht. »Die sind so bescheuert«, beklagt sie sich bei Tammes, während sie die Schuhe abstreift und die Ecke feuert, »da meckern die rum, weil wir eine Stunde zu früh wieder hier sind. Hätten wir eine Stunde im Stau gestanden, wären sie zufrieden.«

»Du hättest ja noch einen Bogen über Benz fahren können«, schlägt er vor, aber sie fällt ihm gereizt ins Wort.

»Hätte, hätte … ich hatte aber keine Lust. Basta!«

»Na ja, das ist immer so am Saisonende, im Herbst«, gibt Tammes sich versöhnlich. »Man kann die Gäste nicht mehr sehen.«

»Ich mag die auch im Frühling am Saisonanfang nicht sehen. Und im Winter schon gar nicht.« Sie geht ins Bad.

Als Olga nach einer halben Stunde geduscht und umgezogen ins Wohnzimmer kommt, blickt Tammes sie vorsichtig prüfend an. Sie sieht immer noch wütend aus. Ob ihr auffällt, dass er aufgeräumt und den Boden gewischt hat? Wenn, dann lässt sie sich jedenfalls nichts anmerken. »Ich hab dir was vom Chinesen geholt: Ente süß-sauer. Steht schon in der Mikrowelle.«

»Danke.« Das klang schon beinahe freundlich und nachdem sie gegessen hat, ist Olgas Laune auch etwas besser.

»Ich habe mich übrigens für den Idiotentest angemeldet. Über Winter hole ich mir meinen Führerschein wieder, dann kann ich im nächsten Jahr wieder fahren. Dann hast du auch nicht mehr so viel Stress. Du brauchst dann nur noch quatschen. Was hältst du davon?«

»Gar nichts. Ich mag nicht quatschen. Können wir es nicht umgekehrt machen? Ich fahre und du redest?«

»Wenn du meinst?!« Begeistert ist er nicht.

»Ich muss dir da noch was erzählen. Ich habe inzwischen eine kleine Nebeneinnahme, genauer gesagt, wir haben eine Nebeneinnahme, Eileen, Alexa und ich.« Olga erzählt von Else und Alma und Tammes staunt.

»Das ist ja eine Superidee! Warum hast du mir noch nie was davon erzählt?«

Sie sagt nicht, dass sie keine Lust hatte, mit ihm zu teilen, und dass er auch nicht wissen sollte, wie viel sie verdient. Vielleicht war es ja Blödsinn. Wenn sie wirklich mal eine einsame Insel finden sollte, sagt sie es Tammes einfach und geht. Er hat bestimmt Verständnis dafür. Nur, dass die einsame Insel nur in ihren Träumen existiert.

»Das lässt sich doch bestimmt noch ausbauen«, überlegt er jetzt. »Man könnte zum Beispiel Fisch räuchern. Eileen kann sich als alte Fischerfrau ausgeben – vielleicht kann sie sich auch als Mann verkleiden.«

»Nun übertreib mal nicht gleich wieder!«, bremst Olga ihn.

»Ich muss unbedingt mit Alexa darüber reden …«

»Übrigens, hast du sie angerufen, wegen Moder?«

»Ja, das geht in Ordnung. Sie will sagen, dass ich gar kein Auto habe, was ja auch stimmt, und dass ich von ihr aus zu Fuß zu Moder gegangen und auch wieder zurückgekommen bin. Und sie will ihm bei Gelegenheit kräftig in den Arsch treten.«

»Gut, dann wäre das ja klar. Ich muss auch noch mal mit ihr reden. Ich überlege nämlich, dass man ihm das Bootshaus ruhig verkaufen könnte. Das ist nämlich nur ein halbzerfallener

Bretterschuppen und es gehört überhaupt kein Grundstück dazu. Ich glaube, das ist sogar Naturschutzgebiet und gehört der Gemeinde oder dem Land, was weiß ich. Als mein Großvater den Schuppen außerhalb seines Grundstückes gebaut hat, hat das keinen Menschen interessiert. Aber das weiß dieser Trottel von einem Makler natürlich nicht. Ich bezweifle, dass der eine Flurkarte richtig lesen kann. Vielleicht lässt sich da ja etwas draus machen, Alexa wird das wissen.«

»Sicher weiß sie das. Aber das lässt sich schlecht am Telefon besprechen. Lass uns doch schnell hinfahren!« Er ist schon halb aufgestanden.

»Ach komm, nun mach hier keinen Stress! Ich fahre heute nirgendwo mehr hin. So eilig ist es nun auch wieder nicht.«

»Na gut.« Etwas enttäuscht setzt er sich wieder hin. »Soll ich dir einen Kaffee machen?«

»Gute Idee.«

Als er mit zwei Tassen Kaffee zurück ins Zimmer kommt, ist ihm etwas eingefallen. »Was hältst du davon, wenn wir meinen Geburtstag in Ententeich feiern? Das Wetter soll doch vorläufig so bleiben, da könnten wir grillen.«

»Ach ja, das ist ja schon nächste Woche. Von mir aus.« – ›Dann ist Eileen hoffentlich auch wieder da‹, denkt Olga. ›Wo mag die sich nur herumtreiben? Ob ein Kerl dahintersteckt? Aber das hätte Alexa mitkriegen müssen.‹ – »Am besten ist, du besprichst das mit Alexa. Dann kauf ich Getränke ein und bestelle Fleisch und Wurst, ich bezahle das, das ist dann mein Geburtsgeschenk. Mir fällt sowieso nichts anderes ein.«

»Gut, so machen wir das.« Tammes sieht den Hund an. »Was ist, Wladimir? Du brauchst dich gar nicht schlafend stellen, wir gehen jetzt Gassi.« Wladimir winselt und sieht sein Frauchen hilfesuchend an.

»Geh alleine Gassi und lass das Tier in Ruhe! Der kann doch nichts dafür, dass du jetzt dauernd Stress machst. Schlaf ruhig weiter, Wladimir!« Sie lehnt sich zurück, legt die Füße auf den Tisch, schließt die Augen und träumt von ihrer einsamen Insel mitten in der Ostsee. Achterwasser würde ihr auch reichen.

33

›Wäre schade, die vergammeln zu lassen‹, denkt Alexa und betrachtet eine Kiste mit Äpfeln, die sie unter dem Baum aufgesammelt hat. ›Vielleicht fahre ich mal zur Mosterei. Oder ich füttere die Pferde damit.‹ Sie nimmt einen schönen roten Apfel, reibt ihn an der Hose sauber und beißt hinein.

»Frau Bradhering!«

Sie dreht sich um, als sie ihren Namen hört und kneift die Augen ein bisschen zusammen, weil sie nicht gleich erkennt, wer dort am Tor steht. Den Hunden scheinen die Leute nicht zu gefallen, sie rennen zum Zaun und bellen wütend. Das ist kein gutes Zeichen. Normalerweise sind sie recht friedlich, besitzen aber einen guten Instinkt für Menschen und spüren, wenn jemand etwas Schlechtes vorhat.

Erst als sie näherkommt, erkennt Alexa den Polizisten wieder. Er war es auch, der ihr die Nachricht gebracht hat, dass das Boot gefunden wurde, und war dabei sehr freundlich, beinahe besorgt. Etwas schüchtern folgen ihm zwei Jugendliche. Der Uniformierte grinst, als er ihr die beiden jungen Männer vorstellt, deren Namen sie auch gleich wieder vergisst.

Dafür betrachtet sie sie gründlich. ›Das sind ja noch halbe Kinder, wahrscheinlich noch nicht mal volljährig. Wie Verbrecher sehen sie wirklich nicht aus‹, denkt Alexa. Der Kleinere ist dunkelhaarig, sehr dünn und glaubt vermutlich, der Flaum am Kinn lässt ihn männlicher aussehen, was aber nicht der Fall ist. Der andere ist etwas größer, eher dicklich als kräftig, hat kurzgeschorene, rötliche Haare und ein rundes Kindergesicht. Beide können ihr nicht in die Augen sehen.

»Das ist Frau Bradhering, der ihr das Boot geklaut habt«, erklärt der Polizist. »Habt ihr was zu sagen?«

»Tut uns leid!«, nuschelt der Größere und sieht zu den Hunden. »Kommt nicht wieder vor.«

»Na, das hoffe ich doch!« Alexa schüttelt den Kopf. »Was sollte der Scheiß? Wie seid ihr überhaupt auf die Idee gekommen?«

»Nicht von allein«, sagt der Polizist, als die beiden schweigen. »Nun los, erzählt schon! Das ist nämlich ganz interessant«, wendet er sich an die Frau.

»Ach ja?« Alexa sieht die beiden neugierig an.

Dem Dicken steht der Schweiß auf der Stirn und der andere räuspert sich ein paar Mal, es kommt aber nichts weiter heraus.

Sie schickt die Hunde ins Haus, die immer noch leise knurren, dann öffnet sie das Tor. »Kommt rein! Setzt euch dahin!«, weist sie an und zeigt auf den Tisch unter dem Birnbaum. Dann holt sie eine große Flasche Wasser und drei Gläser. Sie wartet, bis der Mann und seine Begleiter getrunken haben, dann fordert sie die Jungs auf: »So, ich höre?!«

Sie muss noch eine Flasche Wasser holen und immer wieder nachfragen, aber dann weiß sie, was geschehen ist. Die beiden, die aus einem Dorf in der Nähe stammen, sind in Lauben und Bootshäuser eingebrochen, die nur am Wochenende genutzt wurden. Dabei haben sie Kleinigkeiten gestohlen, meist alkoholische Getränke. Den Bootsschuppen neben Alexas Grundstück haben sie nur zufällig entdeckt. »Wir wollten wirklich nichts stehlen«, versichert der Kleinere, »das war ja zu sehen, dass da nichts zu holen ist. Wir sind nur aus Neugierde mal reingegangen.«

»Außerdem war der gar nicht abgeschlossen«, ergänzt der Zweite.

»Und dann stand dieser Mann auf einmal da.« Wieder der Dunkelhaarige.

»Was für ein Mann?«, fragt Alexa gespannt. Sie hat so eine Ahnung, als ihr einfällt, was Tammes erzählt hat.

»Na, so ein dicker, blonder. Seinen Namen hat er nicht gesagt.«

»Wie alt?«

»Keine Ahnung – schon etwas älter – vierzig oder so vielleicht.«

Der Mann, Alexa ist sich sicher, dass es Moder war, hat den beiden zunächst mit der Polizei gedroht, ihnen dann aber vorgeschlagen, bei Alexa oder Eileen, am besten, bei beiden, einzubrechen. »Das sind nur zwei böse alte Weiber«, hat er den Jungs erzählt, »ich habe mit denen noch eine Rechnung offen. Da gibt es bestimmt etwas zu holen und je mehr Schaden ihr anrichtet, desto besser.« Das Boot hat er auch erwähnt. »Vielleicht findet ihr ja den Schlüssel, dann könnt ihr eine schöne Spritztour machen. Fahrt einfach den Tank leer und lasst es dann irgendwo liegen.«

Alexa kneift die Lippen zusammen und schluckt. Dieses Schwein! Aber das soll ihm leidtun! »Seid ihr auch in das Haus da drüben eingebrochen und habt den Dachboden durchsucht?«, fragt sie weiter.

Die Jungs schütteln vehement die Köpfe. Das haben sie sich dann doch nicht getraut, in die Häuser einzubrechen, zumal die Hunde angeschlagen haben, sobald sie das Grundstück betraten. Aber sie haben sich das Boot angesehen und festgestellt, dass der Schlüssel steckte. Der Dicke, dessen Vater ein ähnliches Boot hat, kann damit umgehen, und so haben sie tatsächlich eine Spritztour unternommen. Allerdings wäre es beinahe sehr böse ausgegangen, denn sie haben zu zweit eine Flasche geklauten Whisky ausgetrunken, und als der Tank leer war, waren sie voll. Und trieben zwischen der Greifswalder Oie und Rügen auf der Ostsee.

»Der Idiot wollte an Land schwimmen«, erzählt der Rothaarige aufgebracht und weist auf seinen Kumpel. »Ich hatte echt zu tun, ihn daran zu hindern. Der wäre doch glatt ersoffen.« Zum Glück für die beiden ist am Morgen ein Segelboot vorbeigekommen und hat sie aus der Seenot gerettet.

»Das war ein Einheimischer«, setzt jetzt der Polizist fort. »Erst hat er ihnen geglaubt, dass das Boot ihrem Vater gehört, aber dann hat er von dem Diebstahl erfahren und uns den Vorfall gemeldet. Da die beiden Schlaumeier sich freundlicherweise immer mit Nachnamen ansprechen, haben wir sie auch schnell gefunden. Nun wüssten wir nur noch gern, wer der nette Tippgeber war. Ich nehme an, Sie können uns da helfen?«

Alexa sieht ihn unschuldig an. »Tja, ich habe so einen vagen Verdacht, aber ich will natürlich niemanden zu Unrecht beschuldigen. Ich müsste doch noch mal darüber nachdenken.«

»Na dann«, der Beamte steht auf. »Abgang, Jungs! Oder wolltet ihr noch was sagen?«

»Ja. Es tut uns wirklich leid, ich schwör's.« Diesmal klingt es ehrlich, was der Größere sagt und der Kleine nickt verlegen.

»Wir füllen Ihnen den Tank auch wieder auf«, meint dieser.

»Na, schon gut. Haut bloß ab!«

Der Polizist gibt Alexa die Hand. »Wiedersehen. Und wenn Sie sich dann mal sicher sind, wem sie das Ganze zu verdanken haben, melden Sie sich! Wir würden uns gern mal mit dem Herrn unterhalten.«

»Aber auf jeden Fall«, versichert Alexa, »verlassen Sie sich drauf. Und schönen Dank übrigens. Ach – wollen Sie sich ein paar Äpfel mitnehmen?«

34

Sabine will die letzten Tage, die sie hier ist, noch richtig ausnutzen und fährt jeden Tag zum Strand an die Ostsee. Sie hat sich in Bansin einen Strandkorb gemietet. Was sie danach so treibt, weiß Alexa nicht, denn meist kommt Eileens Untermieterin erst spät zurück.

»Vielleicht hat sie sich doch einen Kerl aufgerissen«, scherzt Olga. »Schon damit sie nicht zu ihrem Sohn zurückmuss.«

»Oder sie will mir aus dem Weg gehen.« Alexa ist heute wieder Alma und die beiden Frauen sind ins Haus gegangen, um Nachschub zu holen. Sie haben sich so viel zu erzählen, da bleibt kaum Zeit, sich um die Gäste zu kümmern. Aber das müssen sie auch nicht, denn Tammes ist heute mitgekommen und erledigt das für sie. Er unterhält die Gäste hervorragend und kurbelt bei der Gelegenheit sogar den Umsatz an.

»Den hättest du schon viel früher mitbringen sollen«, mosert Alexa. »Ich glaube, du weißt ihn gar nicht zu schätzen.«

»Ja, ja, ich weiß. Er ist ein reiner Engel. Du wirst ihm noch mal einen Heiligenschein aufsetzen. Aber du solltest ihn zu Hause sehen, wie er auf dem Sofa herumhängt, inmitten des ganzen Chaos, das er verursacht hat.«

»Aber das liegt doch an dir. Der Mann braucht einfach klare Ansagen. Er macht doch alles, was man ihm sagt.«

Olga hat keine Lust, weiter über Tammes zu diskutieren, sie hat ganz andere Probleme. »Warum glaubst du, dass Sabine dir aus dem Weg geht? Denkst du, sie hat Angst, sich zu verquatschen? Offenbar weiß sie ja wohl mehr, als sie sagt.«

»Ja, obwohl ich manchmal denke, sie weiß weniger, als sie sagt. Die redet die ganze Zeit, wenn sie da ist, aber nur dummes Zeug. Abgesehen davon, dass ich nur die Hälfte verstehe von dem Gemautsche.« Alexa blickt prüfend eine Flasche an, schüttelt sie ein wenig und wiegt zweifelnd den Kopf. »Übrigens«, fällt ihr ein, »sie behauptet, in Eileens Haus wäre eingebrochen worden. Und nicht zum ersten Mal. Eileen hat auch schon mal gesagt, da wäre jemand auf dem Dachboden gewesen. Warum hat die dumme Gans mir das nicht erzählt?«

»Weil ihr euch gerade gestritten hattet«, vermutet Olga. »Was wurde denn geklaut?«

»Das ist es ja – gar nichts.«

Die Frauen sehen sich an.

»Der Brief?« Olga erschrickt bei dem Gedanken.

»Ja, war auch meine erste Idee. Sabine hat aber Moder in Verdacht. Sie hat ihn hier herumschleichen sehen.«

»Der könnte von dem Verrat gewusst haben. Vielleicht wollte er Eileen damit erpressen.«

»Das hätte sie uns doch erzählt. Außerdem hätte sie ihn dann umbringen müssen und nicht umgekehrt.«

»Stimmt.« Olga überlegt kurz. »Und wenn Moder von dem Brief wusste? Mein Vater könnte ihm den gezeigt haben. Vielleicht hat er auch Ronny und Silvio erkannt und will die erpressen?«

»Das wäre möglich. Wir reden noch mal darüber. Jetzt müssen wir wieder raus.«

Sie haben Flaschen und Gläser in eine alte Holzkiste gestellt. An der Tür bleibt Alexa kurz stehen, zieht ihr Kopftuch etwas weiter ins Gesicht, macht einen Buckel und räuspert sich, um ihre Stimme zu verstellen. Während sie die Tür öffnet, flüstert Alma noch schnell: »Ich muss dir aber noch was Wichtiges erzählen!«

›Na toll! Da reden sie die ganze Zeit über so unwichtige Dinge wie Tammes, Sabine und Moder und dabei weiß Alexa wahrscheinlich etwas Neues von Eileen‹, glaubt Olga. Sie bemüht sich gar nicht erst, ihre Gäste anzulächeln oder sich gar mit ihnen zu unterhalten. Für die Freundlichkeit ist Tammes heute zuständig.

Der verkostet jetzt unter reger Anteilnahme der umstehenden Gäste Almas selbst gemachten Kirschlikör. Für einen ganz kurzen Moment reißt er entsetzt die Augen auf und sieht Alexa ungläubig an, dann hat er sich wieder unter Kontrolle. »Wunderbar«, lobt er und leckt sich die Lippen. »So etwas Gutes habe ich in meinem ganzen Leben noch nicht getrunken. Ich würde der alten Frau am liebsten den ganzen Bestand abkaufen, aber falls von Ihnen jemand etwas möchte, lasse ich Ihnen natürlich den Vortritt. Der Gast ist König!« Unauffällig kippt er den Rest aus seinem Glas hinter sich in die Hecke und zischt Olga zu: »Ihr habt sie doch nicht alle, das ist Körperverletzung!«, während er die Gäste weiterhin fröhlich anlächelt.

Nach einer halben Stunde, für Olga eine gefühlte Ewigkeit, gelingt es ihr endlich, Alexa wieder allein zu sprechen. »Nun erzähl schon! Weißt du was von Eileen?«

»Nein, nichts Neues. Aber ich weiß, wer das Boot geklaut hat und wer dahintersteckt.« Sie berichtet von ihrem gestrigen Besuch.

»Moder!«, sagt Olga nur, noch bevor ihre Tante den Verdacht geäußert hat.

»Ja, das denke ich auch. Ich würde allerdings gern persönlich ein paar Worte mit ihm reden, bevor ich ihn anzeige. Vielleicht fällt uns ja auch noch irgendetwas anderes ein, mit dem wir ihn drankriegen können. Das war ja nur Anstiftung, und die beiden Jungs sind auch nicht gerade die hellsten Kerzen auf der Torte, da windet der sich womöglich noch raus. Ich wollte Tammes noch mal fragen, was der ihm so alles erzählt hat. Wäre doch schön, wenn wir etwas finden, was den gleich in den Knast bringt. Verdient hat er es mit Sicherheit.«

»Aber so was von!«, ist Olga überzeugt. »Das wäre dann artgerechte Haltung, quasi.«

»Sprecht ihr von meinem Freund Moder?« Tammes ist an die beiden herangetreten. Er zeigt auf die Uhr. »Ich würde gern ein wenig mit euch plaudern, aber ich fürchte, wir müssen los.«

»O Gott, ja.« Olga erschrickt. »Ich erzähl es ihm zu Hause, falls ihm etwas einfällt, rufe ich dich an. Hat er eigentlich schon was von seinem Geburtstag gesagt?«

»Ja klar, ich freu mich drauf!«

Zehn Minuten später verschwindet der Bus in einer Staubwolke. Alexa befreit sich erst einmal von Kopftuch, Perücke und Kittelschürze, dann räumt sie die wenigen Flaschen und Gläser ins Haus, die noch übriggeblieben sind. Das hat sich mal wieder gelohnt. Von dem Kirschlikör ist nicht eine Flasche mehr da.

Die Hunde sind gerade über das Grundstück gelaufen und haben Hansjürgen auf den Birnbaum gejagt, da fährt schon wieder ein Auto vor. Neugierig beobachtet Alexa, wie das Ehepaar, das sie bei Eileen, beziehungsweise bei Else, mehrmals gesehen hat, am Nachbargrundstück klingelt. Also wissen sie wohl nicht, dass Eileen weg ist. Sie scheinen ziemlich aufgeregt, wie sie da mit den Armen fuchteln, laut miteinander diskutieren und wieder ausdauernd auf den Klingelknopf drücken. »Huhuu, Frau Braaadhering!«, johlt die Frau jetzt mit unangenehm hoher Stimme.

Alexa holt sich ein kühles Bier aus dem Haus und setzt sich damit auf ihren Lieblingsplatz, die Hollywoodschaukel unter dem Birnbaum, und wartet ab. Neugierig ist sie zwar, aber das müssen die ja nicht merken.

Es dauert auch nicht lange, dann hat die Frau sie entdeckt. »Dürfen wir näherkommen?«

Das deutliche »Nein!« von Alexa hat sie wohl nicht gehört, oder sie ignoriert es einfach. ›Warum hab ich die Hunde nur wieder eingesperrt?‹, überlegt die, als die beiden vor ihr stehen.

Die dicke Frau hat schon eine Stuhllehne angefasst, nur der Blick der Hausherrin hindert sie daran, sich einfach hinzusetzen. »Wir sind nämlich Ihre neuen Nachbarn«, verkündet sie stattdessen.

Alexa bekommt einen Hustenanfall und spuckt das Bier in hohem Bogen ins Gras. Vor Schreck hat sie sich verschluckt.

Die Frau ist einen Schritt zurückgetreten und der Mann bleibt hinter ihr stehen. »Sind Sie hier zu Gast?«, fragt er dann unsicher.

»Nein, ich bin hier nicht zu Gast. Ich wohne hier!«

»Das ist aber seltsam. Frau Bradhering hat gesagt, hier wohnt nur eine ganz alte, alleinstehende Frau.«

»Hat sie das gesagt? Was hat sie denn sonst noch so gesagt?« Alexa hat ihre Fassung wiedergewonnen. Natürlich hat Eileen ihr Haus nicht verkauft. Sie hat diese Trottel offensichtlich hereingelegt.

»Wo ist sie denn überhaupt?«, antwortet der Mann jetzt mit einer Gegenfrage.

»Im Pflegeheim«, erwidert Alexa nach kurzer Überlegung. »Ich habe sie einliefern lassen. Sie war nämlich nicht mehr ganz dicht.«

»Wie können Sie so etwas behaupten? Wir haben uns noch vor ein paar Tagen mit ihr unterhalten, da schien sie uns aber ganz normal zu sein.« Die Frau ist wieder nähergetreten und baut sich beinahe drohend vor Alexa auf.

»Na ja, normal ist relativ, nicht? Sie hat die Enten mit Mon Cheri gefüttert, was ja nicht sehr nett ist. Wenn die besoffen sind, können die nämlich nicht mehr schwimmen und ersaufen. Die Kühe hat sie mit Äpfeln beworfen, weil es sie auf einmal gestört hat, dass die sie immer so anglotzen. Und dann hat sie erzählt, sie will Gregor Gysi heiraten, den mag sie nämlich. Und sie will ihren Kater Hansjürgen adoptieren. Oder umgekehrt, das weiß ich nicht mehr so genau. Jedenfalls hat sie ein Testament gemacht, in dem hat sie Hansjürgen als alleinigen Erben eingesetzt. Ich sollte einen Notar besorgen, damit der das beglaubigt. Stattdessen habe ich einen Arzt geholt und der hat sie gleich mitgenommen.«

»Na ja«, sagt der Mann hoffnungsvoll, »da hat sie sich wohl ein paar kleine Scherze erlaubt. Sie ist eben ein heiterer Mensch, das haben wir schon bemerkt.«

»Na, wenn Sie meinen.« Alexa nimmt einen tiefen Schluck Bier aus der Flasche und betrachtet die beiden gleichmütig. Soll heißen: ›Die Audienz ist beendet, ihr könnt jetzt verschwinden.‹

Die wechseln einen Blick, dann versucht die Frau noch einmal vorsichtig, ihr ein Gespräch aufzudrängen. Anscheinend denkt sie, Alexa hätte ihre Bemerkung, dass sie ihre neuen Nachbarn seien, nicht verstanden oder schon wieder vergessen. »Wir haben nämlich einen Vertrag mit Frau Bradhering abgeschlossen«, erklärt sie jetzt.

»Das mag sein. Frau Bradhering schließt öfter mal Verträge ab. Aber da sie amtlich einen an der Glocke hat, dürfte der ja wohl nicht viel wert sein.«

Auf diese Provokation reagiert der Mann ziemlich heftig. Mit hochrotem Kopf reißt er seiner Frau die Handtasche vom Arm und zerrt ein Dokument heraus.

»Hier, sehen Sie das? Das ist handschriftlich von Frau Bradhering aufgesetzt und unterschrieben!« Er wedelt mit einem sorgfältig in Folie eingeschweißten Blatt Papier vor Alexas Gesicht. »Und erzählen Sie mir nichts von Unzurechnungsfähigkeit! Eine demente Frau kann ja wohl nicht so etwas schreiben. Sie stecken unter einer Decke und wollen uns reinlegen. Aber nicht mit mir! Mit mir nicht!«

Alexa befürchtet, dass er jeden Moment einen Schlaganfall bekommt, seine Gesichtsfarbe geht bereits ins Lila über. Nur deshalb sagt sie auch nichts, als er sich jetzt schwer keuchend auf ihrem Gartenstuhl niederlässt. Sie nimmt ihm das Papier aus der Hand. »Zeigen Sie mal her!«

Das ist eindeutig Eileens Schrift, auch wenn die sich bemüht hat, die Buchstaben ein wenig zu verwackeln, anscheinend hat sie sich zittrig gestellt. Ansonsten liest sich alles ganz vernünftig und logisch:

Das Ehepaar Peter und Anita Werner hat das Haus Dorfstraße 15c in Ententeich einschließlich dazugehörigem Grundstück gekauft und bar bezahlt. Die Verkäuferin des Hauses darf so lange dort wohnen bleiben, wie sie sich selbst versorgen kann und keiner Pflege bedarf. Auch der Kater Hansjürgen hat lebenslanges Wohnrecht und wird, wenn er sein Frauchen überlebt, von den neuen Hausbesitzern versorgt.

»Schön«, stellt Alexa fest. »Wunderbarer Vertrag. Der Preis kam Ihnen nicht ein wenig niedrig vor?«

Jetzt errötet auch die Frau, was für sie spricht, anscheinend besitzt sie doch so etwas wie Schamgefühl. »Nun ja, – zehntausend Euro – das ist nicht viel«, gibt sie zu.

Ihr Mann, dessen Teint sich allmählich wieder normalisiert, fällt ihr ins Wort. »Aber mit dem Haus ist ja nun auch wirklich nicht viel los«, behauptet er, »da muss man schon einiges reinstecken. Und dann die Lage, praktisch am Ende der Welt, nicht wahr, es gibt ja nicht einmal eine Straße. Wir wollen es auch nur als Sommerhaus nutzen, also, mehr als zehntausend Euro hätten wir sowieso nicht ausgegeben.«

»Frau Bradhering war auch gleich damit einverstanden«, beeilt sich die Frau hinzuzufügen. »Sie hat gesagt, sie hätte sowieso keine Erben, nur entfernte Verwandte.« Sie sieht Alexa fragend an, die nickt.

»Das ist wohl wahr. Es gab einige Abtreibungen in unserer Familie.«

»Hä? – Wie auch immer. Sie hat nur verlangt, dass sie es gleich und in bar bekommt.«

»Das hat sie auch. Sehen Sie, hier steht es: *Betrag erhalten.*« Der Mann klopft mit seinem kurzen, dicken Zeigefinger auf das Papier.

»Und Sie meinen, der Vertrag ist in Ordnung und gültig und Sie halten auch daran fest?«, fragt Alexa noch einmal nach. »Und Sie konnten keinerlei geistige Defizite bei Frau Bradhering erkennen?«

Beide nicken, jetzt sichtlich erleichtert. »Was geht Sie das überhaupt alles an?«, wagt der Mann aber doch noch einmal nachzufragen. »Sind Sie verwandt mit Frau Bradhering?«

»Ja, flüchtig. Ich bin ihre Schwester.«

Der Mann sieht sie etwas ängstlich an, die Frau schluckt und setzt sich nun auch hin.

»Das macht aber nichts«, erklärt Alexa fröhlich. »Mir gefällt der Vertrag, ich werde ihn sicher nicht anfechten. Zumal meine Schwester, so wie ich sie kenne, das Geld sicher schon ausgegeben hat.« Sie trinkt den letzten Schluck Bier aus der Flasche und steht auf. »Dann werde ich Ihnen mal zeigen, was Sie da erworben haben. Ich glaube, das hat meine Schwester nämlich vergessen. Kommen Sie mit!«

Das Ehepaar sieht sich verwundert an und folgt Alexa auf den Weg. Zu ihrem Erstaunen geht sie nicht zu Eileens Grundstück, sondern wendet sich zur anderen Seite. Nachdem sie sich durch einiges Gestrüpp und hohes Gras gekämpft haben, stehen die beiden fassungslos vor dem halbzerfallenen Bootsschuppen.

»Sehen Sie«, sagt Alexa freundlich, »mein Haus ist Dorfstraße 15b, das davor, das sie schon kennen, ist 15a, und das hier ist 15c. Ich verstehe gar nicht, wie meine Schwester das so einfach verkaufen konnte, es hängen doch schließlich Erinnerungen daran. Vor allem für unsere Nichte Olga. Nun ja, ich werde ihr nicht die Schande antun und ihren Verstand anzweifeln. Allerdings, was die Bemerkung über das dazugehörige Grundstück betrifft, die verstehe ich nicht ganz. Zu dieser Villa gehört überhaupt kein Grundstück. Das hat nur so etwas wie Bestandsrecht. Also, ich würde es nicht abreißen.«

Aber die beiden hören schon nicht mehr zu, sie kämpfen sich durch die Wildnis zurück zu ihrem Auto.

»Mensch, da hatte Eileen ja die gleiche Idee wie ich. Das Ding könnte man doch mit Moder auch noch einmal abziehen«, lacht Olga, als Alexa ihr am Telefon die Begegnung schildert.

»Versuchen sollten wir es auf jeden Fall«, stimmt ihre Tante zu. »Aber nun müssen wir erst einmal abwarten, was die beiden Vögel unternehmen. Die werden ihre zehntausend Euro ja auch nicht so einfach in den Wind schießen.«

»Ja, was wollen sie machen, Vertrag ist Vertrag. Sie sind doch der Meinung, Eileen ist völlig klar im Kopf.«

»Wie auch immer, jetzt weiß ich jedenfalls, was meine Schwester treibt. Die verpulvert zehntausend Euro«, vermutet Alexa und ihre Stimme klingt ein klein wenig drohend.

Als Olga abends im Bett über das Gespräch mit ihrer Tante nachdenkt, fällt ihr ein, dass zehntausend Euro auch ein Mordmotiv sein könnten. Sie verdrängt den Gedanken schnell wieder, aber das Einschlafen fällt ihr heute schwer.

35

Toralf Moder weiß im Moment gar nicht so richtig, wie ihm geschieht. Die Ferienwohnung in Heringsdorf bekommt er einfach nicht verkauft, nicht einmal unter dem Preis, den er selbst bezahlt hat. Da hat er nicht nur sein ganzes Schwarzgeld hineingesteckt, sondern auch den nicht geringen Vorschuss von Silvio und Ronny, für den er noch immer keine Gegenleistung erbracht hat. Diese verdammten Bradhering-Weiber, wenn die doch nur nicht so stur wären! Allerdings hat er gestern Abend mit Tammes telefoniert und der hat ihn gebeten, nicht zur Polizei zu gehen, auch wenn er noch immer nicht weiß, mit wem oder was er kollidiert ist. Es gäbe aber vielleicht eine Möglichkeit, doch noch an den Bootsschuppen und das dazugehörige Grundstück zu kommen. Er will sich wieder melden. Es ist nur ein Strohhalm, aber Moder hat nichts anderes, an dem er sich festhalten könnte.

Er nimmt sein Fernglas und blickt mal wieder hinüber zum Achterwasser. Wenn er nur wüsste, was die Schwestern da so treiben. Mindestens einmal wöchentlich stehen dort Busse und er ist noch nicht dahintergekommen, was die Gäste dort wollen. Was die Zwillinge von den Gästen wollen, ist ihm klar, nämlich deren Geld. Aber wie kommen sie da ran? Was verkaufen sie denen? Und was sind das für seltsame alte Weiber, die da herumlaufen? Mit Sicherheit ist das ein linkes Ding, was die da machen, und er könnte sie damit erpressen. Und wenn sie sich nicht erpressen lassen, was bei diesen militanten Emanzen wahrscheinlich ist, könnte er sie wenigstens anzeigen. Aber dazu muss er mehr über dieses Geschäft herausfinden. Vielleicht kann Tammes ihm dabei ja auch helfen. Der scheint naiv genug zu sein, um die Verwandtschaft seiner Freundin in die Pfanne zu hauen. Er sucht durch das Fernglas die Grundstücke ab, kann aber keinen Menschen entdecken. Nur die verdammten Köter liegen im Schatten vorm Haus. Eileen hat er schon seit mindestens zwei Wochen nicht gesehen, fällt ihm dabei auf. Sie wird doch nicht krank sein? Nein, so viel Glück hat er nicht. In Gedanken notiert er sich den nächsten Punkt, über den er mit Tammes reden will. Nur ganz kurz erlaubt er sich die Vorstellung, dass die Schwestern aus gesundheitlichen Gründen ihr Haus verkaufen müssen. Oder wenigstens eine von ihnen. Gestern hat er beobachtet, wie Alexa einem älteren Paar den Bootsschuppen gezeigt hat. Genau genommen hat er es vermutet, denn den Schuppen kann er nicht sehen, der ist völlig zugewachsen. Aber sie ist mit der dicken Frau und dem kleinen Mann auf das Grundstück hinter ihrem Haus gegangen. Die beiden sind zunächst allein zurückgekommen und wirkten selbst aus der Entfernung ziemlich aufgeregt und schienen sich zu streiten. Hat er die Schwestern womöglich erst auf eine Idee gebracht und die versuchen jetzt, den Schuppen zu verkaufen? Na wenn das so ist, hat das gestern jedenfalls nicht geklappt. Dann hat Tammes das wohl auch mitbekommen und es gibt zumindest Hoffnung. Moder überlegt, wo er das Geld hernimmt, wenn es das Angebot wirklich gibt. Sein Konto ist hoffnungslos überzogen, einen Kredit wird er nicht bekommen, jedenfalls nicht von seiner Bank. Auch sonst fällt ihm niemand ein, der ihm noch Geld leihen würde. Inzwischen fehlt ihm schon das Kleingeld für seine laufenden Ausgaben. Wenn nicht bald etwas passiert, wird er sich noch eine Arbeit suchen müssen. Oder womöglich das eigene Haus, in dem er wohnt, verkaufen. Aber darüber will er gar nicht nachdenken, er hat doch noch immer einen Ausweg gefunden.

Agatas kleines Auto hält vor dem Haus. Sie steigt aus und winkt ihm fröhlich zu. Den Wagen lässt sie am Straßenrand stehen, als wolle sie gleich wieder wegfahren. Sie kommt und geht schon immer, wann sie will, aber in letzter Zeit macht sie so gut wie gar nichts mehr im Haus. Sie kauft auch nicht mehr für ihn ein. Das hängt vermutlich damit zusammen, dass er sie schon immer schlecht und seit Wochen gar nicht mehr bezahlt hat. Na, von ihm aus braucht sie nicht mehr zu kommen. Sie war sowieso ein Reinfall. Wenn er wieder Geld hat, das wird er früher oder später mit Sicherheit, sucht er sich eine andere Haushaltshilfe. Und dann wird er nicht nur nach dem Aussehen gehen.

Der Makler setzt sich an den Tisch auf seiner Dachterrasse, klappt den Laptop auf und kontrolliert, wie viele Interessenten sich seine Ferienwohnung angesehen haben. Als es klingelt, zuckt er zusammen. Hoffentlich sind es nicht schon wieder Ronny und Silvio, die ihm Druck machen wollen. Er hört Stimmen von unten. Da auch Agata spricht, kann der Besucher wohl Polnisch, sonst könnten sie sich ja nicht unterhalten. Jetzt lacht sie sogar. Neugierig blickt Toralf Moder zur Tür. Der junge Mann, den Agata hinaus auf die Terrasse führt, trägt einen Anzug mit Krawatte und eine Aktenmappe unter dem Arm. Moder spürt ein leichtes Unwohlsein. Das wird doch kein Gerichtsvollzieher sein? Er schluckt und steht langsam auf, um dem Besucher die Hand zu geben.

Der stellt sich vor, aber den Namen erfasst der Makler gar nicht. Er hört nur die Berufsbezeichnung: »Steuerprüfer«.

›Ach du Scheiße! Das geht gar nicht.‹ Das ist das einzige, was er im Moment denken kann. Niemals hat er mit so einem Besuch gerechnet. Das Finanzamt hat er von Anfang seiner Karriere an betrogen, und als die Geschäfte sehr gut liefen, hat er in großem Umfang Steuern hinterzogen. Er sah einfach nicht ein, einen Teil seines Gewinnes, den er doch nur seiner Geschäftstüchtigkeit verdankte, anderen in den Rachen zu werfen. Und seit es nicht mehr so gut läuft, betrügt er noch unverschämter. Er ist eben ein Glückskind, außerdem viel schlauer als alle anderen, und in seiner Welt gibt es keine Steuerprüfer. Nun steht einer vor ihm und grinst ihn freundlich an. Moder ist wie vom Blitz getroffen und zweifelt zu recht an seinem Verstand. Das kann doch alles nicht wahr sein. Er spürt, wie seine Knie weich werden und das Blut aus seinem Gesicht weicht. ›Um Himmels willen, nur nichts anmerken lassen. Noch ist nichts verloren. Das ist auch nur ein Mensch, noch dazu ein sehr junger und er grinst immer noch.‹ Dümmlich, wie der Makler findet. Er schöpft Hoffnung. Mit dem wird er doch fertig, er konnte schon immer gut mit Menschen umgehen, vor allem mit Beamten. Immer schön freundlich und zuvorkommend, ein bisschen schmeicheln, Verständnis heischend, trotzdem respektvoll.

Agata denkt ausnahmsweise einmal mit, sie fragt »Kaffee?«, das sieht er als gutes Zeichen.

Der Steuerprüfer lächelt sie an, etwas zu vertraulich, wie Moder findet. Offensichtlich gefällt ihm die Polin. Vielleicht lässt sich ja daraus etwas machen. Wenn diese dumme Gans ihn nur verstehen würde, dann könnte er sie bitten – was heißt bitten, anweisen könnte er, er ist schließlich immer noch ihr Chef –, diesen Steuerfuzzi ein bisschen abzulenken, sodass der auf andere Gedanken kommt und die Zahlen vergisst. Am besten wäre es, erst einmal eine vertrauliche Atmosphäre zu schaffen, sich so von Mann zu Mann zu unterhalten. Aber warum verhält der sich so korrekt, beinahe respektvoll Agata gegenüber? Er traut sich ja nicht einmal, auf ihre Beine zu blicken, obwohl die doch wirklich sehenswert sind. Mehr im Unterbewusstsein als mit einer klaren Absicht möchte Moder eine Kumpanei zu seinem Besucher aufbauen, ihn ermutigen, mit der Polin wenigstens zu flirten, vielleicht noch ein bisschen mehr, was man dann durchaus für eine kleine Erpressung nutzen kann. Wenn der sich nur trauen würde!

Jetzt kommt sie mit einem Tablett zurück, ihre hohen Absätze klicken auf dem Holzboden.

Moder blickt auf ihre roten Pumps. »Manche Frauen bekommen von neuen Schuhen Blasen, bei anderen ist es umgekehrt«, kommentiert er und lacht meckernd.

Der junge Mann sieht ihn erstaunt an.

»›Blasen‹, verstehen Sie?«

»Ja, ja, ich habe schon verstanden.«

Der angewiderte Tonfall erschreckt den Makler. Das ging nach hinten los, der hat anscheinend keinen Sinn für Humor. Na ja, was will man von einem Steuerprüfer auch erwarten. Wie biegt er das nur schnell wieder hin?

Während er mühsam grinst und dabei krampfhaft überlegt, hat seine Haushälterin eine Tasse Kaffee vor ihm auf den Tisch geknallt, so heftig, dass ihm etwas auf die Hose spritzt. »Ich habe es nicht verstanden. Wie meinst du das?«, fragt sie.

Mit offenem Mund starrt Moder die junge Frau an. »Wie – was – quasi …« Es dauert eine Weile, bis er einen vollständigen Satz herausbringt. »Ich denke, du kannst kein Deutsch«, stottert er dümmlich.

»Ich habe es mir überlegt, ich spreche doch Deutsch. Englisch übrigens auch, jedenfalls besser als du.«

»Aber – ich verstehe das nicht. Warum machst du das? Warum hast du immer so getan, als würdest du quasi kein einziges Wort verstehen?«

»Nun, man erfährt interessante Dinge.« Sie lächelt ihn freundlich an und setzt sich an den Tisch.

Moder versteht überhaupt nichts mehr. Er hat ihre Behauptung, kaum Deutsch zu verstehen, niemals angezweifelt. Er muss erst einmal darüber nachdenken, was das bedeutet, was sie alles gehört und verstanden hat. Er ist völlig verwirrt. Und nun sitzt auch noch dieser verdammte Finanzbeamte hier herum, der macht ihn noch völlig verrückt. Was will der eigentlich?

»So, dann wollen wir mal zum geschäftlichen Teil kommen«, erklärt der jetzt, als könne er seine Gedanken lesen, und öffnet seine Aktentasche.

»Ja, das tut mir nun leid, aber ich habe gar keine Geschäftsunterlagen hier.« Der Makler bemüht sich um eine feste Stimme. Er klingt aggressiv, für Freundlichkeit ist es sowieso zu spät, der Zug ist abgefahren. »Ich habe natürlich alles in meiner Geschäftsstelle in Heringsdorf. Ich schlage vor, wir vereinbaren einen Termin, dann bereite ich quasi alles zur Einsicht vor. Warten Sie, ich sehe in meinen Terminkalender …«

»Brauchst du nicht, ich kann sicher helfen«, unterbricht Agata.

Moder will etwas entgegnen, aber ihm bleiben schon wieder die Worte im Hals stecken.

»Er hat gar kein Büro in Heringsdorf«, erzählt sie. »Was er als Geschäftsräume absetzt, ist eine Ferienwohnung. Die vermietet er schwarz. Deswegen fährt er auch nicht täglich fünfzig Kilometer zur Arbeit. Er macht seine krummen Geschäfte von hier aus. Die Tankquittungen lässt er sich von allen möglichen Leuten geben. Wenn er etwas verkauft, lässt er sich immer einen Teil des Preises in bar auszahlen, beim Finanzamt gibt er nie den vollen Preis an.« Sie blickt Moder nachdenklich an. »Habe ich noch etwas vergessen?«

Der schließt jetzt endlich den Mund und schluckt trocken. Reden kann er noch nicht.

»Ich arbeite theoretisch auch schwarz für ihn, er vermittelt übrigens auch polnische Arbeitskräfte. Aber in der Praxis habe ich nicht gearbeitet und er hat mich nicht bezahlt. Also, alles in Ordnung. Ach ja, er handelt manchmal noch mit geschmuggelten Zigaretten.«

Jetzt bemüht Moder sich nicht einmal mehr, etwas zu sagen. Er blickt an den beiden vorbei in die Ferne und schüttelt nur fassungslos den Kopf.

36

Es hat den ganzen Vormittag hindurch geregnet, die Gäste haben sich einfach geweigert, in Peenemünde oder Koserow auszusteigen, und nun ist Olga viel zu früh zurück in den Kaiserbädern. Wenn sie jetzt nach Ahlbeck fährt und die Rundfahrt beendet, gibt es wieder Ärger, die wollen sich sowieso schon über sie beschweren. ›Aber wir haben ja noch die Heringsdorfer Seebrücke‹, denkt sie, ›die ist überdacht, sogar auf ganzer Länge, da können die mindestens eine Stunde lang herumlaufen und die Wirtschaft ein bisschen ankurbeln.‹ Das Dumme ist, theoretisch kann sie den Bus nicht in der Nähe parken. Praktisch wird sie ihn einfach vor dem Kurhotel stehen lassen.

»Hier waren wir schon ein paar Mal«, meckert ein Gast beim Aussteigen. »Heringsdorf ist auch gar nicht im Programm. Warum fahren Sie nicht ins Hinterland? Wir wollten gern einmal nach Benz, uns dort die Kirche ansehen.«

»Genau das hatte ich auch vor. Aber gerade hat mein Kollege angerufen und mir gesagt, dass bei Benz ein schwerer Unfall war und die Straße gesperrt ist.« Gut, dass Tammes angerufen hat, um zu fragen, was er einkaufen soll. Ihre Antwort – »das ist mir doch egal« – werden die Businsassen ja wohl nicht verstanden haben.

»Und es gibt keine andere Straße dorthin?«

»Doch, aber das wäre ein großer Umweg, das schaffen wir nicht mehr.«

»Macht doch nichts, wir haben Zeit. Wir haben schließlich Urlaub.«

»Aber ich nicht.« Unverschämtes Volk. »Mitkommen!« Olga reicht es mal wieder. Mit Freundlichkeit kommt man hier wirklich nicht weit.

Am Kugelbrunnen vor der Seebrücke bleibt sie stehen. »So, hier treffen wir uns wieder, in genau zwei Stunden. Wer nicht da ist, kann zu Fuß nach Ahlbeck gehen, ist ja nicht weit.« Sie hat sich mal wieder die Mühe gespart, ihre Fahrgäste zu zählen. Nur wenn jemand wild gestikulierend hinter ihrem Bus herläuft, merkt sie, dass sie einen vergessen hat.

An der Ecke im »Fisch und mehr« holt sie sich ein Matjesbrötchen und einen Pott Kaffee. Damit schlendert sie weiter und hält ein Schwätzchen mit Christine, der Verkäuferin im Taschenladen, die gerade keine Kunden hat. Es tut gut, sich hin und wieder mal mit normalen Menschen zu unterhalten, die auch so ihre Erlebnisse mit den »Touris« haben.

Dann bummelt sie auf dem Steg der Seebrücke entlang, sieht hinunter zum Strand, der heute aber ziemlich leer ist. Dafür sind die Geschäfte voll und die Passagen dazwischen. Sie holt sich noch ein Eis vom Italiener und geht am nostalgischen Kinderkarussell und am größten Strandkorb der Welt vorbei zum Musikpavillon. Dort findet heute kein Konzert statt, die Bänke sind leer, nur am Springbrunnen steht eine Gruppe Touristen.

Am Taxistand angekommen, freut sie sich. Ihr Bekannter steht dort und wartet auf potenzielle Fahrgäste. Er erkennt sie zunächst gar nicht, dann kriegt er sich kaum wieder ein vor Lachen. Sie reden ein bisschen, schließlich fragt er so nebenbei: »Wie war denn Eileens Kreuzfahrt? Ist sie eigentlich schon zurück?«

Als Olga ihn nur verständnislos ansieht, erklärt er: »Ich habe sie doch nach Anklam zum Bahnhof gefahren, mit ihren Koffern.«

»Ach so, ja.« Olga hat keine Lust, ihm zu erzählen, dass weder sie noch Alexa irgendetwas von einer Kreuzfahrt wissen. Das sind schließlich familiäre Angelegenheiten. Aber ihr ist ganz schwindlig vor Freude und Erleichterung und sie beeilt sich, das Gespräch zu beenden. »Ich muss dann mal, meine Gäste warten.«

Außer Sichtweite des Taxifahrers ruft sie Alexa an, um ihr die Neuigkeit mitzuteilen. »Ich werde mir Sabine vornehmen«, verspricht die. »Die muss endlich damit herausrücken, was Eileen so treibt. Ich rufe dich gleich zurück, wenn ich mit ihr gesprochen habe.«

In der Aufregung, endlich eine Spur von Eileen zu haben, hat Olga sich selbst ein Bein gestellt. Normalerweise beobachtet sie ihre Gäste aus sicherer Entfernung und kommt erst in letzter Minute zum Treffpunkt. Aber nun ist sie eine Viertelstunde zu früh da. Die Ersten warten natürlich schon.

»Und das ist also die berühmte Ahlbecker Seebrücke!« Der dicke Mann in Bermudashorts und Ringelshirt blickt das Heringsdorfer Wahrzeichen an, lächelt zufrieden und nickt, anscheinend beglückwünscht er sich selbst zu dieser Weisheit.

Olga reißt vor Verblüffung kurz die Augen auf, dann gelingt es ihr, wieder einen neutralen Gesichtsausdruck aufzusetzen. »Genau«, erwidert sie. Jedes weitere Wort wäre Verschwendung gewesen.

»Halten Sie mich bitte nicht für einen Idioten«, bittet der Mann, »aber stimmt das wirklich, dass man hier keine Hunde mit an den Strand nehmen darf?«

»Keine kleinen Hunde, hab ich gesagt«, schnauzt ihn eine stark geschminkte, dürre Dame an. »Wegen der Möwen!«

Olga schüttelt nur verständnislos den Kopf.

»Die Möwen packen die kleinen Hunde und schleppen sie weg. Das habe ich selbst schon einmal gesehen. Auf Sylt!«, behauptet die Frau und schluchzt beinahe vor Mitleid.

»Tatsächlich?« Da Olga sich das Grinsen nicht verkneifen kann, wird die Frau wütend.

»So was erzählen Sie uns natürlich nicht, das ist ja schädlich für den Tourismus, stimmt's? Sie erzählen uns sowieso nur Unsinn. Wieso behaupten Sie, das wäre die Ahlbecker Seebrücke, wo wir doch in Heringsdorf sind?« Sie ereifert sich so sehr, dass sie Speichelblasen vor dem Mund bekommt. »Machen Sie sich lustig über uns, oder was? Sie vergessen wohl, wer Sie bezahlt?«

»Haben Sie heute Morgen vielleicht die falschen Tabletten genommen?«, fragt Olga besorgt und wendet sich ab, bevor die Furie mit einer Antwort über sie herfällt.

Inzwischen scheint die Gruppe vollständig zu sein, Olga sieht auf die Uhr und atmet auf. Noch fünf Minuten, dann kann sie zum Bus gehen und die Gruppe nach Ahlbeck zurückfahren.

Ein grauhaariger Mann, der verdächtig nach Oberlehrer aussieht, hat inzwischen die Erklärungen übernommen. Offenbar erscheint er den Gästen glaubwürdiger als ihre Reiseleiterin, deren Kompetenz ja bereits angezweifelt wurde. Olga ist es recht.

»Bei Ebbe steht die Seebrücke dann ganz auf dem Trockenen, oder?«, fragt eine Frau.

»Ja.« Der Grauhaarige nickt wichtigtuerisch. »Deswegen ist da hinten eine Treppe. Da kann man hinuntergehen ins Watt.«

Einige Gäste sehen Olga fragend an und fairerweise bemerkt sie: »Nein, wir haben keine Gezeiten. Die Seebrücke steht immer im Wasser.«

»Ach ja?«, fragt der Grauhaarige gereizt. »Warum das denn?«

Olga kann heute nichts mehr die Laune verderben. »Damit es nicht so staubt, wenn die Schiffe bremsen«, erklärt sie.

Kaum ist Olga zu Hause, da bekommt sie die Bestätigung: Eileen hat die ergaunerten zehntausend Euro in eine Karibik-Kreuzfahrt investiert. Sabine hat sie auf den Gedanken gebracht. Eileen kommt aber übermorgen wieder. »Na, dann ist sie ja wenigstens zu Tammes Geburtstag da«, freut sich Olga. Das Geld ist ihr egal, sie ist nur froh, wenn ihre Tante wieder wohlbehalten in Ententeich ist. Auch wenn sie es niemals zugeben würde, hat sie sich doch Sorgen gemacht.

Noch ist Alexa nicht klar, ob ihre Erleichterung oder die Kränkung darüber, dass Eileen sich zwar Sabine, aber nicht ihr anvertraut hatte, größer ist. Davon hängt es nämlich ab, wie sie sich bei deren Rückkehr verhalten wird. Nachdenklich schlendert sie über das Grundstück und zuckt zusammen, als die Hunde plötzlich laut bellend zum Zaun laufen. Diesmal sind es nur Silvio und Ronny, die am Tor stehen. Keine Fremden, es ist auch nicht ungewöhnlich, dass sie bei einem Abendspaziergang hier vorbeikommen, dennoch fällt es Alexa schwer, den beiden unbefangen gegenüberzutreten. »Na, Feierabend?«, fragt sie ein bisschen heiser und räuspert sich dann.

»Ja. Wir genießen mal wieder die Ruhe hier«, bestätigt Ronny und Silvio fügt gleich hinzu. »Übrigens, unsere Nachbarin hat erzählt, bei dir war vorgestern die Polizei. Ist was passiert?«

»Ja. Sie haben die Diebe von Eileens Boot aufgespürt. Es waren zwei Jugendliche, anscheinend wurden sie von Moder dazu animiert.« Alexa ist jetzt ganz ruhig, mit diesem Gespräch befindet sie sich auf sicherem Terrain.

»Ach so. Wir dachten schon ... Bei uns ist nämlich eingebrochen worden, als wir nicht zu Hause waren. Hätte ja sein können, dass die bei euch auch waren. Aber du hast ja die Hunde.«

»Ja.« Alexa überlegt kurz. Sie hat das Gefühl, die Gelegenheit nutzen zu müssen. »Habt ihr Zeit?«, fragt sie. »Dann kommt doch rein! Ich wollte mir gerade was zu trinken rausholen. Aber in Gesellschaft schmeckt es besser, nicht?«

Die Männer sehen sich an, dann nickt Silvio zögernd. »Warum nicht?« Sie setzen sich nebeneinander in die Hollywoodschaukel unter dem Birnbaum, während Alexa ins Haus geht.

»Dann wollen wir doch mal sehen«, murmelt sie und öffnet den Tiefkühlschrank. ›Richtig, da liegen noch zwei Flaschen mit der teuflischen Mischung aus Kirschlikör, Kirschsaft und Wodka. Das Zeug ist nur eisgekühlt zu trinken, dann schmeckt man aber auch nicht, wie hochprozentig es ist.‹ Sie nimmt eine Flasche und drei Wassergläser mit hinaus, gießt großzügig ein und prostet den Männern zu. »Selbst gemachter Kirschlikör«, erklärt sie und kippt den Inhalt ihres Glases unauffällig hinter sich auf den Rasen. Rosa, die neugierige Hündin, die daran leckt, jault erschrocken auf, kneift den Schwanz ein und verschwindet.

Nach einer halben Stunde beobachtet sie gespannt ihre Gäste, die sich ihrer Meinung nach normaler verhalten als sonst. Zumindest sind sie nicht mehr so affektiert und kichern auch nicht so albern. Dafür haben sie ziemlich glasige Augen und ihre Sprache wird immer verschwommener.

Alexa hat ihnen ein Gespräch über die Vergangenheit aufgedrängt, sie reden eine Weile über die DDR, dann provoziert sie: »Woher wisst ihr das eigentlich, ich denke, ihr seid aus dem Westen?«

»Ja, da sind wir aufgewachsen, aber eigentlich stammen wir aus der DDR«, gibt Silvio zu.

»Wir hatten das Buch ›Wie der Stahl gehärtet wurde‹ auch zu Hause, aber wir haben es weggeworfen und nicht auf dem Dachboden aufbewahrt«, stänkert Ronny.

»Aha. Und woher weißt du, dass es bei uns auf dem Dachboden liegt?« Das Denken fällt den beiden inzwischen schwerer, aber Alexa gibt ihnen auch gar keine Zeit dazu. Sie greift jetzt frontal an. »So, nun mal Butter bei die Fische. Ihr habt den Brief gesucht, den ihr an meinen Bruder geschrieben hattet, stimmt's? Das braucht ihr nicht mehr, den habe ich. Und – habt ihr eure Drohung wahr gemacht?«

Den beiden ist das Lachen vergangen. Silvio starrt sie an wie ein Fisch auf dem Trockenen, mit glasigen Augen, er öffnet den Mund, es kommt aber nichts heraus. Ronny will aufspringen, fällt aber zurück auf den Sitz, schüttelt sich, um den Nebel in seinem Hirn zu vertreiben, und krächzt: »Hättest du vielleicht mal ein Glas Wasser?«

Alexa erbarmt sich, sie will die Männer schließlich nicht vergiften. Sie gießt die Neigen aus den Gläsern unter einen Brombeerstrauch und nimmt die Flasche mit ins Haus. Dann kommt sie mit sauberen Gläsern und drei Flaschen Wasser wieder.

Auch nachdem sie das kalte Mineralwasser getrunken haben, sind die Brüder noch nicht in der Lage, sich Ausreden auszudenken. Vielleicht wollen sie es auch gar nicht mehr. Ohne Weiteres geben sie alles zu, was Alexa schon weiß, und auch, dass sie den Drohbrief geschrieben haben.

»Wir haben erst bei der Beerdigung deines Vaters erfahren, wer unseren Bruder verraten hat. Stell dir vor, wir haben es wirklich nicht gewusst. Eigentlich hatten wir Moder in Verdacht. Deshalb sind wir hergekommen, als wir erfuhren, dass der alte Dachdecker Bradhering gestorben ist. Wir wussten ja, dass da das ganze Dorf zusammenkommt und dass da viel getrunken und viel geredet wird. Ja, und dann hat uns jemand erzählt, wer es wirklich war und die anderen haben es bestätigt. Am liebsten hätten wir ihn gleich zur Rede gestellt. Aber bei der Beerdigung seines Vaters?«

»Der hätte das sowieso abgestritten«, wirft Silvio ein. »So selbstbewusst und selbstgefällig, wie der aufgetreten ist.«

»Ja, wir sind dann erst mal wieder zurückgefahren und haben überlegt, was wir machen. Wir waren so wütend! Und da haben wir diesen Brief geschrieben. – Das heißt, ich habe ihn geschrieben«, erklärt Ronny. »Silvio wusste gar nichts davon.«

»Ach so! Du hast den Brief geschrieben und Silvio hat ihn umgebracht. Das war natürlich blöd, weil er, ohne es zu wissen, deine Drohung wahr gemacht hat. Und nun musstet ihr den Brief wiederholen. Aber warum eigentlich erst jetzt?«, fällt ihr plötzlich ein.

»Weil ich ihm erst kürzlich von dem Brief erzählt habe. Er ist immer so depressiv, ich wollte ihm nicht noch mehr Angst machen. War doch klar, dass ihr uns verdächtigt, wenn ihr den Brief findet.« Ronny wirft einen vorwurfsvollen Blick auf seinen Bruder, der immer noch sprachlos ist. »Aber auf keinen Fall hat er deinen Bruder umgebracht. Bist du verrückt? Wir sind doch keine Mörder.«

»Warum hast du ihm dann überhaupt so einen blöden Brief geschrieben? Du hättest ihn ja auch anzeigen können.«

»Ja, ich weiß. Wir haben darüber nachgedacht. Aber wir wussten es ja nicht sicher und wir wollten uns auch nicht mit euch, also mit dir und deiner Schwester und Olga verfeinden.«

»Hättet ihr nicht«, wirft Alexa ein.

»Wir wollten dann die Stasi-Akten einsehen, aber bevor wir dazu kamen, war er tot. Und dann hatte es sich ja für uns erledigt. Nur eben der Brief … Wo er doch dann wirklich ertrunken ist …«

Als die beiden endlich, schwankend und sich gegenseitig stützend, nach Hause gegangen sind, bleibt Alexa noch eine Weile unter dem Birnbaum sitzen und denkt nach. Dann sieht sie auf die Uhr. Erstaunlicherweise ist es erst kurz nach neun, da kann sie ja Olga noch anrufen.

Die ist nicht begeistert von der Aktion ihrer Tante. »Das sieht dir wieder ähnlich, bei dir muss immer alles sofort sein. Wir hätten uns erst etwas ausdenken sollen, wie wir sie reinlegen. Dass sie jemand gesehen hat, vielleicht. Oder dass wir irgendwelche Beweise haben. Dazu ist es nun zu spät. Denkst du denn, sie waren es?«

»Davon bin ich überzeugt. Das wäre sonst ein zu großer Zufall. Und die haben deinen Vater wirklich gehasst, das hab ich gespürt. Aber du hast recht, wir werden es nicht beweisen können, und das wissen sie.«

»Na ja«, Olga überlegt kurz. »Vielleicht ist es ja auch besser so. Es ist vorbei und übermorgen kommt Eileen wieder und alles ist gut.«

37

Irgendetwas stimmt nicht mit Tammes. Nicht etwa, dass er jetzt übermäßig fleißig geworden ist oder gar die Wohnung aufräumt. Aber er hat offensichtlich abgenommen, Olga hat ihn sogar in Verdacht, heimlich Sport zu treiben. Außerdem ernährt er sich gesünder.

Noch vor ein paar Wochen hat er Olga erklärt, weniger zu essen, würde gar nichts bringen. »Dann denkt mein Körper, ich bin pleite und bunkert alles, was er noch bekommt.« Neuerdings isst er aber statt Bratwurst mit Pommes Fisch und Schwarzbrot zum Mittag. Er wirkt energischer, seine Haltung ist straffer geworden, seine Gesichtszüge auch. Was hat das alles zu bedeuten? Ahnt er, dass Olga vorhat, sich von ihm zu trennen? Es würde ihr wirklich leidtun, wenn er sich ihretwegen so bemüht.

Sie seufzt, sieht auf die Uhr und setzt sich in den Sessel. Sie wollen nach Ententeich, Tammes Geburtstag feiern. Seit zehn Minuten ist Olga startklar, aber Tammes, den sie normalerweise daran erinnern muss, ein frisches T-Shirt anzuziehen und sich die Haare zu kämmen, wenn sie mit ihm irgendwo hinwill, braucht heute mehr Zeit im Bad als sie.

Endlich klappt die Tür, Olga steht auf und holt ihre Tasche.

»Kann ich so gehen?«

»Ja.« Das war die kurze Version. Die lange lautet: »Es ist mir völlig egal, wie du aussiehst, ich will jetzt endlich los.«

»Guck mich doch mal an!«

Olga guckt. Und guckt noch mal. »Irgendwas hast du mit deinen Haaren gemacht.«

»Ja, ich war beim Friseur. Gestern schon.«

»Ach so. Ist mir gar nicht aufgefallen.« Sie mustert ihn misstrauisch. »Neue Klamotten hast du auch?«

»Na ja, ich habe schließlich Geburtstag. Da muss man schon mal ein Hemd anziehen, oder?«

»Meinetwegen. Aber nun komm endlich!«

Es ist ein typischer Spätsommertag im Lieper Winkel. Die Kornfelder sind schon abgeerntet, die Storchennester verlassen, das erste Laub färbt sich rot und gelb. Dahlien und Astern blühen üppig in den Vorgärten, die Apfelbäume hängen voller Obst. Die Hitze hat jetzt, am späten Nachmittag, schon etwas nachgelassen, ein wenig herbstliche Stimmung liegt in der Luft. Olga liebt diese Jahreszeit, für sie bedeutet es, dass die Urlauber die Insel verlassen und endlich wieder Ruhe herrscht.

Als die Sonne über dem Achterwasser untergeht, lehnt Olga sich entspannt zurück und genießt das Schauspiel, das sie schon seit frühester Kindheit kennt. Schade, dass sie sich mit ihren Eltern so gar nicht verstanden hat, besonders ihr Vater war ein Grund, so schnell wie möglich von hier zu verschwinden. Jetzt, bei ihren Tanten, fühlt sie sich in Ententeich richtig wohl. Vor allem weiß sie die himmlische Ruhe an diesem Ende der Welt, zu schätzen.

Alexa und Eileen haben sich Mühe gegeben. Das Geburtstagskind wurde mit einer großen Torte auf einer beinahe festlichen Kaffeetafel empfangen. Mit seinen Ahlbecker Freunden hat Tammes gestern bei Harry in seinen Geburtstag hineingefeiert, deshalb sind heute außer Olga und Tammes nur die Schwestern und Sabine da. Aber das reicht auch erst einmal, denn die Frauen haben sich eine Menge zu erzählen. Tammes sitzt zufrieden dazwischen und hört stillvergnügt zu. Die Zwillingsschwestern haben sich natürlich längst wieder vertragen, Alexas Wut hat nicht lange angehalten.

»Ich habe gedacht, wenn ich jetzt nicht fahre, schaffe ich es nie mehr«, erklärt Eileen ihrer Nichte. »Ich musste einfach einmal hier raus. Und nachdem Sabine so viel von ihrer Kreuzfahrt erzählt hat … Na ja, dann hatte ich auf einmal unverhofft zehntausend Euro bar auf der Kralle, da habe ich im Internet die nächste Reise gebucht und bin weg. Auf legale Weise hätte ich das Geld doch nie zusammengekriegt, da hab ich es eben von denen genommen, die es wahrscheinlich auch nur ergaunert haben.«

»Und du konntest uns das nicht erzählen?«, fragt Olga. »Also ein vernünftiger Mensch hätte doch … Na gut, das ist jetzt kein Argument.«

»Du hast ja recht. Ich wollte eigentlich schon von Hamburg aus anrufen, aber dann war alles so toll und ich wollte mir nicht die Laune verderben lassen.«

»Sie hat gedacht, wenn ich von dem Geld wüsste, würde ich es bestimmt für mein Dach haben wollen«, wirft Alexa ein. »Als ob wir beide jemals etwas aus Vernunftgründen entschieden hätten.«

»Und du hast tatsächlich das ganze Geld ausgegeben?«, fragt Olga voller Bewunderung. »Wo warst du denn überhaupt?«

»Also, ich bin erst mal nach New York geflogen, da wollte ich schon immer hin. Und dann mit der MS Europa 2 in die Karibik. Baltimore, Miami, Charleston, bis nach Nassau.« Eileen schwärmt von Key West, wo sie auf den Spuren ihres Lieblingsschriftstellers Ernest Hemingway gewandelt ist, und vom Everglades-Nationalpark mit seinen Alligatoren. Sie erzählt so begeistert und mitreißend, mit glänzenden Augen wie ein frisch verliebter Teenager, dass sich ihre Zuhörer nur für sie freuen können. Besonders natürlich Alexa, die an das unsympathische, hinterlistige und habgierige Ehepaar denkt, deren Geld ihrer Schwester dieses Abenteuer ermöglicht hat. ›Da haben die doch wenigstens einmal in ihrem Leben etwas Gutes getan‹, denkt sie bei sich.

Sabine ist besonders begeistert von Eileens Reise, sie hat sie auch überhaupt erst auf die Idee gebracht und dann in ihrem Vorhaben bestärkt. »Irgendwann muss man mal etwas Verrücktes wagen«, ist ihre Meinung, »sonst macht doch das ganze Leben keinen Spaß. Und woran soll man sich erinnern, wenn man erst im Rollstuhl sitzt und vor sich hin sabbert. Dann bereut man doch nur das, was man nicht getan hat.«

»Genau«, stimmt Olga zu. Trotz des Dialektes ist ihr die Sächsin jetzt direkt sympathisch. »Was machst du denn nun eigentlich? Bleibst du für immer hier? Platz genug ist ja.«

»Nein, ich muss wieder nach Hause. Eigentlich habe ich gedacht, ich stelle mich einfach dement. Die halten mich ja sowieso schon für altersschwachsinnig. Da kann ich auch gleich so tun, als wüsste ich von gar nichts und kann mich an nichts erinnern. Aber das würde mein Leben doch ziemlich einschränken. Also werde ich deinen Rat befolgen, denen gründlich die Meinung geigen und ihnen sagen, dass ich künftig selbst über mich bestimmen werde. Und wenn sie in meinem Haus bleiben wollen, haben sie mich und meine Lebensweise zu respektieren. Die sind ja alle ganz lieb und meinen es wirklich gut, ich muss ihnen nur mal die Köpfe zurechtrücken.« Sie grinst. »Ich freue mich schon auf die Gesichter, wenn ich mit meinem Motorrad vorfahre.« Sie sieht an sich herunter. »Und meine Shirts werde ich jetzt auch zu Hause tragen.« Auf dem, das sie gerade trägt, sind ein lustiges Eulenbild und die Aufschrift *Scheiß die Wand an* zu sehen.

»Gute Idee«, bestätigt Olga, »damit kann man ja auch einiges ausdrücken.«

Eileen seufzt. »Und damit bin ich dann wieder allein – im Haus«, fügt sie schnell hinzu, mit einem Blick auf ihre Schwester. »Mir graut schon vor dem Winter. Dann kommt Olga nicht mehr mit ihren bekloppten Gästen, mit den Nachbarn grillen geht auch nicht, es ist schon ziemlich einsam.«

Das ist Olgas Stichwort. »Einsam« klingt für sie einfach nur verlockend. »Weißt du was? Ich kann mir nichts Schöneres vorstellen, als ganz allein, nur mit den Tieren, die Tage zu verbringen. Wenn du mit jemandem reden willst, ist Alexa ja da, aber du hast keine Fremden um dich herum, du musst nicht quatschen, nicht freundlich sein, keine blöden Fragen beantworten – ein Traum! Ich beneide dich nicht um deine Reise, die für dich sicher super war, aber jetzt möchte ich mit dir tauschen.«

Alexa zieht die Brauen zusammen, sieht ihre Nichte an, dann ihre Schwester: »Warum tut ihr es nicht einfach?«, fragt sie.

Einen Moment herrscht Schweigen. Eileen schluckt aufgeregt, sie fühlt sich wie als Kind zu Weihnachten, kurz vor der Bescherung. Auch für Olga scheint ein Traum in Erfüllung zu gehen. Kann das wirklich so einfach sein? Warum eigentlich nicht? Tammes hat sie ganz vergessen.

An den denkt Alexa aber. Sie sieht ihn an. »Nein, für dich wäre das wohl nichts, oder? Du hast ja in Ahlbeck deine Freunde und alles.« Was »alles« ist, lässt sie offen, aber beide, Tammes und Alexa, sind plötzlich auffallend verlegen und vermeiden Blickkontakt.

»Na ja, doch«, stottert er. »Ich könnte mir schon vorstellen, hier zu leben. Nur, ich glaube, Olga wäre das nicht so recht. Du willst lieber allein sein, stimmt's«, wendet er sich ungewohnt ernst und ein bisschen traurig an seine Lebensgefährtin.

»Tammes – abgesehen von Ententeich, das war nun wirklich eine sehr spontane Idee, da müssen wir noch mal … Ach was, was wollen wir drum herumreden, du weißt selbst, es läuft nicht mehr so bei uns. Eigentlich ist es doch nie so richtig gelaufen. Ich mache dir nur das Leben schwer, du hast was Besseres verdient als mich.« Sie lacht erleichtert.

Tammes grinst.

»Das klang jetzt doch mal richtig edelmütig, aber ich habe es sogar ernst gemeint, ob du es glaubst oder nicht. Und wenn ich dich bitte: ›Lass uns Freunde bleiben!‹, meine ich das auch so. Also, bleibst du in Ahlbeck, wenn ich wirklich wieder hierher zurückgehe?«

Tammes zuckt mit den Schultern. »Muss ich wohl, wenn mich hier keiner haben will.«

Sabine und Eileen lachen schon, da geht auch Olga endlich ein Licht auf: »Alexa – Mann, bin ich blöd. Jetzt weiß ich auch, was mit Tammes in letzter Zeit los ist: Der ist verliebt!«

Wahrscheinlich zum ersten Mal nach mindestens dreißig Jahren errötet Alexa vor Verlegenheit. »Ich – ich – bin sieben Jahre älter als du«, fällt ihr dann nur ein.

Dann reden plötzlich alle durcheinander. Pläne werden geschmiedet. Tammes will so schnell wie möglich zu Alexa ziehen, die beiden wollen gemeinsam das Haus umbauen, um Feriengäste aufzunehmen. Dann wird er sich seinen Führerschein zurückholen und wieder Busfahrten anbieten.

Eileen will nicht nur in seine Wohnung ziehen, sondern auch als Reiseleiterin bei ihm mitfahren. »Wenn es so schlimm ist, wie Olga sagt, kann ich mir immer noch was anderes suchen«, sagt sie.

Und Olga sieht sich wieder an einem wackeligen Gartentisch sitzen, auf einer Wiese zwischen Bienen und Schmetterlingen, Wladimir neben sich und eine himmlische Ruhe ringsherum. Aber diesmal hat die Wiese einen konkreten Hintergrund, nämlich das Ufer des Achterwassers an der einen und ihr Elternhaus an der anderen Seite. »Wir können ja mit Alma und Else weitermachen«, schlägt sie vor, »das ist doch eine schöne Nebeneinnahme im Sommer. Und außerdem könnte ich Reiseführer für die Insel schreiben. Zum Beispiel für Fahrradtouren.«

»Wann bist du denn das letzte Mal Fahrrad gefahren?«, fragt Alexa erstaunt.

»Keine Ahnung – jedenfalls nicht in den letzten zwanzig Jahren. Aber da muss man eben Fantasie haben. Ach, mir fällt schon was ein.«

»Ja, das lässt du dann drucken und wir verkaufen es im Bus«, spinnt Eileen den Plan weiter.

Sie könnten noch stundenlang so weitermachen, aber Alexa hat vor einer halben Stunde den Grill angezündet und die Rauchzeichen locken Gäste an.

»Was sagt man denn da nicht zu?«, murmelt Eileen erstaunt, als sie zwei Pärchen am Tor erblickt, und stößt ihrer Schwester in die Seite. Die kneift auch erstaunt die Augen zusammen. Eng umschlungen kommen zuerst Ronny und Agata heran, ihnen folgt Silvio, dem die Zahnarztgattin am Arm hängt. Ein paar ältere Frauen tragen Weinflaschen, Salate und selbst gebackenes Brot in den Händen. Dann erscheint der Sohn der alten Frau Schiller, dessen Erbe Tammes und Alexa gerettet haben.

»Was macht denn unser Freund Moder eigentlich?«, fällt Eileen dabei ein. »Den habe ich ja gar nicht mehr gesehen. Ist er weggezogen aus dem Dorf?«

Agata, die ausgezeichnet Deutsch spricht, erzählt, dass Moder tatsächlich für fünftausend Euro das Bootshaus von Anita und Peter gekauft hat. Ob er sein Eigentum jemals nutzt, ist allerdings äußerst fragwürdig, denn ein Grundstück dazu gibt es nicht, es steht im Naturschutzgebiet, er darf es weder aus- noch neu bebauen. Und ein Zugang zum Achterwasser existiert schon gar nicht.

»Es bleibt also alles so, wie es ist«, stellt Alexa zufrieden fest. »Nur, dass es Moder wohl den Rest gegeben hat.«

»Ja«, bestätigt dessen ehemalige Haushälterin. »Ich weiß nicht, woher er das Geld genommen hat, aber er hatte schon vorher sehr hohe Schulden. Und dann gab es Ärger mit dem Finanzamt, großen Ärger, denke ich. Sein Haus hat er verkauft und nun ist er untergetaucht, ich weiß nicht, wo er ist. Vielleicht wohnt er ja in seiner Ferienwohnung in Heringsdorf.«

»Das Finanzamt hat ihm sicherlich der Zahnarzt auf den Hals gehetzt.« Silvio wirft einen schnellen Blick auf seine Begleitung und hält dann lieber den Mund.

»Na, darauf trinken wir einen. Prost!« Eileen füllt heute die Gläser nach, Alexa ist für ihre Verhältnisse ruhig, Tammes hat den Arm um sie gelegt und sie genießt es.

»Warum habt ihr euch eigentlich als Schwule ausgegeben?«, fragt Olga die beiden Brüder.

Ronny zuckt mit den Schultern. »Warum nicht? Alle im Dorf waren nett zu uns und luden uns immer ein, weil sie ihre Toleranz beweisen wollten. Außerdem war es eine gute Tarnung.«

»Meinst du, sie haben ihren Beruf aufgegeben?«, raunt Sabine Olga zu.

Die blickt die beiden Pärchen skeptisch an. »Ich weiß nicht – Ronny bestimmt, es sei denn, Agata toleriert es. Aber bei Silvio bin ich mir gar nicht sicher.«

Als hätte er ihre Gedanken erraten, grinst Silvio Olga an und hält sein Glas hoch, um mit ihr anzustoßen.

Sie schüttelt den Kopf und setzt ihr Getränk ab. »Bei allem Verständnis, aber das dann doch nicht.«

Später kommen noch Axel mit seiner Frau hinzu, es werden Erinnerungen ausgetauscht, unter dem Birnbaum sammeln sich die leeren Wodkaflaschen. Um Mitternacht kocht Alexa noch einmal Kaffee und verteilt die restliche Geburtstagstorte.

Gegen Morgen sind die Gäste zufrieden, teilweise laut und fröhlich Pionierlieder grölend nach Hause gegangen. Tammes und Alexa teilen sich den letzten Wodka und singen ergriffen »Zogen einst fünf wilde Schwäne«, Alexa auf Russisch und Tammes auf Deutsch.

Sabine ist ins Haus gegangen und Olga schmiedet mit Eileen Pläne für den Umzug, der noch vor dem Winter stattfinden soll.

Wladimir liegt zwischen seinen Geschwistern im Gras, Hansjürgen schaut vom Birnbaum aus auf sie hinunter.

Das frisch verliebte Pärchen sitzt eng umschlungen auf der Hollywoodschaukel. Tammes betrachtet zufrieden seine Umgebung und Alexa schläft in seinem Arm.

Dann schläft auch Eileen mitten im Satz ein und es ist still. So still, dass man die Blätter im Baum rascheln hört, als ein kleiner Windstoß hindurchweht, und aus dem Schilf das leise Zwitschern des ersten Vogels, der erwacht ist.

»So wendet sich doch am Ende alles zum Guten«, stellt Olga zufrieden fest.

Epilog

Schade, dass du uns nicht mehr sehen kannst. Du bist tot und es interessiert niemanden. Dein Nachruf war auch nicht gerade ergreifend. Offenbar sind alle froh, dass du weg bist.

Dein Haus gefällt mir noch immer nicht so gut wie das andere, das, in dem ich jetzt wohnen werde.

Ich werde es jetzt also jeden Tag sehen und mich daran gewöhnen. Wenn ich es betrachte, werde ich nicht mehr an dich, sondern an deine Tochter denken. Sie ist zum Glück, zu ihrem und zu dem aller anderen, so ganz anders als du. Wir werden friedlich zusammenleben – ich mit deiner Schwester in dem schönen alten Haus und deine Tochter in dem anderen, als angenehme Nachbarin.

So richtig verliebt waren wir eigentlich nie, aber jetzt sind wir gute Freunde. Ich weiß nicht, ob es so wäre, wenn sie wüsste, dass ich der Mörder ihres Vaters bin. Ich werde es nicht darauf ankommen lassen, es soll immer ein Geheimnis bleiben.

Aber sie würde es verstehen, sie hat dich auch gehasst. Du hast so viel Schaden angerichtet, hast mindestens zwei Menschen auf dem Gewissen: Axels Vater und den Bruder von Ronny und Silvio.

Wer weiß, wie mein Leben ohne dich verlaufen wäre? Ich wäre sicher ein guter Lehrer geworden, ein viel besserer als du es je warst. Und ich wäre es gern gewesen.

Dennoch habe ich nie geplant, dich körperlich anzugreifen oder gar zu töten.

Du hättest nicht so überheblich grinsen sollen, als ich dich zur Rede stellen wollte. So selbstgefällig, verächtlich. Ich wollte doch nur, dass du einsiehst, was du angerichtet hast und dich vielleicht entschuldigst.

Ich wollte mit Olga zusammen sein und vorher mit dir reden, damit zwischen uns alles geklärt ist und es keinen Familienstreit gibt. Da wusste ich noch nicht, dass ihr deine Meinung völlig egal war.

»Ich will keinen Versager als Schwiegersohn.« Das war dein letzter Satz.

Leseprobe OstseeKrimi
»Seebrücke in Flammen«
von Elke Pupke

320 Seiten
ISBN 978-3-356-02091-5
€ 12,99

In dieser Nacht sollte ein Sturm aufziehen, aber noch lag die Ostsee ruhig da. Zwischen den Kaiserbädern, deren Seebrücken hell erleuchtet in das Meer ragten, und den großen Schiffen am Horizont war nicht einmal einer der Usedomer Fischer auf dem Wasser unterwegs.

Nur ein kleines Boot glitt unter dem gleichmäßigen Röhren seines Außenbordmotors immer weiter auf die dunkle See hinaus.

Nachdem die Fahrt gestoppt wurde und der Kahn in den seichten Wellen schaukelte, leuchtete für ein paar Minuten ein schwaches, gelbschimmerndes Taschenlampenlicht in die Dunkelheit. Auf den Bootsplanken wurde ein großes Plastikbündel sichtbar, dessen Konturen eindeutig einen menschlichen Körper erkennen ließen. Es war mit einem groben Strick mehrfach umwickelt und verknotet.

Nachdem zwei mit Wasser gefüllte Benzinkanister an den Tauen befestigt waren, wurde die Lampe ausgeknipst.

Mit lautem Platschen gingen zuerst die schweren Kanister, dann das Bündel über Bord. Das Boot neigte sich gefährlich auf seine Backbordseite, fast wäre es gekentert.

Dann erstarben die Geräusche. Stille. Das leise Plätschern kleiner Wellen am Rumpf war kaum wahrnehmbar.

Eine halbe Stunde später traf das Boot auf den Sandstrand ein paar hundert Meter westlich der Heringsdorfer Seebrücke, wurde herausgezogen und vertäut. Niemand hatte die Person bemerkt, die sich in der Dunkelheit schnell entfernte.

1

»Wo ist denn nun die berühmte Heringsdorfer Seebrücke?«

Maja Vogelsang blickte ihre Kundin, die ihr diese Frage im schönsten sächsischen Dialekt gestellt hatte, erstaunt an.

»Hier! Sie stehen mitten drauf«, erklärte sie etwas zögernd, nicht ganz sicher, ob die Frage ernst gemeint war.

»Häh? Das ist doch keine Brücke, das ist eine Einkaufspassage.«

»Genau! Die Passage auf der Seebrücke. Gehen Sie einfach weiter, durch die Tür da vorn, dann kommen Sie auf einen Steg, dann zur Mittelplattform, da sind auch Läden, dann wieder Steg, vorn an der Spitze befinden sich ein Restaurant und der Schiffsanleger. Das Ganze liegt über dem Wasser und heißt deshalb Seebrücke.«

»Na so was, unter einer Brücke stelle ich mir etwas ganz anderes vor«, erklärte die Urlauberin vorwurfsvoll. Sie sah sich in dem kleinen Laden um, nahm ein paar Dinge in die Hand, legte sie wieder hin und verließ ihn dann kopfschüttelnd.

Die Verkäuferin schaute ihr kurz hinterher, dann blieb ihr Blick an einer jungen Frau hängen, die gerade an dem Geschäft vorbeischlenderte. Sie war mittelgroß und schlank, das Gesicht hatte sie zur anderen Seite gewendet, aber Maja hatte sofort das Gefühl, sie zu kennen, und war sich dessen ganz sicher, als die Frau mit beiden Händen von hinten in das lange blonde Haar griff, es mit der rechten Hand zu einem Pferdeschwanz bündelte und dann wieder auseinanderfallen ließ. Diese Geste kannte sie. Auch den bewusst lässigen Gang, der Selbstbewusstsein vortäuschen sollte. Vor ihrem inneren Auge sah sie kurz ein hübsches, junges Gesicht mit einem trotzigen Mund und flackerndem Blick. Aber sie konnte das Bild nicht festhalten und als die Frau unter den anderen

Leuten, die auf der Seebrücke flanierten, verschwand, wollte sie am liebsten hinterherlaufen.

›Wer war das?‹ Sie ärgerte sich, weil es ihr einfach nicht einfiel. Es musste jemand sein, den sie gut kannte, aber längere Zeit nicht gesehen hatte. Vielleicht aus ihrem Heimatdorf? ›Hoffentlich kommt sie noch einmal vorbei‹, dachte sie. Die Neugier ließ Maja mal wieder keine Ruhe.

Eine ältere Frau riss sie aus ihren Gedanken. »So einen Laden hatte ich früher auch. Auf der alten Seebrücke.«

»Wirklich? Das ist ja interessant. Das muss doch dann wohl in den Fünfzigern gewesen sein, oder?«, entgegnete Maja.

»Stimmt!« Die zierliche weißhaarige Dame lächelte wehmütig. Eigentlich war es nicht ihre Art, fremde Menschen anzusprechen, aber die freundliche Verkäuferin gefiel ihr.

Maja war auch nicht mehr ganz jung mit ihren 55 Jahren, die Dauerwelle, die sie sich von keinem Friseur ausreden ließ, verlieh ihr ein etwas altbackenes Aussehen und auch die Kleidung konnte nicht gerade als modisch durchgehen, was zum Teil ihrer vollschlanken Figur geschuldet war.

Es waren gerade keine weiteren Kunden im Laden und Maja schien tatsächlich interessiert, deshalb erlaubte sich die ehemalige Verkäuferin, ausführlich in ihren Erinnerungen zu kramen. »Mein Laden war ganz ähnlich wie dieser, auch nicht sehr groß, wir haben Andenken verkauft, vieles aus Muscheln oder Schildplatt, echten und künstlichen Bernsteinschmuck, Gläser und Schalen mit Wappen, Ostseebilder – lauter Kitsch eben, aber die Gäste haben das damals gern mitgenommen. Wir hatten auch noch Strandspielzeug: Eimer und Förmchen,

Schwimmringe und Wasserbälle.« Nach einer kurzen Pause fügte sie hinzu: »Am 27. Juni 1958 war es, den Tag vergesse ich nie. Ich hatte vormittags Ware bekommen und einige Wasserbälle aufgeblasen, um festzustellen, ob sie die Luft halten. Abends habe ich sie dann auf dem Feuer tanzen sehen. Die ganze Seebrücke hat lichterloh gebrannt. Sie war ja nur aus Holz. Und unter den Geschäften, in den Hohlräumen, haben wir die Verpackungen aufbewahrt. Ja, da brauchte man nur ein Streichholz ranhalten.« Sie seufzte tief. »Das war wirklich schlimm. Ganz Heringsdorf stand unter Schock. Es war eine so schöne Seebrücke, die schönste in Deutschland, hieß es. Und das Wahrzeichen der Insel Usedom. Sie war auch schon 500 Meter lang, damals was ganz Besonderes, Einmaliges. In der Form war sie ähnlich wie diese, aber mit hohen, spitzen Türmen und vielen Schnitzereien verziert. Aber, na ja«, sie lächelte freundlich, »diese ist auch schön. Und Ihr Laden gefällt mir. Sie haben viel schönere Sachen als wir damals.«

»Hat man die Brandstifter eigentlich gefasst?«, fragte Maja noch schnell, denn jetzt betraten einige Kunden den Laden.

»Ja, es waren Jugendliche aus dem Ort. Sie sind ins Gefängnis gekommen.«

Die Verkäuferin hätte gern noch mehr über die alte Seebrücke erfahren, aber die Frau winkte ihr noch einmal kurz zu und verließ das Geschäft. ›Ich müsste Valentin mal fragen‹, dachte Maja. ›Der weiß bestimmt mehr darüber. Die fremden Reiseleiter erzählen den Gästen doch nur Unsinn.‹

Während Maja eine Kundin abkassierte, sah sie durch die Scheibe erneut die junge Frau, die ihr vorhin so bekannt vorgekommen war. Sie stand jetzt vor dem Schaufenster des Schmuckladens. Plötzlich drehte sie den Kopf zur Seite und zog die Schultern hoch, so als wollte sie nicht erkannt werden. Ja, das war es, das Auffällige an dieser Passantin. Sie wollte nicht erkannt werden, schien sich zu verstecken, aber auch viel Zeit zu haben. ›Jedenfalls ist es keine Touristin‹, dachte Maja, ›und ich kenne sie! Wenn ich nur mal ihr Gesicht sehen würde. Irgendwas stimmt nicht mit ihr, da bin ich mir ganz sicher.‹

Am Abend, als die Verkäuferin zu Haue im Sessel ihre müden Füße massierte, fiel es ihr plötzlich ein. ›Das war eine von den Ludwig-Schwestern! Myrna oder Luisa. Sie sind sich ziemlich ähnlich, waren es jedenfalls immer.‹ Maja war mal gut mit ihnen befreundet gewesen, hatte sie aber schon lange nicht mehr gesehen. Sie ahnte nicht, dass sie die eine ihrer ehemaligen Freundinnen auch nie wiedersehen würde.

2

Luisa bummelt durch das große Einkaufscenter mitten in Hamburg. Sie wirft einen sehnsüchtigen Blick in einen Backwarenshop, geht aber schnell weiter. Wie gern würde sie jetzt einen Kaffee trinken! Aber dafür kann sie kein Geld ausgeben, es reicht ohnehin nicht mehr lange. Um sich abzulenken, geht sie in ein Modegeschäft, sieht sich Kleidung an und nimmt sogar ein paar Teile mit in eine Kabine. Sie zieht eine Hose an und betrachtet sich im Spiegel. ›Sieht toll aus‹, stellt sie fest, ›ich bin wieder richtig schlank geworden. Armut ist eine ziemlich wirksame Diät.‹ Frustriert verzichtet sie darauf, die anderen Kleidungsstücke anzuprobieren. Sie kann sie sich ohnehin nicht leisten, und etwas zu stehlen, das traut sie sich nicht.

Als sie in Richtung Ausgang schlendert, blickt Luisa in zwei bekannte Gesichter und grüßt unwillkürlich. Sofort zuckt sie erschrocken zusammen und geht schnell weiter, ohne sich umzudrehen. Erst an der anderen Seite des Ladens bleibt sie hinter einem Regal stehen und holt tief Luft. Sie spürt ihr Herz bis in den Hals schlagen. Nach einer Weile späht sie vorsichtig um die Ecke. Dann schleicht sie sich langsam zurück. Warum nur hat sie so reflexhaft gegrüßt? Sie sieht die beiden immer noch an der Stelle stehen, an der sie sie getroffen hat. Luisa zieht sich die Kapuze ihres Pullovers über den Kopf und geht hinter einem Kleiderständer so nah wie möglich heran. Sie muss unbedingt wissen, worüber sie reden, ob das Ehepaar sie erkannt hat.

Sie steht jetzt dicht hinter ihnen, nur durch eine Reihe Blusen von den beiden getrennt. Die Frau deutet immer wieder mit dem Finger in die Richtung, in die Luisa verschwunden ist und redet lebhaft auf ihren Mann ein. Warum ist sie nur so aufgeregt? Endlich kann Luisa das Gespräch verstehen.

»Das kann sie nicht gewesen sein, du weißt genauso gut wie ich, dass Luisa tot ist. Meinst du, sie spukt hier in Hamburg durch die Kaufhäuser?«

»Aber ich habe sie doch genau gesehen. Und sie hat sogar gegrüßt. Sie hatte die gleiche Jacke an wie immer. Nur die Haare trägt sie jetzt kurz.«

»Vielleicht war es Myrna. Die beiden sahen sich doch ziemlich ähnlich.«

»Also, ich bitte dich. Ich kann doch Myrna und Luisa unterscheiden.«

›Das solltest du‹, denkt Luisa, ›nachdem wir zwanzig Jahre lang Nachbarn waren. Aber wieso denkt der alte Trottel, dass ich tot bin?‹

»Die Leiche wurde doch wohl nie gefunden«, überlegt die Frau jetzt, und Luisa, die sie nicht sehen kann, erinnert sich, wie die dürre Blondine ihre spitze Nase rieb und wie ihre Augen blitzten, immer dann, wenn sie im Dreck ihrer Nachbarn wühlte. »Wahrscheinlich wurde sie gar nicht ermordet, sondern ist mal wieder einfach abgehauen. Das würde ihr auch ähnlich sehen!«

›Ermordet? Das wird ja immer schöner. Wie kommen die darauf, dass ich ermordet wurde? Das ist doch makaber.‹ Luisa bekommt eine Gänsehaut. Sie hört noch etwas von einem Boot und einem Leichenhund, aber die beiden gehen jetzt langsam weiter und Luisa bleibt wie versteinert stehen.

Bereits bei Hinstorff erschienen

978-3-356-01826-4 | 12,99 Euro

978-3-356-01603-1 | 12,99 Euro

978-3-356-01884-4 | 12,99 Euro 978-3-356-02060-1 | 12,99 Euro

Liebe Leserin, lieber Leser, wir freuen uns über Ihre Bewertung im Internet!

Die Deutsche Nationalbibliothek verzeichnet diese Publikation in der Deutschen Nationalbibliografie; detaillierte bibliografische Daten sind im Internet über http://dnb.de abrufbar.

1. Auflage 2018
Herstellung: Hinstorff Verlag GmbH
Lektorat: Henry Gidom
Titelbild: mauritius images/Ernst Wrba/Alamy
Druck: GGP Media GmbH, Pößneck
Printed in Germany
ISBN 978-3-356-02202-5